POR UM TOQUE DE SORTE

Trindade Leprechaun

CAROLINA MUNHÓZ

Por um toque de
SORTE
Trindade Leprechaun

Fantástica
ROCCO

Copyright © 2016 by Carolina Munhóz

Direitos para a língua portuguesa reservados
com exclusividade para o Brasil à
EDITORA ROCCO LTDA.
Av. Presidente Wilson, 231 – 8º andar
20030-021 – Rio de Janeiro, RJ
Tel.: (21) 3525-2000 – Fax: (21) 3525-2001
fantastica@rocco.com.br | www.rocco.com.br

Printed in Brazil/Impresso no Brasil

GERENTE EDITORIAL
Ana Martins Bergin

EQUIPE EDITORIAL
Manon Bourgeade (arte)
Milena Vargas
Viviane Maurey

ASSISTENTE DE PRODUÇÃO
Silvânia Rangel

REVISÃO
Wendell Setubal
Armenio Dutra

CAPA E PROJETO GRÁFICO
Rafael Nobre | Babilonia Cultura Editorial

LETTERING
Rafael Nobre e Igor Arume | Babilonia Cultura Editorial

CIP-Brasil. Catalogação na fonte.
Sindicato Nacional dos Editores de Livros, RJ.

Munhóz, Carolina
M932p   Por um toque de sorte / Carolina Munhóz. – Primeira edição. – Rio de Janeiro: Fantástica Rocco, 2016.
(Trindade Leprechaun; 2)

ISBN 978-85-68263-36-5

1. Ficção brasileira. I. Título. II. Série.

16-32530   CDD: 869.93   CDU: 821.134.3(81)-3

O texto deste livro obedece às normas do
Acordo Ortográfico da Língua Portuguesa.

"A maioria das pessoas só aprende as lições da vida depois que a mão dura do destino lhe toca no ombro."

NAPOLEON HILL

Para Yaramar,
Por ser minha fada madrinha
em um mundo de Leprechauns.

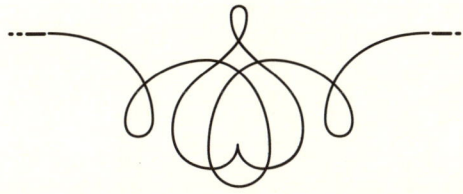

I

O soco bateu com o máximo de sua força concentrada.

Ela precisava ter cuidado para não se machucar nem escorregar devido ao caos ao seu redor. Papéis cobriam o chão, como se estivesse cercada por um mar de palavras sem sentido. Páginas de jornais do mundo inteiro, assim como revistas de celebridades, encontravam-se espalhadas. As cores vibrantes nas fotografias de pessoas bonitas contrastavam com os móveis de madeira escura e as estátuas acinzentadas.

Outro soco! Novamente certeiro, concentrado. O barulho da pancada tomou conta do ambiente sombrio. A explosão do impacto foi forte, pesada a ponto de senti-la com intensidade, e seu grito angustiado ecoou pelos corredores vazios.

Emily O'Connell vivenciava dor, vivenciava raiva e acreditava que a atmosfera sóbria ao seu redor a representava. Não via mais o verde da sorte nem o dourado da riqueza. Sua vida não tinha mais colorido; nas últimas três semanas, aquele cômodo escuro havia sido sua casa.

Um chute aplicado com o calcanhar e mais um grito. Suas mãos sangravam; os golpes anteriores haviam esgotado sua energia. Ela sentia vontade de chorar, mas não havia mais lágrimas. Tinha prometido para si mesma: não choraria mais. Não se importaria com a dor. Queria apenas vingança, e que fosse rápida.

Queria apenas Aaron Locky morto, qualquer que fosse o seu nome agora.

No antigo escritório de seu pai, dentro da mansão O'Connell, ela havia instalado um saco de pancada para descarregar toda a sua frustração. Por conta disso, os golpes, o sangue e a dor. Era a sua forma de mentalizar o homem que matou seus pais.

— Um dia eu ainda vou te achar, *desgraçado* — murmurou, olhando para as mãos esfoladas de tanto acertar sem proteção o tecido grosso.

Nem a garota nem o ambiente cheiravam bem, mas ela não se importava. A glamorosa Emily, coberta de roupas de grife e joias cintilantes, desaparecera por completo. Agora era apenas uma personagem que não interessava mais aos tabloides, condenada diariamente pelos antigos milhares de seguidores.

O mundo não era mais seu.

Ela não era mais especial.

— Onde você foi se meter, Aaron? — questionava-se, analisando a quantidade infinita de papéis.

Desenvolvera uma obsessão compulsiva por procurar nos veículos de mídia rastros de pessoas que podiam ser como ela. Ou melhor, que eram como a Emily de antes. Acreditava que, se conseguisse achar outro Leprechaun, outra pessoa com o toque de ouro, essa seria uma possibilidade de descobrir onde Aaron podia estar. Não pararia de procurar enquanto não tivesse uma pista da localização do homem que destruiu a sua vida.

Do homem que partiu seu coração.

— Ainda me pergunto... — disse uma voz atrás dela. — Como uma pessoa consegue se deixar enganar desse jeito? Eu sei que você mesma se faz essa pergunta há mais de um mês, mas estourar as suas mãos e viver soterrada por papel não vai ajudar.

Emily deixou o saco de pancada de lado e caminhou até o dono da voz que invadira seu santuário.

— Falou quem está há meses pesquisando o paradeiro do mesmo homem que eu.

O desgosto podia ser sentido em sua voz. De início, quando se conheceram, parecia que a convivência deles seria benéfica e necessária, mas havia uma grande tensão e um passado complicado demais entre eles para que pudessem ser cordiais.

Emily e Liam Barnett, o dono da voz, um dia haviam se apaixonado pelo mesmo homem e entregado a ele seu amor pela primeira vez, depositando nele uma confiança nada fácil de ser conquistada. Nos últimos tempos tinham sido obrigados a conviver no mesmo espaço, descobrindo que a proximidade trazia muita mágoa à tona.

— Eu não sou o melhor exemplo pra você, mas não aguento mais ouvir o Darren reclamar do que está acontecendo contigo e das suas atitudes. Ele está preocupado. Acho que você deve a ele um pouco de paz. O cara vive te ajudando.

O rapaz de cabelos claros e intensos olhos verdes caminhava com cuidado, para não pisar em algum dos preciosos recortes da socialite desprestigiada. Hospedara-se na mansão dos O'Connell desde que aparecera por lá para alertar a herdeira irlandesa sobre seu ex-namorado.

— Como vou conseguir dar paz para ele se estou vivendo um verdadeiro inferno, Liam? Me diga! O Aaron disse que você era mais inteligente do que eu, então talvez possa me explicar.

O rapaz revirou os olhos e se sentou na cadeira de couro que era a preferida de Padrigan. O movimento fez a garota hesitar, desacostumada a ver outro homem sentado onde o pai antes ficava. Porém, preferiu evitar outra briga.

— Você tem que parar de se comparar comigo, Emily! De pensar no que aquele manipulador disse. *Ninguém* aqui é mais inteligente. Nós dois somos vítimas de um golpe, vítimas de um ser que não sei mais dizer se é humano.

— Aaron realmente não é mais humano. É um Leprechaun, e agora, além do poder dele, ele acumulou o meu e o seu — rebateu Emily, novamente segurando as lágrimas que voltavam a querer escapar dos olhos.

— Ele é um ser doente, transtornado e viciado em poder. A sua infelicidade só comprova isso. Mas não adianta ficar horas trancafiada aqui, machucando o seu corpo e enlouquecendo a sua mente.

Emily apanhou o primeiro livro que apareceu na sua frente e jogou-o na direção de Liam, que desviou por pouco.

— Você é um playboyzinho mimado mesmo. Eu não estou nem aí para o fato de ter perdido aquela droga de poder e sorte! O meu problema é ter me apaixonado pelo homem que matou meus pais! Você não sabe o que é passar por isso! Você não pode julgar como eu me sinto!

Liam respirou fundo. O problema deles era exatamente aquele. Ambos tinham sido ludibriados pela mesma pessoa, mas suas experiências haviam sido muito diferentes. Sim, os dois tinham se apaixonado loucamente. Os dois foram ingênuos de revelar seu final do arco-íris para um completo estranho. Mas Liam perdera os pais muito antes de ser enganado, e Emily os perdera pela loucura e ganância do homem com quem compartilhou seus sentimentos.

— Você está certa — disse ele, levantando-se. — Me desculpe! Não consigo imaginar a dor que deve estar sentindo. Só sei que sinto metade dela e, se precisar, estou aqui.

As palavras tocaram a ruiva e, por alguns segundos, Emily apenas encarou Liam com seus olhos igualmente esverdeados, típicos dos irlandeses. Porém, algumas poucas frases bonitas não amoleceriam seu coração.

— Eu posso procurá-lo sozinha, sabe — ela começou a dizer. — Você pode voltar para a Inglaterra, se precisar.

O rapaz já estava na porta do escritório e parou por um instante antes de responder:

— Aaron também destruiu a minha vida, Emily! Estamos nisso juntos. — Ela o olhou com seriedade e apenas assentiu. — E mais uma coisa... — continuou Liam, chamando sua atenção. — Você precisa muito de um banho! Sério! Daqui a pouco até esse saco de pancada sairá correndo de você.

Involuntariamente, ela corou. Não prestava mais atenção a detalhes como aquele e, de repente, se deu conta de que havia três dias que não sabia o que era uma ducha.

— Faz parte da minha pesquisa. Para saber como um porco vive... — comentou sem graça, mostrando um pouco de seu antigo humor.

— Aaron era um porco cheiroso — rebateu Liam antes de sair do recinto, deixando uma Emily enciumada para trás.

Ele era mesmo.

Dois segundos depois, se arrependeu. Não suportava lembrar coisas positivas sobre aquele assassino. Tinha que esquecer que o cheiro dele impregnava suas roupas, ou do suéter que ele deixara em seu quarto. Ignorar que todas as noites revivia os momentos bons que passara ao seu lado, e que já acordara sobressaltada após sonhos eróticos. Aaron era um homem sedutor, contudo, todo aquele romantismo havia sido um ato. Uma encenação para roubar o seu poder mágico.

Ela precisava apagar aquilo da memória e lembrar que seu objetivo era achá-lo e destruí-lo.

Depois, teria que resgatar o seu toque de sorte.

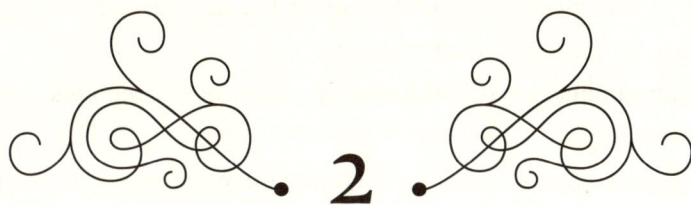

2

Mais uma noite cobria a mansão O'Connell de escuridão e tristeza. Após ser aconselhada a vender ações de sua empresa de bolsas e sapatos *haute couture* por Stephen MacAuley, diretor-geral da área de finanças da O'C e funcionário de confiança de seu pai, uma vez que de outra forma iria à falência, Emily se afastara da mídia. Precisava resguardar o nome de sua família e sentia que Padrigan e Claire iriam preferir que agisse daquela forma. Agora, ela detinha apenas cinco por cento das ações, e uma concorrente, para a qual MacAuley estava se transferindo, se tornara a acionista majoritária do antigo império. Sua casa, antes luxuosa e iluminada, era mantida dia após dia na penumbra. De fora, alguém podia até achar que estava abandonada e que a socialite tinha se mudado. A falta de cuidado com o jardim antes tão bem podado era um dos indícios. Lá dentro, contudo, ela se desdobrava para manter o local após ter demitido todos os funcionários, apesar de nunca sequer ter preparado um sanduíche na vida, muito menos arrumado seu quarto.

— Sinto tanta falta de seus empregados — comentou Darren, sentado na sala de recreação com uma caixinha de comida chinesa na mão. — Esse negócio de comer delivery é insuportável. Você devia ter mantido pelo menos o pobre do Eoin. Ele sabia bem como me agradar e nunca me deixaria comer mal desse jeito.

Liam também estava sentado em uma almofada no chão e riu do comentário.

— Eoin preferiu ir para outra família quando percebeu que eu não manteria a O'C. Essa casa sem meus pais não era a mesma coisa para ele. E eu já disse que você não precisa jantar todas as noites aqui, Darren. Eu posso muito bem comer sozinha. Você pode ter uma vida social. E também não sei do que está rindo, querido convidado. Se estiver ruim para você, sinta-se à vontade para comer em outro lugar.

Liam voltou a encarar a sua caixinha, tentando não se meter na conversa dos amigos. Ele nunca ficara tanto tempo em silêncio como nas semanas vivendo com a dupla.

— Como você comeria sozinha, se não sai de casa para fazer compras e não deixa ninguém entregar aqui? Você deveria me agradecer por pedir aos meus funcionários para fazer suas compras toda semana, e por passar horas tentando descobrir quais restaurantes decentes colocam comida em pequenos potes de isopor para a senhorita. — Darren parou para olhar com desgosto o alimento. — Sério, não estou aguentando essa vida de mochileiro! Vou na cozinha para pelo menos colocar isso em um prato. Esse negócio está me deixando louco. Não nasci preparado para comer com talher de plástico nem hashi vagabundo.

O jovem magro e estiloso saiu em um rompante, deixando Emily e Liam em silêncio, comendo o que o amigo trouxera e olhando para o televisor mudo.

— Não quer aproveitar e comer na mesa? Podemos colocar a comida no prato também para ter um verdadeiro jantar — arriscou o britânico, observando a garota de moletom jogada no sofá com seu yakisoba.

Ela bufou.

— Eu costumava comer lá com meus pais...

A expressão de Liam endureceu, pego de surpresa pelo comentário. Quando finalmente descobrira o paradeiro do homem que lhe havia roubado os poderes, Liam pegara o primeiro voo para Dublin atrás da tal socialite que estampava diversas capas de revistas e cadernos de jornais. Pensava que a encontraria bem e que juntos poderiam desmascarar Aaron, mas havia chegado tarde demais.

Ao perceber que o estrago que o farsante causara na família de Emily O'Connell havia sido tão grande, decidiu ficar em Dublin. Percebeu que ele próprio fora apenas um teste para o plano de conquista de um dos maiores poderes da Irlanda, raiz de toda a lenda que os rodeava, e sentia-se responsável pela garota. Não conseguiria deixá-la passar por tudo aquilo sozinha, sem uma pessoa que já tivesse sido como ela e que conhecesse pelo menos um pouco mais a fundo o homem que procurava.

— Você sabe que eu não quero o seu mal, né? — garantiu Liam. — Sei que está sofrendo, mas a cada vez que eu abro a boca recebo praticamente um soco no estômago. Isso cansa, sabia?

Emily parou de comer e, tensa, prendeu os cabelos ruivos que antes costumavam ser sedosos em um coque ressecado e desajeitado.

— Eu sei que você não é o vilão que ele disse que era. Sei também que tem sido bacana com o Darren e que está aqui para me ajudar. Mas tem sido difícil...

— Difícil por quê?

— Porque, se eu ainda sinto algo por aquele monstro, você também deve sentir.

Silêncio.

Liam imaginava o quanto deveria ser complicado admitir aquilo em voz alta. Deixando a comida de lado, virou-se para encarar Emily.

— Aaron tinha dois poderes: a sorte e a sedução. A combinação deles era muito forte, e não te condeno por lembrar do amor que sentiu. Eu me lembro também. Mas, toda vez que vejo o quanto você está sofrendo, relembro o motivo de eu ainda estar aqui comendo comida gelada em uma casa às escuras.

Ela deu um pequeno sorriso, o que agora era cada vez mais raro.

— Jesus! Que milagre é esse? Chris Pratt apareceu aqui sem camisa? Só um homem daquele faria essa menina sorrir agora, senhor! — exclamou Darren, voltando da cozinha.

Os três riram, alterando por um momento o clima pesado de alguns instantes atrás.

— Star Lord sem camisa deixaria qualquer pessoa feliz — concordou Liam, voltando a comer e a encarar o televisor.

Emily jogou uma almofada nos dois, comentando:

— Estou ferrada! Agora são *dois* gays na minha vida!

— E eu acho que você devia esquecer aquele garoto do inferno e começar a jogar no outro time. Garanto que ficará mais satisfeita — brincou Darren, sentando-se com o prato no colo.

Para a ruiva, apenas a menção dele fazia qualquer momento de felicidade desaparecer, mas, para não desanimar o amigo, manteve um pequeno sorriso. Os três aproveitaram a refeição como se estivessem em família.

Ela esperava um dia poder recuperar a sensação de fazer parte de uma.

A manhã estava ensolarada; fachos de luz teimavam em aparecer através das pequenas frestas na cortina. A mídia não estava mais no seu pé, mas Emily tentava resguardar a casa o máximo possível: seria sempre uma figura pública e temia que algum paparazzo pudesse fotografá-la lá dentro.

Não sabia até que ponto Aaron ainda a vigiava, nem se depois que ele confessara ter roubado seu poder ainda procurava notícias sobre ela. Por isso Emily evitava tanto a atenção dos meios de comunicação, que provavelmente eram a única forma do ex obter alguma informação a seu respeito. O americano devia saber que Liam a encontrara, mas dificilmente teria provas, já que Emily fizera de tudo para esconder a história. Ela queria ir atrás de Aaron de maneira furtiva, encontrá-lo despreparado e então agir com toda a sua fúria.

Vou mostrar a ele o quanto sou burra, pensou enquanto analisava outra coluna de fofoca de Nova York, procurando por rastros do rapaz.

— Posso entrar? – perguntou Liam, batendo à porta do escritório.

A garota murmurou algo e continuou lendo o jornal, e o rapaz aceitou aquilo como um sim.

— Pensei que em algum momento você fosse me perguntar sobre a minha história, sobre como tudo aconteceu entre mim e ele, mas cansei de esperar. Aprendi que você é muito orgulhosa para pedir ajuda e ontem no jantar percebi que está na hora de conversarmos de verdade.

Emily tirou os olhos do papel. Apoiando as botinas na mesa de madeira, parou para encará-lo.

— Eu já disse...

— Que é difícil, eu sei – interrompeu ele. — Eu te observei semana após semana revirar esses jornais, e foi exatamente o que eu fiz para te encontrar, mas acho que está na hora de mudarmos de estratégia. Precisamos bolar um plano juntos se queremos mesmo fazer esse cara se arrepender e pagar por tudo o que fez.

Emily permaneceu alguns segundos analisando-o e alisou com o polegar o anel de trevo de diamante que ganhara do pai. Aquela era a única joia que ainda usava. Quando se sentia frustrada em suas pesquisas, acariciava o objeto e se lembrava do motivo de tudo aquilo. Sua família. Sua sorte.

— É por isso que eu não me sento com você para ouvir a sua história, Liam. Eu não quero que Aaron se arrependa. Quero que ele morra! E isso diz o quanto nossas histórias devem ser diferentes. Não tem por que eu perder meu tempo com a sua.

O rapaz se agitou diante da indiferença dela e, pela primeira vez, a garota o viu alterado pela raiva.

— Qual o problema se nossas histórias são diferentes? É verdade! Prefiro ver uma pessoa ser presa e condenada pelos seus atos do que morta por vingança! Eu odiaria perceber que Aaron a transformou em uma assassina igual a ele.

O clima entre eles mudou.

— Ok, Liam! Vamos tentar fazer do seu jeito — cedeu Emily, cansada de buscar uma pista nos tabloides e não encontrar nenhuma. — Podemos conversar. Mas agora vou tomar um banho; prometi para Darren que almoçaria com ele hoje. Ele estava meio estranho e me pediu para conversarmos em particular, por isso se vire hoje com o que comer.

— Podemos aprender muito um com o outro, *Emmy*! — argumentou Liam, inseguro quanto ao próximo passo a tomar. Não queria pressioná-la a ter aquela conversa e sentia-se preocupado com Darren e receoso quanto a sua posição naquela casa.

O apelido a fez soltar um riso involuntário.

— Não me chame de Emmy.

Liam deixou o cômodo, irritado, mas decidido a não levar a mal os desmandos da jovem. Precisaria ficar vagando pela mansão enquanto ela o ignorava. Não sairia do local a não ser que estivesse protegido no carro de Darren, nem ficaria em público sem usar gorro e óculos escuros.

Concordava com pelo menos uma tática da garota: o sumiço. Era melhor Aaron não saber do paradeiro dele, pois assim estaria livre para se movimentar na surdina até o momento certo de atacá-lo.

Liam esperava que após conversar com ela finalmente saíssem em busca dessa oportunidade. Tudo o que queria era uma chance de ser uma pessoa normal outra vez. Alguém que não precisasse se preocupar com poder, sorte, vingança e traição.

Uma pessoa livre de um passado traumático.

3

— Todo mundo está apaixonado por esse restaurante marroquino. Eu precisava trazer essa comida para você experimentar, mas eles não têm delivery.

Ela notara que a refeição não estava em uma embalagem comum de restaurante. Darren sem dúvida não comprara aquilo por si próprio, mas Emily ficou feliz ao ver que o amigo se preocupava tanto com ela a ponto de buscar uma forma de transportar a comida. Começava a ficar cansada de ter sempre a mesma coisa para comer desde que limitara sua movimentação.

— Quem é todo mundo? – questionou, um pouco enciumada.

A pergunta deixou Darren desconfortável. Sentia-se mal por estar seguindo em frente, mas precisava voltar a ter um senso de normalidade. Seus pais começavam a se preocupar, os outros amigos o procuravam, a faculdade voltava a sua rotina, e ele não aguentava mais ficar rodeado pela negatividade da amiga.

— Eu tenho me encontrado com algumas pessoas nos últimos dias. A Aoife tem aparecido, ligado. Ela continua noiva, por incrível que pareça. Anda perguntando de você. Todos perguntam.

Ficou nítido pela expressão de Emily que ela não gostou das novidades. Temia que um dia ele parasse de aparecer em sua casa. Não aguentaria ficar sem Darren outra vez. Cometera esse erro no passado.

— Você não disse nada sobre mim, né?

O amigo bufou com a pergunta.

— Claro que não, maluca! Não tenho por que sair falando que minha melhor amiga está bolando um plano maquiavélico escondida em seu porão.

— Esta casa não tem porão...

— Aquele seu escritório tá bem parecido com um — retrucou ele ainda chateado, começando a enrolar as mangas da camisa social Alexander McQueen.

Os dois ficaram por alguns minutos em silêncio, remexendo a comida marroquina. Para quebrar o gelo, Emily arriscou falar:

— Fico feliz que esteja conversando com a Aoife e que não tenha abandonado tudo por mim. Sei o quanto você gosta de ser popular. Eu também costumava gostar...

Darren largou o garfo e se virou para falar com ela, segurando sua mão em um ato de carinho.

— Eu abandonaria qualquer coisa por você, Emmy! Gosto sim de ser uma diva, mas a minha rainha é você, e nunca deixarei de te acompanhar. Quero que esse Aaron sofra ainda mais do que nos fez sofrer. Posso não demonstrar tanto, mas meu coração também está despedaçado. Também amava os seus pais. E amava muito a minha antiga amiga.

Emily sentiu o impacto das palavras dele.

— Essa sua nova amiga é um saco, né?

Darren riu e voltou a sua refeição.

— Só um pouquinho, mas no fundo ela continua a mesma. Um dia ela voltará a ser a poderosa.

Queria acreditar nisso também, pensou Emily, observando-o.

— Pelo visto você anda ensinando o meu apelido para o nosso colega britânico. Acredita que ele teve coragem de me chamar de Emmy hoje?

Os olhos de Darren brilharam, e ele mudou de atitude no mesmo instante.

— Ele é o máximo, não é? Pelo menos o seu demônio particular tinha bom gosto. Liam é um achado.

Emily quase engasgou com o suco verde ao ouvir aquilo.

— Não reparei muito nele, Darren. Mas acho que é um cara ok. Já você parece que reparou até demais, hein?

Darren corou, o que era raro: o rapaz não tinha qualquer pudor em suas relações.

— Só você para não ter olhado aquele homem lindo de cima a baixo. Sério! Ele consegue ser mais bonito do que eu, e olha que sou um deus grego.

Emily riu com vontade. Quase tinha esquecido como uma risada era capaz de aquecer o corpo.

— Quer dizer que aquele maldito conseguiu te arranjar um namorado? Olha que você deve estar precisando. Faz tempo que não dá uma escapadinha para relaxar, né?

Mais uma vez ele corou. Olhou para os lados, com medo de o estrangeiro aparecer por ali. Achavam que ele devia estar no quarto de hóspedes, na ala extrema da mansão.

— Quem dera, amiga! O monumento de homem é supersimpático e tem sido um amor comigo. Não perde a educação nem quando você o trata como um cachorro sarnento, coisa que ele não é! Mas meu *gaydar* anda meio esquisito. Sei que ele teve um caso com o demo, mas nunca fala sobre ele. Não fala sobre outros namorados ou paqueras. Nem comenta minhas roupas ou responde meus milhares de flertes. Estou ficando pra lá de desesperado!

Ela não acreditava que Darren estava mesmo sondando a vida amorosa do rapaz de quem Aaron também tinha roubado os poderes. Começava a se sentir um pouco mais a Emily de sempre e gostava disso, porém achava que aquilo estava errado. Precisava focar em sua missão. Desejou que pelo menos um pouco de sorte ainda habitasse o seu ser, pois só assim teria uma luz do que fazer.

— Nem todo mundo é uma borboleta aloprada como você, amor! Ele deve ser tímido. O cara está traumatizado, mas logo ele vai perceber que você é o homem mais lindo e mais bem-vestido de toda a Irlanda.

— De todo o mundo, neném! Não é qualquer pessoa que fica bem nessa McQueen que estou usando.

— Em um mundo onde existe o Chris Pratt, fica difícil para qualquer outro homem reinar. Não adianta você ser o poço do bom gosto, Darren!

O amigo deu de ombros e eles continuaram a comer, felizes pela conversa lúdica que há tempos não tinham.

Emily sabia o quanto o seu isolamento afetava o amigo, acostumado a vê-la entornando garrafas de Dom Pérignon e dançando em mesas. Não conseguia se lembrar quando havia sido a última vez que dançara loucamente.

Então se lembrou de Londres, da viagem traumática com o grupo dos *posh* e do momento que dera a Aaron uma chance que não devia ter dado.

Darren se despediu após o almoço e avisou que não voltaria para o jantar. Ficaria a tarde toda na Trinity College e depois iria a um evento de seu pai do qual não pôde se esquivar. Queria a companhia de Emily e Liam, mas sabia que a amiga não podia aparecer em um evento da alta sociedade, e um homem desconhecido e bonito chamaria atenção.

Pela primeira vez, ela passaria a noite sem o melhor amigo desde a morte dos pais. Sentiu-se ainda mais sozinha, esvaziada, era como se cada objeto ao seu redor aumentasse de tamanho. A sala de estar bagunçada, os quadros medievais nas paredes, o lustre imponente do hall de entrada, as esculturas de cavaleiros que o pai colecionava. Tudo era grande demais, e ela se sentia cada vez menor, era um ponto solitário perdido no caos de sua tortura.

— Espero que Darren não tenha se esquecido de mim... — disse uma voz masculina atrás dela.

Emily levou um susto e deu um pulo, virando-se de punhos levantados.

Liam estava rindo: sabia que quase levara um soco da garota.

— Calma! Da próxima vez, prometo fazer algum barulho para indicar minha presença — comentou o britânico, segurando a gargalhada e tentando ficar afastado da mira do golpe.

Emily baixou os braços, ainda enfurecida. Ele a assustara, mas não queria mais brigas. A conversa com Darren sobre o modo como tratava o estrangeiro a havia balançado.

— Não tem graça, sabe?

Liam respirou fundo e se esforçou para ficar sério novamente.

— Você tem razão, mas é que sempre acaba sendo engraçado para a pessoa que assusta a outra.

Ela revirou os olhos e fez menção de deixar o ambiente, querendo evitar sermões e discussão.

— Você ouviu o que eu disse quando entrei? – perguntou ele, notando que a intenção dela era deixá-lo novamente sozinho.

A ruiva parou e cruzou os braços, irritada.

— Darren não iria te esquecer. Pode ter certeza! – respondeu ela ironicamente – O que você quer?

— Comida, é claro! Vocês ficaram um tempão conversando e eu só comi uma maçã hoje. Estou faminto!

Emily andou até a cozinha, seguida de perto por Liam. No ambiente anormalmente bagunçado, ela tirou uma das embalagens especiais da geladeira e lhe entregou.

— É comida marroquina. Se não gostar, ele também deixou uma pizza para mais tarde. Hoje o Darren não vem.

Ela mais uma vez fez menção de sair e foi interrompida pelo loiro, que era muito obstinado.

— Ótimo! Você me deve uma conversa, então teremos a tarde e a noite inteiras para isso.

Emily havia esquecido o que prometera. Só pensar em ouvir sobre a história de amor entre Liam e Aaron já revirava seu estômago. Entretanto, aquela noite parecia mesmo apropriada.

— Ok! Quando você terminar aí, me procura no meu quarto.

Liam corou.

— No escritório não seria melhor? – questionou ele, parecendo não acreditar.

— Não, garoto! No meu quarto mesmo. Algum problema?

— Tudo bem! Vou para lá depois – concordou Liam. Não queria irritá-la ainda mais e perder a chance de conversar com a irlandesa.

Sem entender o motivo de tanta formalidade, a ex-socialite lhe deu as costas e rumou para o quarto. Praticamente o abandonara desde que Eoin e os outros empregados a haviam deixado e precisava dar um jeito em suas coisas.

Arrumar essa bagunça e ouvir historinhas tristes de relacionamento. Este dia já pode acabar, refletiu enquanto subia as escadas.

Havia roupas espalhadas pelo carpete antes impecavelmente branco. Algumas estavam amontoadas ao pé da cama, onde agora ela raramente dormia. Emily se acostumara a pegar no sono no escritório, após tantas horas de busca incessante pelo paradeiro de Aaron, ou na sala de estar, quando tentava ocupar a mente com a TV. O quarto era mais um dos cômodos que ela deixara de lado. Mas não havia sido tão abandonado quanto o quarto dos pais, que se tornara território proibido: nunca mais entrara lá. Pensara até em vender a casa, mas Darren insistia que o melhor era mantê-la. Aquele era o único local onde ela ainda tinha alguma sensação de pertencimento. Ele preferia que Emily não se desapegasse disso.

Por onde começo?, pensou, olhando o caos ao redor. Não sabia qual cômodo estava pior: aquele ou o escritório.

A maior parte das peças espalhadas eram roupas antes esquecidas em seu closet, que agora ela usava constantemente. Camisetas largas e calças confortáveis, itens que a antiga Emily odiaria usar. Tudo enviado por marcas que ela apenas ignorava. Eoin costumava organizar suas roupas e acabava inserindo alguns desses itens no armário por precaução. Ela agora se sentia grata por aquilo. Não conseguia mais se imaginar nas roupas que antes usava. No tanto de trabalho que tinha para se arrumar. Tudo parecia estranho para ela. Sentia-se outra mulher.

— Eu devia queimar isso tudo – murmurou, olhando para o vestido Dior jogado em sua penteadeira.

A peça era delicada e clássica. Diante do espelho, ela posicionou o cabide com o vestido na frente do corpo e se observou. Nunca teria coragem de queimar um Dior. Contudo, olhando sua imagem, não se reconhecia mais. Estava muito diferente.

Emily parecia ter envelhecido cinco anos naquelas curtas semanas. O rosto estava mais sóbrio, as sobrancelhas, mais grossas, o cabelo opaco era mantido sempre preso, perdera uns dois quilos, o que modificara suas bochechas, e seus olhos não brilhavam como antigamente.

O conjunto preto que usava não marcava seu corpo, e agora ela andava constantemente de pantufa ou botinha. Os sapatos elegantes e as sandálias espalhafatosas que costumava calçar cobriam o chão do recinto.

— Engraçado que nunca vi você usando um desses, mas consigo tranquilamente imaginar. Apesar de você estar fazendo de tudo para deixar de ser a mulher que antes arrasava com um decote assim.

Mais uma vez, Liam chegou sem fazer barulho, porém ela não se moveu. Continuou parada, olhando o vestido a sua frente, vendo a silhueta do hóspede aparecer no reflexo, atrás dela.

— Fico imaginando se a próxima vítima está neste momento preocupada em escolher um vestido assim para se encontrar com ele...

— Você vai ficar maluca se ficar pensando nisso — disse ele baixinho, olhando-a pelo reflexo.

Emily se virou, agora a poucos passos do rapaz.

— Eu já estou maluca. Nisso ele também venceu.

Deixando o vestido de lado, ela afastou as peças sobre a cama e fez sinal para que Liam se sentasse. Era a primeira vez que ele entrava em seu quarto. Liam conseguia perceber a beleza e riqueza que um dia habitaram aquele ambiente, mas, como a maior parte da casa, o lugar parecia ter enlouquecido como a dona.

— Então vamos lá! Comece o seu "era uma vez" — debochou ela, deitando-se na cama de barriga para cima.

Uma lembrança passou em flash em sua mente: a manhã em que seu pai retirara o Philip Treacy de seu cabelo e a acordara. Sentia falta das mãos acalentadoras dele. Sentia falta de tudo o que envolvia Padrigan.

— Não é um "era uma vez", Emily! Não existe final feliz nem príncipe encantado – retrucou Liam, tomando coragem de se deitar também.

Os dois encaravam o tecido que cobria a cama da garota, desconfortáveis. Não queriam acreditar que estavam realmente ali.

— Você tem razão. – Ela relutou em concordar. – Com ele não existe um final feliz.

Da posição em que estava, conseguia vislumbrar o suéter que Aaron esquecera em seu quarto. Um tremor percorreu seu corpo, e Liam notou. Mas ele respeitava sua privacidade. E sabia pressioná-la nos momentos certos.

— O que você sabe sobre mim? – questionou o rapaz, virando-se para a garota.

Ele entendia por que Aaron a havia escolhido. Mesmo revoltada e desleixada, Emily possuía uma beleza rara e uma presença marcante. Liam muitas vezes se perguntava como seria estar ao seu lado se ainda tivesse poderes.

— Sei que vocês se conheceram em São Francisco e que foram até felizes juntos ou perto disso. Vi uma foto de vocês na rede social.

Liam suspirou.

— Não entendo até hoje como ele se deixou fotografar comigo e postou a foto naquela página falsa. Era uma evidência, e o Aaron não demonstrou preocupação. Mas agora parece que ele começou a se preservar. Talvez antes ele gostasse do perigo, sei lá.

— Pois é! Sei lá...

Ela não teve coragem de se virar para encará-lo. Tentava manter a compostura, apesar de achar estranho conversar sobre Aaron.

— Eu o conheci nos Estados Unidos – confirmou Liam. – Nunca tinha me interessado por outro homem na vida. Tive duas namoradas antes disso. Duas lindíssimas mulheres, e confesso que nunca me senti estranho com elas. Mas algo nele foi diferente. Ele me transmitia uma sensação de poder, de que eu era capaz do impossível, e isso me empolgava. Isso me fez me apaixonar como nunca havia acontecido antes.

— Você sabe que o poder que sentia não vinha dele, né? Era seu toque de ouro se manifestando... – disse ela, superando a angústia de ouvi-lo falar do homem que havia destruído sua família.

Liam concordou com a cabeça, pensativo.

— De início, eu não sabia, mas percebi depois. Eu sempre soube dos meus poderes, a minha família era conhecida por sua sorte, entretanto só com ele confirmei que era um Leprechaun.

Era esquisito para ela ouvir aquele termo dito em voz alta outra vez. Mesmo sem seus poderes, ainda podia ser considerada um Leprechaun, e havia se esquecido disso.

— E como você reagiu a isso? – questionou Emily, tentando deixá-lo mais confortável para se abrir.

— Gostei de saber que sou especial e que ele também. Juntos descobrimos muito sobre a nossa linhagem. Hoje percebo que o Aaron também não sabia tanto sobre os Leprechauns até me conhecer. Sempre tive sorte para os estudos e acabei levando-o para o rumo que está seguindo agora.

Isso chamou a atenção de Emily.

— Você o levou para que rumo? Do que está falando? O Aaron me disse que aprendeu tudo com um estrangeiro investidor ou algo assim.

Emily percebeu que era difícil para Liam entrar naquele tópico. Ele respirou fundo e finalmente declarou:

— Eu descobri como seguir o rastro de outro Leprechaun. Por minha causa ele te encontrou.

Emily não esperava por isso.

Então Liam não era confiável?

RELATÓRIO TL   Nº 890.187.632.212.111

Para a excelentíssima Comissão Perseguidora

Assunto:
RELATÓRIO DE TENTATIVA DE ROUBO
• Indivíduo não cadastrado •

Família cadastrada em nosso sistema quase sofre golpe de indivíduo não cadastrado.

Localização da vítima:
Carré D'Or – Nice – França

Habilidade familiar: ramo alimentício.

Histórico: família proprietária de uma rede de restaurantes da alta classe. Patriarca é um chef renomado e hoje possui a própria linha de alimentos congelados, além de outras linhas de produtos. Filha tem apenas 15 anos.

Idade de reconhecimento e cadastro no sistema TL: linhagem se iniciou com o pai, cadastrado aos 20 anos. Filha cadastrada desde o nascimento.

Status: uma das famílias francesas mais conhecidas e ativas na comunidade.

Acontecimento: pai sente vibração estranha na filha e descobre que ela conheceu um novo rapaz em uma festa. Ele entende que ela foi procurada por outro Leprechaun e resolve se mudar com a família toda por medo de estarem sendo perseguidos. Filha confessa que falou sobre a linhagem com o rapaz.

4

O normal teria sido explodir com Liam. Talvez até gritar e começar a atirar coisas em sua direção. Com a raiva que tinha acumulado nos últimos meses, talvez fosse o melhor a ser feito. Porém, Emily agiu diferente e, por longos minutos, decidiu ficar quieta. Totalmente em silêncio. Ainda deitada, apenas olhou com desgosto para aquele suéter, tentando ignorar a respiração desesperada do homem ao seu lado.

Minutos após revelar ter instruído Aaron em como seguir o rastro de outro Leprechaun, Liam tomou coragem para falar novamente:

— Foi um erro gigantesco, eu sei! Posso garantir que não foi consciente. Eu gostava de aprender sobre Leprechauns. Estava tentando evoluir meu poder de alguma maneira. Quando entendi e expliquei para ele que emitíamos uma onda de energia diferenciada, minha intenção era entender como nós dois tínhamos nos aproximado pela primeira vez. Nunca imaginei que depois ele usaria isso contra alguém.

Emily tentava se manter calma. Liam estava sendo corajoso, apesar de tudo. Tomando coragem e respirando fundo, ela perguntou:

— Se foi você quem lhe ensinou a seguir o rastro do poder, por que demorou tanto para encontrá-lo? O Aaron ficou ao meu lado por muitos meses! Você podia ter evitado tudo.

Liam se sentia angustiado. Muitas vezes havia se condenado por não tê-la encontrado antes. Concordava que talvez pudesse ter evitado a morte dos O'Connell, mas, na época, era só um rapaz confuso e também muito machucado. Não soubera exatamente como agir.

— Tudo o que aprendi sobre ser um Leprechaun foi pesquisando e testando. Foi como eu percebi que emitimos uma onda, mas ele também pesquisou sozinho e agiu pelas minhas costas. Não esqueça que ele também me enganou e roubou meu poder. Nesse processo, perdi a capacidade de senti-lo. Não pude descobrir onde estava. Tive que apelar à pesquisa, como você está fazendo agora. Voltei a me sentir apenas humano.

Emily, com a mente cheia, colocou as mãos na cabeça em um ato de desespero.

— Eu disse que de nada adiantaria você me contar a sua história. Pelo visto não há mesmo como você possa me ajudar.

— É aí que você se engana! Existe o fato de que um dia eu soube mais do que ele sobre a nossa linhagem. Isso prova que juntos podemos descobrir mais sobre os nossos poderes. Talvez até possamos reunir energia suficiente para localizá-lo.

Ela parecia transtornada. A sensação de que estava perdendo tempo a enlouquecia. Não sabia como acreditar que tudo daria certo no final.

— Isso não passa de um bando de *talvez* e *pode ser*. Eu preciso encontrá-lo agora! Estou cansada de esperar!

Em um lapso, Emily deixou uma lágrima escorrer. Não sabia dizer se era de tristeza ou de raiva. Talvez fosse os dois. Liam sentiu uma necessidade grande de abraçá-la e, mesmo achando que ela provavelmente o rejeitaria, foi o que fez.

E ela deixou.

Os dois permaneceram alguns segundos parados naquela posição estranha. O rapaz com o braço envolvendo a cintura dela. Emily com a cabeça levemente encostada na dele, entregando-se por alguns segundos. Fazia muito tempo que não se sentia vulnerável, aberta a um momento de carinho.

O silêncio falava mais do que qualquer palavra dita até aquele momento.

— Que bonito ver que não fiz falta...

Os dois levantaram de supetão ao ouvir aquela voz. Emily começava a odiar o fato de ninguém mais saber bater na porta. Nesses momentos ficava ainda mais claro o quanto estava desprotegida. Precisava estar mais preparada do que aquilo.

Já estava de pé quando entendeu por que a voz de Darren lhe soara esquisita.

— Você sempre fará falta, Darren! É a primeira vez que essa senhorita aqui baixou a guarda comigo.

Emily lançou um olhar irritado para Liam, que sorria por ver o outro de volta à mansão. Ele não parecia nem um pouco constrangido por Darren os flagrar em um momento de afeto.

— Sei, sei! Parece que o papo foi bom.

Havia ciúmes na voz do amigo, e a garota se odiou por aquilo.

É só o que me faltava, pensou, pegando mais roupas do chão para se manter ocupada.

— Você não ia para a festa do seu pai hoje? O que aconteceu? — questionou a ruiva, tentando mudar o assunto.

Percebeu que Darren não estava vestido como se tivesse acabado de voltar da universidade. Estava elegante em um terno Armani, mas parecia esbaforido, o que não combinava com seus trajes.

— Eu estava na festa. Tinha acabado de chegar lá.

— O que está fazendo aqui então, seu maluco? — perguntou Liam, sorrindo para o rapaz, que pareceu encabulado por aquela demonstração de intimidade.

— Estou aqui para trazer a notícia que tanto esperavam...

Emily parou de recolher as peças do chão e encarou o amigo.

— Você não está me dizendo o que eu acho que está me dizendo...

— Paris! Tudo indica que o demônio foi para a França.

O mundo por um instante parou. Emily finalmente conhecia o paradeiro de Aaron.

França.

A esperança voltou. Talvez ouvir a história de Liam tivesse lhe trazido algum tipo de sorte. Nem tudo estava perdido. Finalmente surgia uma luz.

Emily e Liam estavam parados, em choque, tentando processar o que tinham acabado de ouvir. Era difícil acreditar que Darren realmente descobrira o paradeiro do homem que buscavam há tantas semanas.

— Darren, o que você disse não faz sentido! Como você pode aparecer aqui de repente dizendo que achou o Aaron? Como é possível? — questionou Emily.

Parecendo atordoado, o rapaz respondeu dizendo que precisava de água. Havia saído da festa de seus pais como um louco e não parara um segundo até encontrar a amiga.

Os três desceram para o primeiro andar, Emily se controlando para não bombardear ainda mais o amigo com perguntas. Liam também aguardava o momento em que pudesse se manifestar.

Depois de tomar um gole d'água e de se recompor, Darren resolveu deixar para lá o ciúme e focou no que tinha ido fazer ali.

— Como eu disse, eu tinha acabado de chegar na festa dos meus pais. Eles estavam animados de me ver, e acho que minha mãe até esperava que fosse vê-la também. A alta-sociedade da Irlanda toda estava lá. As pessoas mais importantes da ilha inteira. Eu estava conversando com um antigo caso meu de Belfast quando recebi a bomba.

— Que bomba? O paradeiro do Aaron?

Emily não o deixava finalizar. Liam, solidário, segurou a mão dela. Darren fechou a cara, mas continuou:

— Isso, Emmy! O meu casinho veio puxar assunto, provavelmente querendo voltar — disse ele, tentando fazer ciúmes. — Ele percebeu que você não estava na festa e perguntou se era por causa da Margot Dubois.

A garota franziu a testa.

— Quem é Margot Dubois?

O desespero dela era nítido. Foi só ouvir outro nome feminino para seu sangue gelar e ela sentir um arrepio percorrer toda a sua espinha dorsal.

— Essa foi a minha pergunta também. Não me lembro de nenhuma mulherzinha com esse nome, e olha que sou bom em lembrar de competição.

— Termina logo a história, Darren! — exigiu Emily enquanto Liam segurava o riso, e Darren relaxou, gostando de ver que seus comentários ainda eram engraçados para o britânico.

— Ainda não está fazendo sentido — complementou Liam, e ela ficou um pouco mais tranquila de ver que não era a única pessoa confusa.

— Pelo que eu entendi, o meu casinho descobriu que uma amiga francesa vai se casar. Parece que ele ficou chocado, pois até duas semanas atrás ele nem sabia que ela tinha um namorado.

A notícia fez o corpo de Emily ceder, e ela quase desmoronou no chão, sem acreditar.

— Você está me dizendo que o Aaron vai se casar com uma francesa que ele acabou de conhecer?

Liam também não parecia bem. Sua expressão mudara em questão de segundos. Apertava os punhos, com raiva, e o olhar que direcionou à garota foi de pena.

— Ele disse que um amigo em comum mandou uma foto da tal Margot com o noivo. Parece que ela é herdeira de uma vinícola bem famosa, e o noivado contou com a presença do avô dela, que é seu único familiar vivo.

— E como esse seu namoradinho soube que o noivo dela era o Aaron?

Emily fez a pergunta com dificuldade.

— Quando ele recebeu a foto do noivado, estava junto com a Fiona — revelou Darren, mostrando-se também chocado. — E ela perguntou o que o Aaron estava fazendo na França. Ele respondeu para ela que o nome do noivo era Allan, mas me disse que a Fiona não conseguiu acreditar. Ela insistiu que, se aquele não fosse o Aaron, devia ser um irmão gêmeo.

Os três não sabiam mais o que dizer, o que perguntar nem pensar. As informações eram muito esquisitas. Aaron agora era Allan e em tempo recorde havia noivado com uma herdeira.

— Não sei vocês, mas eu só consigo pensar que o avô dessa menina está correndo perigo — comentou Liam, olhando para os dois em desespero.

— Também pensei nisso quando soube! Fiquei transtornado ouvindo o que ele tinha a me dizer. Quem imaginaria que eu fosse encontrar uma pista dessas durante uma festa? A Emmy está pesquisando há semanas. Quando dizem que nosso mundo é pequeno, as pessoas não acreditam. Mas no nosso círculo é difícil as informações não se dispersarem. É muita fofoca!

— Mas você concorda que o avô corre perigo? Não quero que outra fatalidade aconteça — insistiu Liam.

Emily sabia que ele se referia à família dela.

Será que ele se sente culpado?

— Logo que eu soube desse noivado, perguntei se a marca de vinhos era do avô! Queria descobrir quando a sorte da família começou. Tinha que aproveitar minha fonte para saber o máximo possível, mas ele disse que os pais da Margot enriqueceram na juventude. Por terem trabalhado em uma plantação de uvas no passado, tinham o sonho de comprar uma vinícola. Acabaram comprando a marca toda depois de ganharem dinheiro com ações.

Houve um instante de silêncio, mas logo Emily o quebrou.

— Então os Leprechauns eram os pais. Um deles deve ter nascido com o dom e passado para a filha. Se estão mortos, o avô não corre perigo. Apenas ela.

Liam suspirou, um pouco aliviado.

— Foi o que eu imaginei, ainda mais depois de ouvir a história de vocês dois com o maldito. Ele deve ter encontrado essa tal de Margot pelas notícias da morte dos pais dela, que sofreram um acidente de helicóptero há dois meses. Pelo que o rapaz me disse, os dois tinham gostos excêntricos e curtiam fazer manobras arriscadas.

— Uma hora a sorte acaba... — murmurou Liam, indo até a janela para espiar o jardim.

Ele sentia urgência em sair daquela mansão e ir atrás daquela pobre menina. Não conseguira intervir no destino de Emily, porém, achava que agora talvez pudesse ajudar a outra herdeira.

— Acidente de helicóptero deixando apenas uma herdeira de uma grande vinícola: como isso não apareceu em minhas pesquisas? Como posso ser tão burra?

Emily atirou no chão o primeiro objeto que viu. Darren correu para segurá-la, com medo de que se machucasse.

— Calma, diva! Nós vamos achar esse infeliz! – consolou o melhor amigo, enquanto Liam juntava os cacos do jarro que fora estraçalhado.

Será mesmo?

Ele estava sendo tão rápido que ela temia perdê-lo novamente, e não sabia se uma coincidência daquela aconteceria outra vez.

— Você não pode se desesperar assim, Emily! – aconselhou Liam. — Tem que guardar sua energia para o momento certo. Hoje acho que provamos que, juntos, podemos combatê-lo. Nós três. Vocês dois são influentes nesse mundo de contatos e fama. Eu e você podemos nos conectar, e quem sabe resgatar nossas forças. Não temos por que achar que tudo está perdido.

Emily tinha medo de acreditar no que ele dizia. Começava a pensar que Aaron sempre sairia vencedor e temia ser feita de idiota mais uma vez.

— Allan... Será que é ele mesmo? – murmurou ela, tentando acreditar. – Será que ele conseguiu ser tão esperto assim? Tão rápido?

— Nós vamos descobrir! – afirmou Liam, encarando-a. – Não vamos deixá-lo roubar o poder de outra pessoa.

Os três ficaram se olhando, cabisbaixos. Digerindo tudo.

— Então façam logo as malas, porque vamos para a França! – instruiu Darren após mais um momento de silêncio, e saiu do cômodo para fazer ligações.

Liam passou pela garota e tocou carinhosamente seu cabelo, indo em direção ao quarto de hóspedes.

Paris. Ele está em Paris.

Era difícil para ela acreditar. Mas era fácil demais se revoltar.

5

Darren contou que levou da mãe um dos maiores sermões de sua vida por ter sumido da festa. Seus pais começavam a imaginar coisas, dizendo que Emily era uma desculpa e que, na verdade, o filho estava usando drogas *novamente* — no passado, os dois tinham descoberto um saquinho com pílulas duvidosas em sua mala para Ibiza. Mas ele não se importava: sabia que estava fazendo a coisa certa e teria que decepcioná-los de novo ao sumir outra vez. Depois de decidir que iriam para Paris, ele precisou descobrir uma forma de saírem do país sem chamar atenção. Foi preciso fazer muitas ligações e um pagamento alto, mas ele acabou conseguindo um jato que os levasse para a capital francesa. Tudo com muita discrição.

Emily ainda estava em choque com a velocidade com que tudo acontecia, porém, o mais difícil era lidar com o fato de que finalmente deixaria a sua casa. Passara semanas confinada naquelas paredes, sem sentir uma brisa de verdade, se deixando levar por uma vida monótona. Quando desceu as escadas com sua mala, suspirou ao pensar que realmente cruzaria a porta de saída.

— Está preparada? — perguntou Liam, juntando-se a ela no saguão de entrada com sua bagagem enxuta, a mesma com que havia adentrado aquela casa à procura de Emily e Aaron.

Ele ficou surpreso com a pequena mala da socialite, mas achou que fazia sentido com a forma como ela vinha se comportando desde que a conhecera. Mas o que mais lhe chamou a atenção foi que ela havia *de fato* se arrumado.

Emily tinha consciência de que não poderia sair para o mundo vestida com simplicidade. Não sabiam se seriam reconhecidos ou em que tipo de lugar acabariam, contudo, no estilo de vida a que estavam acostumados e, principalmente, no meio em que agora Aaron vivia, precisavam ser precavidos. Ela surgiu impecável, como se nunca tivesse deixado de ser a famosa e invejada Emily O'Connell.

— Isso só pode ser uma miragem! — exclamou Darren ao abrir a porta e dar de cara com a melhor amiga, sem dar tempo a ela para responder ao britânico.

A ruiva abriu um pequeno sorriso.

— Eu só tomei um banho e coloquei um casaco qualquer. Se alguém visse a cara de vocês, acharia que eu era um caso perdido e que algum milagre aconteceu.

Foi a vez de Darren rir.

— Devo confessar que você já estava perto de precisar de um milagre, menina! Parecia uma vassoura de palha. Agora foi só dar uma lavada decente e já está com a cabeleira de comercial de shampoo de sempre. Oh, inveja!

Quem visse os três conversando no hall não acreditaria que estavam prontos para sair do país atrás de um assassino.

— Então você conseguiu providenciar tudo? — interrompeu-os Liam, tentando trazer de volta um pouco de realidade. Precisavam ter em mente que não seria fácil encontrar Aaron, e cada minuto podia ser crucial. A vida de uma nova vítima estava em jogo.

— Tudo pronto! Consegui um jato para nos levar e acionei um antigo contato, um funcionário do hotel Four Seasons com quem já troquei uns amassos numa noite de ano-novo. Ele concordou em nos cadastrar com outros nomes. Também estou com um carro à nossa espera na porta. Serviço completo, baby!

Emily voltou a fechar a expressão, se concentrando no que precisava fazer, e disse:

— Tem certeza de que é melhor ficarmos em um hotel conhecido como esse? Aaron deve imaginar que eu estou querendo vingança. Ele é esperto e um Leprechaun poderoso. A sorte sempre estará a favor dele. Temos que tomar cuidado para não chamarmos muita atenção.

— Verdade! — concordou Darren, atento. — Somos muita gente linda e rica juntos. Chamamos atenção mesmo. Vou pensar em um plano B no caminho, mas precisamos ir logo, ou vou levar outra bronca dela hoje e já estou cansado disso.

Emily não entendeu o comentário do amigo até sair da porta principal da mansão e compreender de quem Darren estava falando: Aoife estava esperando por eles em seu carro blindado.

— Não é que ela está viva! — comentou a garota sarcasticamente, indo na direção de Emily para abraçá-la. — Nem acredito que Darren conseguiu tirar você daí de dentro. Pensei que nunca mais fosse te ver.

A ruiva não soube como reagir. Não esperava encontrar a amiga em plena madrugada diante da sua porta. Tinha certeza de que seria apenas um motorista qualquer.

— Achei melhor não confiar nesses serviços de contratação — explicou Darren, parecendo ler sua mente. — Ainda mais porque nossa *amiga* querida podia nos levar até o aeroporto.

Ele reforçou a entonação da palavra "amiga", tentando controlar a reação de Emily. Não queria presenciar outro escarcéu. Eles precisavam de um carro antipaparazzo, e os vidros escuros reforçados da garota eram perfeitos. Sem contar que, por muito tempo, Aoife fora parte vital daquele grupo. Era difícil para Emily reconhecer, mas no fundo confiar na loira havia sido uma boa estratégia do amigo.

As duas se abraçaram como as amigas que um dia foram. Muita coisa tinha mudado desde então, mas ainda havia carinho.

— Pelo visto continua noiva! O sexo deve ser bom mesmo! — brincou Emily, vendo o claddagh que um dia desejara receber de Aaron.

Aoife balançou os dedos, mostrando a gigantesca joia.

— Pois é! Continuo noiva, e o escolhido ainda não me decepcionou. Já estou quase finalizando os detalhes do casamento. Queria muito ter você ao meu lado durante esse processo, Emmy!

A informação a perturbou. As duas já haviam conversado diversas vezes sobre casamento, e como Aoife gostaria que fossem os seus. Antes, a garota acreditava que não conseguiria ficar com um homem por muito tempo, e que teria vários casamentos para organizar. Emily, ao contrário, não conseguia se imaginar casada. Inseparáveis, combinavam que Emily seria a madrinha perfeita. O tempo as distanciara, e Emily se sentiu vazia. Não estava ajudando a amiga como imaginava que aconteceria.

Mas eu nunca pensei que fosse um Leprechaun.

A realidade era triste, mas não podia ser ignorada. Emily deu um sorriso cansado para a garota e seguiu em direção ao carro, enquanto Darren apresentava Liam para Aoife sem dar muitos detalhes. Podiam confiar nela, claro, mas ninguém queria contar demais com a sorte.

Darren queria preservar a sua o máximo possível.

Antes de entrar no veículo, Emily fez questão de parar para observar a mansão a sua frente. Deixaria sua casa por tempo indeterminado. Em nenhuma de suas viagens tinha deixado a casa daquela forma, completamente vazia. Sempre havia os pais e empregados perambulando para cima e para baixo, mas agora precisava lacrar tudo, praticamente abandonando o lugar de onde tantas vezes desejara sair. Amava se aventurar, mas aquela seria uma aventura completamente diferente. Não seria nada divertida. Não sabia quanto tempo duraria, nem se haveria final feliz.

Prometo só voltar quando tiver completado minha missão. Não vou mais trazer vergonha para o nome O'Connell. Vou honrar quem construiu esta casa. Voltarei para aprender a ser como meus pais, mas antes vingarei suas mortes.

Lembrou-se de um ditado popular de sua terra:

"Quando acertamos, ninguém se lembra. Quando erramos, ninguém se esquece."

Ela nunca se esqueceria do erro de ter se apaixonado. As pessoas nunca se esqueceriam de seus erros nos últimos meses.

Era uma bola de neve de azar que continuava a rolar montanha abaixo. Uma montanha da qual parecia ser impossível ver o fim.

☘

A despedida de Aoife foi rápida, estavam todos ansiosos para viajar. Decolariam no primeiro jato daquela manhã, e por milagre conseguiram embarcar sem chamar atenção. Alguns funcionários do aeroporto identificaram o trio, mas foram discretos o suficiente para não atrair os jornais ou as mídias sociais. Emily fez questão de esconder os cabelos dentro do casaco e vestiu uma touca, cobrindo a cabeça. Para garantir que nenhuma imagem dela com Liam fosse divulgada, ainda andou a certa distância dos dois. Se fosse para sair alguma coisa no jornal, que pelo menos comentassem sobre Darren e um novo rapaz misterioso.

Estar outra vez em um jato a fez lembrar da última viagem que fizera a Londres e de como flertara com Aaron na aeronave. Pensou também em Owen, e se perguntou onde o rapaz teria se enfiado. Ele sempre estivera muito presente no seu dia a dia, mas na verdade havia sido Emily quem sumira, e o rapaz devia estar se fazendo a mesma pergunta sobre ela. Era Emily quem deixara de responder suas mensagens e atender suas ligações, afinal.

Já deve estar até de namorada nova, pensou, se sentindo um pouco estranha. Era a primeira vez que sentia algum ciúme de outro homem desde que Aaron havia entrado em sua vida.

Lamentou não ter se deixado envolver com Owen. Ele a desejara por tantos anos, e nos últimos meses persistira em tentar seduzi-la, mas ela acabara esnobando o garoto. Nem chegara a cogitá-lo como uma opção. Se tivesse ficado com ele, provavelmente tudo seria diferente. Talvez estivesse em um voo como aquele indo curtir um final de semana romântico na Cidade Luz.

Não estaria indo conhecer a noiva do doente do meu ex-namorado.

Queria morrer por se sentir incomodada com o fato dele já ter outra. Estar ao lado de Liam a deixava constantemente desconfortável, pois sabia que ele havia beijado a mesma boca que ela. Imaginar uma desconhecida fazendo aquilo embrulhava mais ainda seu estômago.

— O meu *contato* do hotel me indicou outro lugar bem mais modesto, mas que provavelmente não vamos odiar. Ele prometeu que não vai comentar com ninguém que estou na cidade. Só tive que me comprometer a dar uma escapadinha com ele.

Emily percebeu que Liam fechou a cara para o amigo. Ficou se questionando se enfim ele começara a prestar mais atenção em Darren. Notando os dois sentados próximos, conseguia imaginá-los juntos. Eram muito parecidos fisicamente, mas Liam tinha feições mais másculas. Seu porte era maior, e as roupas, menos extravagantes. Até precisara convencer o amigo a usar um dos sapatos de Liam ao perceber que Darren chegara à mansão com um mocassim verde-limão. Era chiquérrimo e grifado, porém, mais chamativo que o grupo todo junto.

— Você vai se separar da gente? — questionou Liam quando enfim se acomodaram.

Darren amou receber atenção.

— Só o necessário para não termos probleminhas! Mas se precisar de mim é só me avisar. Você sabe que eu volto correndo pra você, Li!

Li! Que intimidade foi essa agora?, zombou Emily mentalmente. O amigo estava tão envolvido pelo estrangeiro que nem notava o próprio desespero. Agia como um adolescente no ensino médio.

Os rapazes continuaram conversando, enquanto Emily tentava descansar. Não tinham dormido muito naquela noite, com todo o planejamento que precisaram fazer. Agora, tinha que lutar com mil pensamentos para descansar um pouco a mente e buscar inspiração para tentar alertar a herdeira. Se continuasse tão cansada, não conseguiria nem chegar perto da garota.

Pelo menos uma das vítimas deveria ser capaz de escapar de um final trágico.

6

Acordou com um toque em seu ombro e o anúncio de que o avião estava prestes a pousar em Paris. Emily havia dormido como uma pedra durante o voo. Depois que conseguiu desligar a mente, entrara em um transe profundo. Ainda sonolenta, olhou pela janela e percebeu que estava outra vez na mesma cidade que Aaron.

Por que tudo isso tinha que acontecer, Aaron?, ela se questionou pela milésima vez com agonia.

A cidade que tantas vezes havia sobrevoado tomou forma e se aproximava a cada segundo. As pessoas em geral costumavam amar Paris, mas Emily era uma exceção. Nunca escolheria a cidade como o seu lugar favorito. A magia de Paris não a havia tocado, talvez por nunca ter sido do tipo romântica ou por não ser fanática por arte. Ao sentir o jato começar a frear na pista de pouso, percebeu que depois daquela viagem provavelmente aquela seria uma cidade que riscaria de sua vida.

Consigo sobreviver sem os crepes de Nutella e croissants, pensou ainda olhando pela janela.

— Vai dar tudo certo — disse Liam, interrompendo seu raciocínio ao se levantar e preparar para descer.

Mais uma vez ela escondeu as longas madeixas sob o casaco e pôs os gigantescos óculos para preencher o rosto. Liam tirou um boné da mochila e o colocou. O item não combinava nem um pouco com ele, mas ficou satisfeita ao perceber que não era a única ficando paranoica.

— Aqui está o endereço do hotel e o nome falso da reserva. Meu boy conseguiu organizar para que a nossa chegada seja tranquila. Acho melhor sairmos separados e nos encontrarmos lá. Não sei até que ponto de loucura esse Aaron/Allan chegou, então é melhor não sermos vistos juntos no aeroporto. Ele pode ter contratado alguém para vigiar o local nos últimos tempos.

Emily ficou surpresa de ver Darren falando tudo aquilo. A mudança na atitude do trio mostrava o quanto Aaron conseguira mexer com a estrutura deles. Concordando, Liam e ela pegaram os papéis com o endereço da mão do rapaz e saíram separados, esperando um intervalo de tempo entre um e outro.

A garota entrou sozinha em um táxi, percebendo que era a primeira vez que não havia um carro à sua espera. A sensação de normalidade lhe fez bem. Tinha entrado na fila sem nem perceber. Não reclamou de precisar esperar, nem que o taxista foi grosso quando ela tentou falar francês, mas desistiu e voltou para o inglês. Estava viajando como uma pessoa qualquer, e o sentimento de ser comum trouxe alguns segundos de paz para o coração que pulava desde que Aaron fora embora e deixara sua vida completamente devastada.

Dentro do táxi, recostou a cabeça no vidro e ficou observando a passagem das ruas. Ao entrar na Champs-Élysées, lembrou-se do dia em que sua mãe a levou pela primeira vez a uma loja da Cartier.

Tinham comprado relógios idênticos que ela havia usado por um bom tempo. Se não se enganava, a mãe costumava usar o seu com frequência, mesmo depois de tantos anos.

Talvez ela também se lembrasse desse nosso momento, pensou, observando os arredores.

O carro seguia em uma das quatro pistas em direção ao famoso Arco do Triunfo. Castanheiros-da-índia passavam na vista da janela como se fossem borrões esverdeados, contrastando com o cinzento das largas calçadas e das fachadas das lojas de grife. Aquela era uma das poucas partes da cidade que ela admirava como as outras pessoas. A arquitetura antiga das construções ao redor, os jardins bem cuidados e os marcos históricos em contraste com as lojas modernas tornam a avenida um lugar único. Não demorou muito e o motorista se virou, resmungando que haviam chegado e estendendo a mão em busca de seu pagamento.

Ela suspirou com a grosseria do taxista e saiu do carro o mais rápido que conseguiu, tirando sua bagagem. Não encontrou Liam ou Darren na porta do pequeno hotel de toldo vermelho, mas resolveu entrar logo para fazer o check-in.

Lá dentro, uma jovem de cabelos castanhos e olhos amendoados a recebeu entre móveis floridos e cores claras. O hotel estava longe de ser um cinco estrelas, porém havia sido uma boa escolha. Emily teve uma sensação de conforto e segurança nele.

— Mademoiselle Emma, correto? — indagou ao vê-la entrar.

Emily não entendeu a pergunta e encarou a outra por alguns segundos, perdida.

— Como é? — questionou ao se recuperar, olhando para os lados em busca dos rapazes.

— Emma! Seu amigo David acabou de subir e pediu que você lhe interfonasse quando chegasse. Parece que ele vai encontrar o

Chandler em breve. Sentimos muita falta dele aqui trabalhando conosco, mas ele decidiu nos trocar por aquele hotel enorme...

As informações confundiam Emily a cada segundo. Não entendia por que a jovem compartilhava tudo aquilo. Mas então se lembrou do papel que Darren lhe dera e entendeu que Chandler era o conhecido dele que trabalhava no Four Seasons. Ela pegou o pedaço de papel do bolso e viu o nome Emma escrito pelo amigo.

Como eu sou burra!

— Sim! Sim! — exclamou, tentando mostrar empolgação para que a mulher não encrencasse com ela. — Clementine, não é? — continuou, vendo o nome no crachá da garota. — *David* comentou que ia encontrar um antigo funcionário de vocês. Obrigada por me informar que ele já está no quarto.

Clementine sorriu.

— Por nada, mademoiselle! Seu check-in já está pronto, o cartão para o pagamento foi cadastrado e Chandler nos notificou sobre a discrição. Seu quarto é o 214. Precisando de qualquer coisa, por favor nos avise. Tenha uma excelente estadia.

Um carregador apareceu para levar sua mala até o segundo andar. Emily nunca havia ficado em um hotel sem elevador. Por conta de sua fama na Irlanda, ela já precisara usar nomes falsos para ter um pouco de tranquilidade em suas estadias, então de certa forma estava acostumada a fingir ser outra pessoa.

— Aqui está o seu quarto — avisou o rapaz ao abrir a suíte.

Liam estava parado diante de outra porta no fim do corredor.

Estamos todos aqui.

Emily deu uma boa gorjeta e agradeceu ao funcionário. Fingiu que ia entrar em seus aposentos para despistá-lo, e, assim que ficou sozinha, fez sinal para que Liam entrasse.

— O Darren sabe exatamente como revelar que é gay — comentou o rapaz ao entrar na suíte. — Não é que agora me chamo Louis?

Ele riu da própria piada. Emily ficou séria e franziu as sobrancelhas, sem entender.

— Liam, Louis, One Direction. Não é óbvio?

Ela acenou afirmativamente com a cabeça, devagar, e se questionou como Liam conseguia às vezes parecer tão calmo.

— A recepcionista disse que Darren vai visitar o tal do Chandler. Você ficou sabendo disso? Não pensei que ele iria agora. Acabamos de chegar! Temos que focar no plano de descobrir como chegar perto dessa Margot.

Mais uma vez a ruiva se fechava em seu desespero. Chegar a Paris devia tê-la deixado ansiosa para encurralar o ex.

— Calma, Emmy! Ainda não falei com Darren. Também acabei de chegar. Quando te vi, achei melhor ver se estava tudo certo. Tenho certeza de que ele não vai nos deixar aqui se não for urgente.

Bufando, a garota resolveu seguir as instruções e interfonar para o amigo.

— Se ele achar que essa é uma viagem para pegação, eu o *mato*. E pare de me chamar de Emmy. Que irritante isso!

Liam fechou a cara, mas ficou calado, ouvindo-a falar com o amigo pelo telefone. Começava a se incomodar com a forma como estava sendo tratado.

— Ótimo! — resmungou ela minutos depois, ao desligar a ligação — O carinha dele ligou fazendo chantagem emocional. Disse que vai ter uma festa de um milionário do ramo de queijos no hotel onde trabalha e concordou em nos colocar na lista se Darren fosse encontrá-lo agora.

Foi a vez de Liam ficar perdido na história.

— E por que iríamos querer ir a uma festa dessas? Não entendi.

Emily riu, lembrando-se do comentário dele sobre o One Direction e percebendo a ótima oportunidade de se vingar.

— Não é óbvio? – disse, imitando-o, com tom de zombaria. – Se um dos maiores representantes do meio de laticínios está dando uma grande festa, ele provavelmente convidou todos do ramo de vinho também. Darren disse para o carinha que queria conhecer alguns donos de vinícola, e ele concluiu que nos convidar para essa confraternização seria perfeito.

Liam não deu o braço a torcer.

— Certo! Mas não temos confirmação de que a família Dubois estará lá, né?

Ela suspirou, mal-humorada, e se jogou na cama.

— Não, mas talvez seja a melhor oportunidade de tentarmos encontrar essa garota com quem o Aaron está envolvido. Não podemos simplesmente bater na porta da casa dela, e com certeza Aaron dobrou a segurança de Margot se esse plano de casamento realmente existir.

— Existe, Emily – afirmou ele observando a garota jogada na cama.

— Você não tem certeza disso – resmungou ela, lançando-lhe um olhar triste.

Liam sabia que no fundo ela adoraria que aquele rumor fosse falso. Emily ainda estava muito apegada à figura de Aaron, e ele se perguntava se ela acreditaria se o ex mudasse sua história, dizendo que não matou sua família.

— Acho melhor descansarmos enquanto o Darren estiver fora. Não sei como ele ainda tem energia para fazer o que eu estou imaginando! – exclamou o britânico.

Ela não soube identificar se havia ciúmes na voz dele ou não.

— Você não conseguiria dormir com ninguém agora? – perguntou a garota, sem nem pensar no significado do que dizia.

Por alguns segundos, ele só ficou observando-a na cama. Os cabelos esparramados na colcha branca com detalhes verdes. Uma verdadeira pintura irlandesa diante de seus olhos.

— Quem sabe! Se a pessoa valesse a pena... — respondeu, após respirar fundo.

Ela comprimiu os olhos e o viu sair de seu quarto, fechando a porta. Mesmo com as cortinas abertas e ainda de bota, Emily não se mexeu. Fechou os olhos e tentou fazer o sono profundo do avião voltar.

Se valesse a pena, pensou antes de dormir.

Estava no banho quando o melhor amigo entrou no recinto como um pequeno furacão. Em épocas melhores, as conversas durante o banho eram quase um ritual entre os dois, principalmente após suas noitadas regadas a bebida.

— Espero que tenha nos conseguido os convites — comentou a garota, olhando para Darren pelo box do chuveiro.

— Assim eu me sinto uma prostituta de luxo! Não quer saber se eu me diverti?

Ele fez um beicinho para ela, mas Emily o conhecia o bastante para saber que o comentário não o magoara. Eles tinham o hábito de ser ríspidos e sarcásticos um com o outro.

— Pelo visto você tirou as teias de aranha, né? — brincou ela, mesmo sabendo que não estava em condições de falar muito.

Darren riu, se sentando no vaso sanitário fechado e passando as mãos pelo cabelo ainda úmido.

— Estava precisando! Quase voltei a ser virgem nos últimos meses. Acho que pelo menos uni o útil ao agradável.

— Virgem você nunca mais vai ser, querido! Com seu passado é impossível!

— Olha quem fala...

Ele gargalhava enquanto ela desligava a água quente e envolvia o corpo na toalha macia do hotel. A garota riu também, mas discretamente.

— Conseguiu descansar um pouco enquanto eu estava fora? – perguntou ele, preocupado, ao notar suas olheiras profundas.

— Muito mais do que você, com certeza! Fiquei o tempo todo aqui. Só acordei porque precisava de um banho.

— Então o nosso novo amigo não ficou por aqui?

Emily não entendeu a pergunta.

— Por que ficaria, maluco?

Darren ainda estava pensando em como os encontrara na mansão, no dia anterior, mas resolveu não continuar.

— Verdade! Mente louca a minha!

A ruiva revirou os olhos.

— Mas não me enrola, não. Quero saber: conseguiu nos colocar na tal festa?

Darren sorriu, fazendo suspense, mas ele era péssimo nisso, e logo desembuchou revelando tudo.

— Claro, baby! Eu sou bom no que faço. Temos uma hora para nos arrumar. Hoje descobriremos alguma coisa sobre essa tal que está com o seu demo.

— Que *supostamente* está com ele...

Darren suspirou, contrariado com o que ela dissera.

— Acho melhor eu avisar o gostoso do Liam que ele tem que se arrumar. Para não nos atrasarmos.

— Você também tem a chave do quarto dele? Não sei se o soldadinho da rainha ficará feliz com uma visita no chuveiro. Afinal, você já está até com o cabelo molhado.

— Ai, ai! A senhorita cansa a minha beleza! Nem se eu estivesse mais seco que o deserto do Saara aquela maravilha me pegaria de jeito – disse ele, saindo sem se despedir, chacoalhando o cabelo.

— Nunca vi você desistir tão fácil! – gritou ela do banheiro. Ouviu a risada do amigo ressoar no quarto antes que a porta batesse.

Hoje teremos grandes descobertas.

7

Os três já conheciam bem a fisionomia da francesa. Margot Dubois era magra, levemente curvada, mais alva do que Emily, com cabelos curtos negros e olhos intensos. Costumava se vestir de forma um pouco antiquada, porém, usava sempre as melhores marcas. Ela gostava do vintage em um sentido não tão atual. O objetivo deles era encontrar Aaron, mas era indispensável reconhecer aquela herdeira no mar de pessoas da festa. Ela poderia muito bem ir à festa sozinha. Emily saíra diversas vezes sem Aaron durante a relação dos dois. Liam comentou que no seu caso havia sido a mesma coisa.

— Ele nunca foi controlador nesse sentido — disse quando entraram no assunto, e Emily ficou mais uma vez chateada.

Chegaram na festa de táxi, e ela reparou no ambiente luxuoso ao seu redor. A tapeçaria e o mobiliário do lobby do século XVIII davam um toque de charme a mais na atmosfera grandiosa do hotel. A poucos passos da Champs-Élysées, era um dos poucos com terraços privativos para a melhor vista de Paris. Adentrando o espaço, os diversos e imensos arranjos de flores com longos caules, cores vibrantes e vasos de vidro em diferentes formatos chamavam a atenção. O verde, rosa e roxo das orquídeas se destacavam em contraste com as paredes claras e os pisos espelhados. O revestimento em mármore, em tons de azul, cinza e ouro, era destacado pelo pé-direito duplo e pelo lustre com cristais de Murano decorando o átrio central. Caminhando pela área principal, Emily se lembrou de uma das vezes em que jantara no local, conhecido por suas refeições premiadas pelo Michelin. Na época, tinha ido à cidade para se encontrar com um magnata do ramo de petróleo no piano-bar, um ambiente que já recepcionara clientes, visitantes e celebridades do mundo todo.

Emily sentiu-se aliviada de ver que conseguiriam se misturar aos convidados. Ela insistira que Darren não vestisse nada chamativo naquela noite, e Liam usava um terno Hugo Boss cinza bem alinhado. Emily vestira um discreto Valentino preto de alças caídas e acinturado. Seu cabelo já chamava o máximo de atenção indevida, por mais que tentasse escondê-lo em um apertado coque.

— Você está muito bonita, Emmy — sussurrou Liam, parado ao lado da ruiva, ignorando todos os seus pedidos para não chamá-la pelo apelido.

Por um momento ela o encarou sem dizer nada. Algo na atitude dele a intrigava. Mas logo o rapaz se afastou.

— Não é que você fica um arraso quando resolve ser mais discreto? — brincou o britânico ao se aproximar de Darren, que estava mais à frente.

O novo comentário quebrou o transe dela e fez o melhor amigo corar, como sempre acontecia quando estava perto de Liam.

— Acha mesmo? Eu estou tão acostumado a ser o destaque da festa que me sinto um pouco apagadinho, assim só de preto e branco

— respondeu Darren, mostrando um pouco de insegurança, o que não lhe era nem um pouco habitual.

— Você está mais vermelho do que aquele Channel que a coroa ali da frente está usando — sussurrou Emily para o amigo, voltando a atenção para o salão repleto de convidados.

O evento era direcionado a empresários e chefs de cozinha, e os três ficaram impressionados ao perceber como todos eram bem mais velhos do que eles. Havia uma clara diferença entre os eventos que estavam acostumados a frequentar na alta-sociedade irlandesa e aquele.

— Será que esses eventos são sempre frequentados por essas múmias? Pensei que vinho ajudasse a rejuvenescer — murmurou Darren para os dois, enquanto arregalava os olhos para um vestido decotado demais em uma senhora nem um pouco atraente. — Sério! Estou sentindo vários velhos babões me olhando de cima a baixo.

— Mas isso não é muito difícil — brincou novamente Liam, levando os amigos para uma lateral do salão de festas.

Será que aconteceu alguma coisa quando Darren foi avisar Liam da festa? É o segundo comentário engraçadinho que ele faz...

O britânico até o momento não havia sido tão amigável com Darren como estava sendo naquela noite. Fora simpático desde o primeiro momento, mas sem retribuir as inúmeras investidas de Darren.

O que me importa, também? Que sejam felizes, pensou, observando cada milímetro do ambiente.

— Não se esqueçam de que este é um evento sobre queijo. Viram a mesa gigantesca montada ali no fundo? Vinho é só a área de atuação da nova escolhida — falou Emily ao ver os dois distraídos com os flertes.

— Sim, senhora! — disse Liam, também vasculhando o salão.

Na primeira meia hora, não encontraram ninguém parecido com seus alvos. Na verdade, era mesmo difícil achar pessoas mais jovens circulando por ali. Aquele parecia um péssimo evento para se infiltrarem.

— Eu vou matar aquele safado do Chandler! — resmungou Darren, cansado da música lenta demais e do buffet com diversas variedades de queijo.

Como nada acontecia, Liam resolveu arriscar e chamou Emily de lado.

— Não sei se vai dar certo, mas venha aqui comigo! Gostaria de tentar algo com você, só preciso que esteja disposta.

Liam tirou do bolso do paletó um pequeno trevo, e Emily começou a entender aonde ele queria chegar.

— O que acha que vai conseguir com isso, Liam?

O britânico apenas lhe deu um sorriso sincero, mostrando os dentes perfeitamente alinhados. Darren estava distraído no bar e não percebeu o que os dois estavam fazendo. Liam olhou para os lados e pegou discretamente uma das mãos delicadas de Emily.

— Confie em mim — disse, e ela estremeceu.

Era cada vez mais difícil para Emily confiar em qualquer pessoa. Já experimentara decepções o suficiente para nunca mais acreditar em ninguém. *Por que ele usou justo essa expressão?*, perguntou-se, mas acabou cedendo. Sabia que estavam em um lugar público e, se Liam quisesse feri-la de alguma forma, seria quase impossível.

— O que tenho que fazer? — questionou ela, encarando-o. Seus olhos claros e profundos se fixaram nos dele.

Sem desviar o olhar, Liam virou a mão da garota e colocou o trevo que guardava na carteira desde a juventude, herança de seu pai, na palma dela. Fechou a mão de Emily sob a sua e juntos ficaram segurando com força o pequeno símbolo de sorte. Ele esperava que, com aquele gesto e o vestígio de magia ainda existente neles, pudessem receber alguma luz.

De início Emily achou que era apenas alguma excentricidade dele. Liam passara muito tempo com Aaron acreditando que estavam aprendendo sobre a linhagem Leprechaun. No entanto, logo notou algo diferente na atmosfera. O trevo em sua mão parecia *pulsar*! Uma vibração saía das folhas e, sem desviar o olhar, entendeu que o rapaz também percebia aquela sensação.

— Não pode ser verdade...

Ele apenas sorriu.

Fazia algum tempo que nenhum deles sentia a magia dentro de si. Os olhos de Emily se encheram de lágrimas.

Isso é sorte? Meus poderes voltaram?, indagou-se, desejando nunca mais soltar sua mão.

— Nós somos mais fortes do que você imagina, Emmy! Juntos podemos resgatar o que é nosso.

Emily apertou ainda mais a mão na dele e finalmente sorriu, sem se importar com a forma como ele falava com ela.

— Tudo bem, pode me chamar assim. Já que gosta tanto...

Ele quis abraçá-la, mas se conteve: já a conhecia bem o suficiente para imaginar sua reação a um gesto em público.

— Eu acho que esse Aaron deixou vocês mais malucos do que eu imaginava — comentou Darren ao chegar. — O que está acontecendo aqui? Estou sempre surpreendendo vocês em atitudes esquisitas!

Ela sentiu outra vez o ciúme na voz dele. E mais uma vez quis explicar que não havia motivo para se sentir assim. Começava a entender que a presença de Liam era necessária, e que juntos poderiam reunir forças para lutar. Darren não estava de maneira alguma sendo excluído desse processo.

O trevo parou de pulsar e Liam puxou a mão, liberando a da garota.

— Nós estávamos errados! — exclamou Liam, recomeçando a vasculhar o ambiente. — Como fomos burros!

Sua brusca mudança de atitude pegou Darren e Emily de surpresa. Ele começou a andar pelo lugar, parecendo transtornado, e por pouco não trombou com outros convidados.

— O que está acontecendo, seu louco? — perguntou ela, com medo de que o pulsar do trevo tivesse embaralhado os pensamentos de Liam.

Ele não parou para responder. Continuou a zanzar pela festa, parecendo à procura de alguma coisa.

Será que ele descobriu onde Aaron e Margot estão?

Emily só entendeu sua atitude quando Liam parou e ela observou o homem a alguns metros de distância.

Não podia acreditar nos seus olhos.

— É claro... — concordou ela. — Margot não viria a este evento.

— Mas ele sim — completou o rapaz, apontando discretamente para o senhor à frente deles.

Pierre Dubois estava a alguns passos, brindando com outro senhor.

Tinham achado uma forma de se aproximar de Aaron.

O trevo resgatara o pouco de sorte de que aquele grupo precisava.

Debateram por algum tempo qual deveria ser o próximo passo. O avô de Margot estava diante deles, porém, temiam assustá-lo com uma abordagem errada. Afinal, eles precisavam de informações íntimas de sua neta e do futuro marido dela.

— Acho que eu deveria ir falar com ele — sugeriu Darren. — As pessoas me adoram. Gostam de se abrir comigo. Eu conseguiria fazer o velho falar.

Liam sorriu. Emily sabia que aquilo era verdade, mas não achava que era a melhor solução.

— Esse homem perdeu os filhos recentemente e agora tem um assassino oportunista dentro de casa. Não podemos piorar a situação.

— O que você sugere? Claramente recebemos uma pitada da sorte para esse encontro. Não podemos ignorar isso e não falar com o homem.

Liam estava certo. Uma palavra errada poderia acabar com qualquer sorte que eles talvez ainda tivessem.

— Eu vou até lá falar com ele — decidiu Emily, deixando os rapazes apreensivos.

— Tem certeza de que prefere ir sozinha, rainha? Não sei se é bom lidar com isso sem a nossa ajuda.

Ela entendia que Darren queria apenas colaborar, mas acreditava que o próximo passo precisava ser dela. Seguiu em direção ao milionário, decidida.

O espaço entre eles era mínimo, mas o percurso pareceu levar uma eternidade. Desejara loucamente um momento como aquele. Em um instante poderia descobrir o paradeiro do homem que a destruíra. Porém, ao se aproximar, percebeu que fraquejava.

Talvez eu não tenha forças ou coragem.

Diante do senhor baixo de cabelos escuros e gravata elegante, ela reuniu forças para sorrir e esperou, na expectativa de que ele engajasse uma conversa. Normalmente os homens não resistiam à sua figura, e também era possível que Pierre a reconhecesse e não sabia qual mentira Aaron poderia ter contado sobre ela.

— Olá, minha jovem! Procurando por alguém? — questionou o senhor.

Por um momento, ela travou. Achou que ele pudesse estar sendo irônico e temeu ter se metido em uma enrascada. Mas o sorriso escancarado no rosto dele demonstrava que sua beleza mais uma vez lhe dera uma vantagem. Ela quase tinha se esquecido de como era agradável usar o poder da sedução. Ficou satisfeita ao perceber que aquilo Aaron não lhe tirara.

— Perdão, monsieur! Pensei tê-lo reconhecido. O senhor se parece muito com o avô de uma querida colega que não vejo há algum tempo.

Emily fez menção de se retirar, mas o homem, interessado em sua companhia, a chamou de volta.

— É amiga de minha *petit* Margot?

A ruiva explodiu de felicidade ao perceber que ele caíra em sua armadilha.

— *Oui, oui*, Margot Dubois! Nos conhecemos em uma de minhas visitas à cidade. Ela nos apresentou brevemente durante uma festa. O senhor foi tão adorável comigo quando perguntei sobre o vinho que estávamos degustando. Quando o vi aqui no salão mal pude acreditar.

O homem franziu a testa, parecendo confuso, mas Emily se aproximou, inclinando o decote em sua direção.

— Não sei como pude esquecer uma figura tão adorável como você! Não é todo dia que um senhor como eu tem o privilégio de ser visto com uma mulher tão exuberante.

Emily fingiu timidez e sorriu para o homem, encarando brevemente Liam, que observava cada um de seus gestos.

— É muito gentil, monsieur! Ao contrário, tenho certeza de que um homem culto e refinado como o senhor deve ser muito concorrido em festas assim.

Pierre soltou uma gargalhada sonora, chamando a atenção das pessoas ao redor. Ele de fato estava gostando de ser observado ao lado de uma bela moça.

— E o que a traz a Paris? Notei de longe que era estrangeira.

Ainda sob o olhar do britânico, Emily tocou delicadamente o braço de Pierre enquanto conversavam.

Não aguentava mais ter de puxar saco. Esperava pela oportunidade de ser convidada para visitar a sua casa.

— Obrigada por estar conversando comigo em inglês. Isso só demonstra o quanto é gentil.

— Não há de quê, não há de quê! Agora estou começando a me recordar de onde podemos ter nos conhecido...

O sangue dela congelou. A expressão facial do homem se alterara, e ela temeu ter caído em alguma armadilha. Liam pareceu notar, pois tocou o ombro de Darren, que conversava com um barman.

— Lembra mesmo? Nossa, faz tanto tempo! – Ela queria distraí-lo. *Será que ele se lembrou de que eu sou a ex-namorada do noivo de sua preciosa neta?*

— Nem tanto tempo assim! Foi naquela festa, quando recebemos ilustres convidados da embaixada britânica. Mostramos a nossa nova safra para eles. Com certeza foi naquela noite.

Ela suava frio, mas começou a respirar aliviada.

Ele nem percebeu que sou irlandesa. Melhor para mim. Agora tenho alguma escapatória.

— Sim! Estou lembrando! Foi isso mesmo! – exclamou ela, fingindo felicidade – Um amigo me convidou para a ocasião por saber que adoro experimentar novos vinhos. Acho que foi quando conheci sua amável neta e o senhor, e se não me engano até fui apresentada aos pais de Margot também. Como estão todos?

Sentia-se mal por ter que mencionar a família, porém, precisava fingir que não conhecia muito a respeito da vida dele. No instante em que tocou no assunto, percebeu o definhar na expressão do homem.

— Infelizmente meus filhos se envolveram em um acidente fatal. Somos só eu e minha neta agora.

— Sinto muito! Não fazia ideia! Espero que Margot esteja bem após essa tragédia. Era uma jovem cheia de alegria — disse, sentindo-se quase desumana.

Pierre mostrou-se um tanto desconcertado. Emily percebeu que estava exagerando nos elogios. Na verdade, tudo o que soubera de Margot dava a entender que ela tinha uma personalidade um tanto antissocial.

— Ela ficou devastada! Todos nós ficamos. Foi uma perda repentina, mas fomos capazes de reencontrar a felicidade. Nossa família acabou de crescer.

A informação foi como um baque. Precisando fingir indiferença, no entanto, Emily respirou fundo e tentou escancarar um sorriso falso.

— Jura? Que maravilha! Alguém teve um filho?

— Espero que em breve! No ritmo que os dois estão, é bem capaz — comentou o francês, deixando a garota lívida. — Margot se casou ontem com um belíssimo rapaz. Garoto de ouro! Conseguiu resgatar a felicidade do coração de minha neta. Eu não podia ter pedido algo melhor. Ele é estrangeiro como você. Pelo visto, estrangeiros exercem algum tipo de feitiço sobre a nossa família.

Ela entendeu a direta de Pierre, mas por um momento até esqueceu que precisava continuar encenando. Não conseguiu acreditar que perdera o casamento de Aaron por um dia. Tinha se separado dele havia poucas semanas. Como ele tivera tempo de seduzir uma mulher e de se casar com ela naquele espaço curto de tempo? Segurando as lágrimas, tentou estabilizar a voz antes de dizer:

— Margot se casou com um estrangeiro! *Magnifique!* Ela merece ser feliz! Pena que foi ontem, adoraria ter visto a cerimônia. Deve ter sido uma grande festa.

Foi difícil fingir alegria, sabendo que o homem por quem estivera apaixonada havia se casado legalmente com outra pessoa.

Como ele não desapareceu ainda? Como Pierre pode estar feliz? Aaron ainda não roubou o poder deles?

— Na verdade, foi uma festa bem modesta. Eu fui o único convidado. Como sabe, minha neta é muito discreta, e o anjo que apareceu na vida dela também. Allan fez questão de que não fizessem uma comemoração extravagante. Escolheram um belíssimo lugar no campo, e nós três tivemos um lindo momento na cerimônia.

Ele realmente se casou! Como é possível?

Uma onda de pânico tomou conta de seu corpo. Não podia acreditar. Precisava ter provas de que aquele pesadelo era real, ainda que soubesse que não deveria sentir ciúmes. Eles estavam falando de um assassino. De uma pessoa sem nenhum escrúpulo.

— Mas pelo menos um belo retrato do vestido da noiva o senhor deve ter, não é? Sempre sonhei em me casar em um magnífico traje.

Os anos na faculdade de dramaturgia estavam valendo a pena. Mesmo morrendo por dentro, Emily parecia composta. Ela percebeu que Liam havia relaxado um pouco em seu ponto de observação.

— Eu devo ter alguma foto em meu celular. Deixe-me ver aqui...

Parecendo ter certa dificuldade em enxergar as pequenas letras do aparelho, Pierre localizou o álbum de fotos. Ao ver a primeira imagem, Emily quase não conseguiu se conter.

Sua visão escureceu.

Suas pernas ficaram trêmulas.

Ali estava o seu pior pesadelo.

RELATÓRIO TL   Nº 1.210.311.432.222.000

Para a excelentíssima Comissão Central

Assunto:
ATUALIZAÇÃO FAMILIAR
• Grupo de destaque •

Novas informações sobre membro de uma das famílias de destaque da comunidade.

Atualização de cadastro para ciência da comissão.

Localização do indivíduo:
Nova York – Nova York

Habilidade familiar: desenvolver produtos alimentícios potencialmente viciantes distribuídos em escala global.

Histórico: família lhe ensinou a dar valor ao dinheiro e estimulou envolvimento em atividades em grupo. O poder desabrochou quando começou a trabalhar para uma grande companhia.

Idade de reconhecimento e cadastro no sistema TL: com 28 anos. Cadastro há 35 anos.

Status: indivíduo com toque de ouro com abrangência global.

Contribuições externas: milhões investidos em causas relacionadas a fome e falta d'água.

Contribuições internas: financiamento de departamentos.

Atualização: sua marca continua a crescer em todos os países que conquistou.

Ação: ninguém suspeita de seu poder. Tem autorização para continuar agindo normalmente.

Margareth Griffin

8

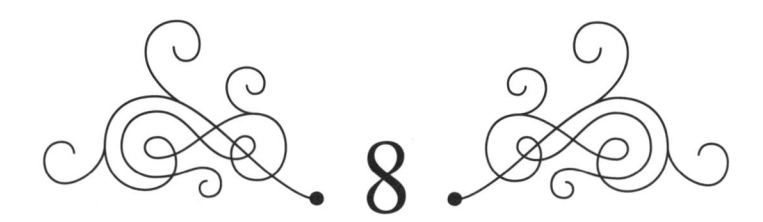

Os mesmos olhos sedutores, o mesmo sorriso meigo e a postura elegante. Os cabelos já não estavam tão longos e pareciam mais claros. O terno escolhido era bem diferente dos que costumava vestir. Parecia mais antiquado, ainda que novo. Na imagem no telefone celular de Pierre, Emily viu Aaron encarando Margot no altar. Ela estava radiante. Ele parecia feliz.

Ele deve estar pensando na herança. Só pode ser isso.

— Está tudo bem, *chérie*? — questionou o senhor ao observar sua palidez.

Ela sabia que não podia demonstrar tanto seus sentimentos, estava se expondo demais. Queria continuar a conversa, mas temia acabar perdendo o pouco da confiança que conquistara até aquele momento. Focou em descobrir pelo menos a localização atual de Aaron, tentando controlar suas reações.

— Sim, claro! Só fico emocionada com casamentos — disse, tentando camuflar suas emoções. — Margot estava linda! O noivo dela também. Quer dizer, o marido dela também.

Pierre sorriu e continuou a observá-la com interesse.

— Sim! Agora tenho um filho novo na família! Allan conquistou nossa confiança. Um charme, aquele rapaz. Você iria gostar de conhecê-lo!

Com o poder que ele tem agora não deve ter sido difícil conquistá-los, pensou Emily, olhando para o homem com dó. Pierre nem imaginava o quanto ela já conhecia cada aspecto de sua personalidade. Os bons e os ruins.

Pierre parecia um avô feliz e bondoso, e dava a impressão de ser ingênuo demais para alguém de tantas posses. Aaron não devia ter tido nenhum tipo de dificuldade em se aproximar da família. Ela mesma em poucos minutos já conquistara a confiança do homem. Certamente isso facilitara muito aquele casamento em tempo recorde.

— E onde o casal foi passar a lua de mel? — quis saber a ruiva, com uma curiosidade levemente masoquista.

Sentia-se angustiada pela certeza de que ele agora detinha mais um pote de ouro. Não sabia como poderia enfrentar Aaron se o rapaz ficasse cada vez mais forte. E além de tudo, agora ele estava com outra mulher.

— Nesta belíssima fazenda — comentou o homem, mostrando mais uma foto em seu aparelho, provavelmente enviada pela neta.

Emily viu o casal abraçado diante de uma plantação de uva. Inicialmente pensou que poderia ser uma das várias propriedades da família Dubois, mas logo identificou um nome em uma placa e reconheceu uma marca de geleias. Aquela informação facilitaria a descoberta do paradeiro deles.

— Eu amo os produtos dessa marca! A fazenda é de amigos de vocês? Adoraria fazer um tour.

Emily temeu estar se arriscando demais, mas, quando o homem se empolgou com seu comentário, percebeu que valera a pena o risco.

— É, sim! De uma de nossas parceiras. Margot não queria voltar a uma de nossas fazendas para a lua de mel, e como ela ama esta, pediu permissão ao nosso amigo. Ele é o dono da marca. Fica a apenas duas horas daqui, por isso foi uma escolha bastante prática. Se você quiser, adoraria te levar até lá quando os pombinhos retornarem. Seria um ótimo passeio.

Emily parou um pouco para pensar. Os dois estavam em uma fazenda a poucos quilômetros de Paris relacionada a uma marca famosa. Ela concluiu que conseguira material suficiente, e Pierre começava a cruzar a linha. Precisando de auxílio, olhou com certo desespero para Liam antes de forçar-se a sorrir novamente para o senhor.

O britânico entendeu e estava ao lado dela antes que pudesse responder ao homem.

— Querida! Estou há tanto tempo te procurando. Nosso amigo está indo embora. Acho melhor acompanhá-lo.

Liam fez questão de apoiar o braço ao redor da cintura dela e a beijou próximo à boca.

Estranhamente, Emily não sentiu seu espaço invadido por aquele gesto. Ficou satisfeita ao ver que Liam foi capaz de ajudá-la a sair daquela situação. Preferia aquele abraço ao do homem à sua frente.

— Ah, meu amor! Nem vi o tempo passar! Estava aqui conversando com um antigo amigo. Este é Pierre Dubois! Conheço a neta dele, e acabei de descobrir que ela se casou ontem, acredita? Perdemos a oportunidade de irmos a um casamento francês.

Emily sentiu os dedos de Liam se enrijecerem em sua cintura. Ele também fora afetado pela notícia, e ela sentiu compaixão. Preocupava-se tanto com os próprios sentimentos ambíguos em relação a Aaron que muitas vezes esquecia o quanto ele machucara o britânico também.

— Uau! Parece que vocês tiveram muito o que conversar.

Ele não era tão habilidoso em esconder a dor quanto ela. Seu tom de voz a preocupou: o milionário podia suspeitar de que fora ludibriado.

Pierre estava claramente confuso. Em um instante, seduzia uma bela mulher em uma festa, e segundos depois descobria que ela chegara acompanhada.

Liam deu um sorriso amarelo e procurou Darren com o olhar, buscando alguma desculpa para se despedir.

— Infelizmente precisamos voltar para nosso hotel! Mas foi um prazer conhecê-lo, senhor.

Pierre olhava para Emily como se buscasse uma explicação. Ela ignorou-o, aproveitando a deixa:

— Realmente foi um prazer encontrá-lo! Mande lembranças à sua neta. Desejo tudo de bom para vocês.

Era verdade. Sentia-se mal por tê-lo enganado, mas sabia que o que estava fazendo não era nada comparado com a traição que certamente sofreriam.

O homem não teve tempo de retribuir a despedida: os dois se apressaram na direção do amigo. Aproximando-se de Darren, a garota comentou:

— Acompanhe o nosso ritmo...

O loiro saiu andando com eles sem questionar o que tinha acontecido nem indagar se haviam obtido resultados.

Apenas quando entraram no carro Emily desabafou:

— Aaron está em lua de mel! Ele se casou ontem.

Emily esperava que a corrida de táxi até o hotel fosse conturbada. Precisava explicar toda a conversa que tivera com Pierre Dubois, e imaginava que as reações seriam explosivas. Para sua surpresa, contudo, foi o silêncio que reinou no veículo. Até Darren preferiu não emitir opiniões. A falta de palavras passara a ser uma constante na vida deles. A noite havia sido longa, e a revelação, imprevisível.

— Acho melhor conversarmos sobre isso amanhã — sugeriu Darren ao chegarem no hotel. — Todo mundo está de cabeça cheia, e de nada adianta sairmos agora atrás do maldito. Vocês precisam recarregar as energias.

Liam e Emily concordaram, mas pareciam amortecidos pelos acontecimentos. Cada um seguiu para seu quarto na intenção de dormir.

Emily sentia vontade de chorar.

Como Margot pôde se casar tão rápido?, era o que se perguntava.

Milhares de pensamentos rondavam sua mente. Precisou se segurar para não pegar o seu tablet e sair em busca da fazenda onde eles estavam. Darren tinha razão: não adiantava saírem no meio da madrugada, sem relaxar nem dormir.

Estava na segunda taça de vinho quando ouviu um barulho baixinho em sua porta. Não soube identificar se alguém havia batido ou tentado abri-la.

Duas da manhã, pensou, verificando o relógio ao lado da cama. *Quem pode ser? Será que Pierre me seguiu? Será que ele suspeitou de alguma coisa e contou para Aaron?*

O coração batia forte. A mistura do vinho da festa com o que tomava sozinha no quarto começou a fazer mal. Procurou por algo que pudesse usar como arma. Cambaleou por alguns instantes pelo quarto, até que finalmente achou um peso de papel bom o suficiente para bater na cabeça de uma pessoa.

Com receio, verificou o olho mágico, embriagada e, com um suspiro, identificou de quem se tratava.

— O que está fazendo aqui?

Era Liam parado no corredor.

Os olhos claros pareciam extremamente irritados. O rosto inchado evidenciava que estivera chorando. Vestia a calça do pijama, sem camisa. Foi impossível deixar de perceber esse detalhe. Na mão, ele trazia uma garrafa do vinho do hotel. Dava para perceber que Liam também tivera dificuldade de tentar desligar a mente.

— Quer dividir? — perguntou, mostrando a garrafa.

Emily recostou a cabeça na porta e suspirou, observando-o.

— Só se terminarmos a minha primeiro...

Naquele momento, ela percebeu que a única coisa positiva que havia restado após o falecimento de seus pais estava perdida. Parara de beber após a tragédia. Orgulhava-se disso, pois os pais odiavam seus maus hábitos alcoólicos. Naquela noite, no entanto, esquecera aquilo, e Aaron vencia mais uma vez.

Ele sempre vence. Sempre.

Liam entrou e se sentou na pequena saleta do quarto. A lareira estava acesa, e o vinho fora servido em um copo. Ele aproveitou e despejou todo o resto da garrafa dela em outro para si mesmo.

— Como ele teve coragem? — desabafou o rapaz, encarando o líquido. — Como pôde fazer isso?

Ela não estava muito certa de que entendia completamente o sentido das perguntas dele. O álcool agia misturado à raiva em seu organismo.

— Como ele pôde roubar o poder de outra pessoa? — indagou ela.

Liam levantou o olhar da taça e o fixou nela.

Por alguns segundos pareceu apenas tentar focá-la, a tristeza claramente desenhada em suas linhas de expressão.

— Não. Como ele pôde se casar? Ele não fez isso conosco. Não nos amou dessa forma. Por que agora foi diferente? Por que ele só quis nos destruir?

Emily se sentou, rígida, em uma poltrona. As posições haviam sido trocadas. Era ele quem estava se remoendo por continuar sentindo algo por Aaron. Quem se questionava e desabafava com ela.

Em seguida, Liam começou a chorar.

Não era um choro fino e desesperado. Era travado, grosso e envergonhado. Como se aquele sentimento tivesse sido guardado por tempo demais.

Aquilo a deixou sem reação. Mais um acontecimento inesperado da noite.

Emily se levantou e foi até o homem sentado e desiludido. Afastou a cabeça dele das mãos que tampavam o rosto vermelho e liberou seu colo. Deixando as barreiras de lado, ela se sentou de lado no colo dele e o abraçou, recostando-se em seu peito como se fosse uma criança desamparada.

— Não sei, Liam! Não sei por que ele não nos amou assim nem por que só quis nos destruir.

9

Emily nunca havia sido um exemplo de bom comportamento. Sexo, drogas e festas faziam parte de algum tipo de lema que ela costumava seguir à risca até pouco tempo atrás. Mas, contraditoriamente, muitas vezes ela se pegava censurando pessoas que se deixavam tragar pelos próprios dramas pessoais. Diversas vezes condenou mulheres e homens que permaneciam com os companheiros apesar de maus-tratos e julgou celebridades enganadas repetidamente pelos empresários ou agentes. Antes achava que eram pessoas fracas e burras. Com tudo o que lhe acontecia agora, começava a se perguntar se fazia parte daquele grupo.

Naquela manhã, acordar mais uma vez exausta de tanto chorar por Aaron a fez pensar. Parecia presa em um eterno pesadelo. Tudo se ligava a ele, e não sabia se algum dia conseguiria ter uma vida diferente.

Para a sua surpresa, não via sinal de Liam no quarto. Lembrava-se de consolar o rapaz na noite anterior e de afogar as mágoas na garrafa de vinho trazida por ele, mas o resto da noite se transformara em um borrão de lágrimas e confissões.

Pelo visto ele já foi para o quarto. Que bom que pelo menos me colocou na cama.

Nem tinha coragem de olhar para o relógio. Aquele era o dia em que finalmente bolaria um plano para encontrar Aaron e fazê-lo pagar por tudo. Sairia da imaginação para de fato confrontá-lo. Atrasar-se em um dia tão importante chegava a ser vergonhoso.

Levantando-se com dificuldade, foi ao banheiro jogar uma água no rosto para tentar acordar, depois procurou o telefone do quarto para falar com Darren. Provavelmente perdera o café da manhã, e imaginava que Liam também não estivesse em uma situação muito melhor.

Não demorou muito para o amigo atender sua ligação.

— Darren, só acordei agora! Não passei bem esta noite.

A voz dela denunciava o grau de amargura e também o efeito da noite de bebedeira.

— Parece que todo mundo acordou na derrota hoje. Liam também não está nada bem. Fui até o quarto dele tomar café. Acredita que ele dormiu jogado no chão? Vomitou e tudo mais, coitado! Se ele não fosse tão bonito e simpático, juro que já tinha perdido o interesse.

Ao ouvir isso, a compaixão dela pelo britânico cresceu. Aaron também causara um efeito e tanto na vida dele.

— Vou comer alguma coisa e procurar o endereço da fazenda para onde vamos hoje. Não deve ser difícil. Já passou da hora de sairmos deste hotel. Devíamos ter ido para lá direto da festa.

— Emmy, você já pensou no que vai fazer quando encontrá-lo?

A pergunta do amigo tinha fundamento. Sabiam onde Aaron estava e em pouco tempo teriam um endereço, porém, nunca haviam realmente conversado sobre o que fariam ao encontrá-lo. A garota já declarara mais de uma vez o que desejaria fazer, no entanto. Se teria coragem de seguir seus impulsos era outra questão.

— O mais importante é o desmascararmos para essa francesinha que ele está iludindo. Se ainda estiverem juntos, talvez ele não tenha conseguido achar o local mágico dela. O casamento pode ter servido como incentivo para Margot confiar nele e contar onde fica seu final do arco-íris.

Emily queria acreditar naquilo, Darren sabia. Durante o café da manhã com Liam, também percebera nele um desejo de encontrar uma explicação cruel para aquele casamento. Apesar de tudo, os dois ainda se sentiam magoados por terem sido abandonados.

— Eu estou aqui para ajudá-los e estarei até o fim. Você sabe que nunca fui com a cara do Aaron. Mas acho que você e o Liam deviam conversar hoje antes de tomarmos uma decisão. Não podemos chegar lá sem um plano.

Ele tinha razão.

— Então faça o seguinte: você procura o endereço da fazenda onde eles estão enquanto eu vou atrás de café da manhã com o Liam. Pode ser? Assim nós teremos essa chance de conversar sobre o que fazer.

— Certo! — concordou Darren do outro lado da linha. — Por mim não tem problema. Mas posso te pedir um favor?

Emily achou que ele fosse pedir para diminuir o grau de intimidade com o britânico.

— Podemos cogitar procurar a polícia quando o encontrarmos? Me peguei várias vezes pensando nisso e não gosto de nenhuma opção além dessa.

A ruiva ficou pensativa por alguns instantes. Entendia por que Darren pedia aquilo. Assim como Liam, ele temia que ela pudesse cometer um crime. Diversas vezes, Emily se imaginara *matando* Aaron. Tivera pesadelos com isso, relembrando a noite em que havia recebido a notícia da morte de seus pais. Ou o dia em que ele revelara tudo na catedral. Mas a verdade era que não sabia qual seria sua reação.

— Vamos dizer o quê para a polícia? – perguntou ela, após respirar fundo. – Que ele matou meus pais? Como vamos provar isso, Darren? A polícia disse que o assassino era uma pessoa inteligente. Hoje entendo que era uma pessoa com sorte. Não encontraram nenhum rastro de DNA. Não existe nada que denuncie o culpado. Eu nunca nem cheguei a apresentar o Aaron para meus pais. Eles apenas o viram por alguns segundos naquele casamento. O que poderíamos dar à polícia?

— Mas ele roubou o seu poder! E também o de Liam, e agora possivelmente o da tal Margot! Ele precisa pagar por tudo isso na cadeia!

A vontade dela era rir.

— Darren, você está se ouvindo? Vou chegar na polícia e falar isso? Que existe um Leprechaun capaz de roubar o poder de outros como ele? Vão me colocar em um hospício. Ainda mais com o meu histórico. Não temos essa opção. Aliás, *eu* não tenho!

— Mas então tente pensar em uma solução razoável, por favor? – insistiu Darren, temeroso da reação dela ao ficar frente a frente com o ex.

Emily captava o desespero na voz dele e quase desejou ter se afastado quando toda a sua tragédia começou. Odiava ter bagunçado tanto a vida do amigo.

— Prometo! Vou comer alguma coisa e debater com Liam sobre nossos próximos passos. Nos encontramos aqui em pouco tempo.

Desligou e precisou de um momento para se recompor. A cabeça pesava de ressaca, desacostumada à bebida, e a falta de comida também afetava negativamente seu raciocínio. Além de tudo, não ajudava perceber o quanto deixava Darren aflito. Respirou fundo e discou para o quarto de Liam. Esperava que ele estivesse melhor após o café.

— Preciso que vá comigo até algum café.

— Bom dia para você também...

A voz dele denunciava a noite mal dormida.

— Você sabe que não há nada de bom neste dia – resmungou Emily, colocando a mão livre na cabeça para tentar amenizar a dor.

— Deveria haver. Hoje ele vai pagar.

Suas palavras estavam carregadas de ódio. Podiam ter sido ditas por ela própria.

— Você tem razão, e é por isso que preciso de você. Ainda preciso comer antes de sairmos, mas é importante compartilharmos o que vamos fazer com Aaron.

Houve um instante de silêncio no outro lado da linha, e a respiração dele chegou pesada. Emily percebeu que incluí-lo no processo havia deixado Liam um pouco emocionado.

— Ok! Vamos, sim. Só preciso que você faça algo por mim.

Todo mundo hoje quer que eu faça ou pense em algo.

— O que é? – perguntou ela, já arrependida de dar alguma abertura a Liam.

— Quero que hoje você seja um pouco da Emily que conheci apenas pela mídia: poderosa, linda, confiante e má. Hoje o Aaron vai ver que mexeu com as pessoas erradas, e você é aquela que vai destruí-lo!

Ela gostou do que ouviu.

Não foi preciso dizer nada. Emily mudou completamente seus planos, energizada pelo que ele dissera.

— Quer saber? Não vamos perder mais tempo. Nós dois saberemos como agir quando o vermos. E de nada adianta continuarmos aqui. Vou pedir algo para comer no serviço de quarto do hotel, e vamos em seguida. Hoje ele encontrará Emily O'Connell, e ela não é a mulher que ele condenou.

Já vi mais de Paris do que eu precisava.

Agora ela podia voltar a ser a pessoa que era antes de encontrar seu monstro. Não seria mais fraca.

De início achou que não encontraria nada que remetesse completamente à antiga Emily em sua mala. Todas as peças eram de muito bom gosto, entretanto, nenhuma escancarava a sua antiga personalidade. Até que achou um macacão DVF preto colado ao corpo. Ele era ousado, poderoso e elegante. E gritava seu nome. Ela daria exatamente a impressão que gostaria ao rever Aaron. Precisava achar seu salto alto, colocar uma maquiagem e esfregar na cara dele todos os poderes que ele nunca conseguiria lhe roubar. Ele havia arruinado sua vida, mas ela ainda era capaz de superar e seguir em frente.

Com a produção pronta, seu casaco Chanel no braço e a bolsa da mesma marca, Emily fechou a mala e deixou o quarto de hotel. Sentia falta do aconchego de sua casa em Dublin, da segurança de ficar entre aquelas paredes, e agradeceu mentalmente a Darren por ter insistido que ela mantivesse a mansão. Sentia que para sempre seria apegada àquele local: lá nunca deixaria de existir a concentração da energia de seus pais.

No hall de entrada, Darren veio ao seu encontro para mostrar a localização da fazenda que buscavam.

— É a única propriedade da marca nos arredores de Paris. Todas as outras ficam bem longe, e, pela sua descrição da foto, acho difícil não ser esta.

— Perfeito — respondeu Emily, colocando os óculos. — Pedi um carro. Acho melhor dirigirmos até lá. Não sabemos até que ponto ele está mostrando os seus poderes.

O homem da companhia de carro apareceu e começou a carregar o veículo com as bagagens deles.

— Mas quem vai dirigir? Eu nunca toquei num carro na vida, e você também não.

Eles sempre optavam por usar motoristas para irem aonde quisessem. Era só ligar que em questão de minutos estavam prontos para buscá-los.

— Às vezes até esqueço que perdi minha sorte, sabia? – comentou Liam, se intrometendo na conversa. — Eu aprendi a dirigir no Reino Unido, mas também sei dirigir aqui. Aprendi durante as viagens que fiz com os meus amigos.

Emily estava contando com ele para pegar a direção, mas havia se esquecido da famosa mão-inglesa. Parecia que realmente haviam tido um golpe de sorte.

Será que parte da nossa magia retornou ao segurarmos aquele trevo?, questionou-se, olhando para Liam.

Por um instante os olhares dos dois se encontraram. O momento foi breve, pois havia muito movimento ao redor: Darren tagarelando, o motorista entregando o carro, pessoas circulando pelo hall. Liam a olhou de cima a baixo com orgulho e esboçou um belo sorriso, que sugeria que ela havia feito uma boa escolha. Ele não precisou dizer uma palavra. Outra vez a atitude dele renovou suas energias. Ela sentiu-se confiante e poderosa, pronta para finalmente encarar o inimigo. Retribuiu o olhar com um sorriso.

— Vocês dois andam muito esquisitos. Juro que não entendo. Que momento todo é esse? – soltou Darren, que notara a breve troca de olhares.

Liam riu e abraçou o outro rapaz com espontaneidade.

— Tá carente? Vem aqui, seu bobo!

O abraço de urso do britânico engoliu Darren por inteiro. Emily via apenas a testa vermelha do amigo e imaginava o quanto ele devia estar encabulado, mas amando o contato com os braços fortes de Liam.

— Já perdemos muito tempo aqui. Conseguimos o endereço, e o carro está pronto. Vamos pedir a bênção de Saint Patrick para pegar a estrada.

Liam saiu do abraço e agarrou a mão de Darren de um lado e a de Emily do outro. Gostara daquela ideia.

Sem concordar verbalmente nem se importar com as pessoas que circulavam pela recepção do hotel, ele assumiu uma expressão solene e disse em tom alto o bastante para os outros dois ouvirem:

— Levantamos neste dia por uma grande força. Pela invocação da trindade, pela fé na tríade, pela afirmação da unidade, do criador da criação.

Era o início de uma oração em homenagem a Saint Patrick. Emily ficou um pouco surpresa ao ver um britânico recitando-a. Então se lembrou de que Liam era um estudioso e que ficara fascinado com a história de sua origem como Leprechaun.

Ele devia ter aprendido a reza em suas pesquisas.

Aproveitando a deixa das palavras do rapaz, Emily complementou a oração com voz suave, lembrando-se do trecho seguinte:

— Levantamos neste dia pela força do céu, da luz do sol, do clarão da lua, do esplendor do fogo, da pressa do relâmpago, da presteza do vento, da profundeza dos mares, da firmeza da terra e da solidez da rocha.

Uma energia positiva surgiu e se intensificou ao redor deles; ao que parecia, a força do universo conspirava a seu favor.

Emily não era nem um pouco religiosa: o único talismã que carregava consigo era o trevo, símbolo de sua conexão com o falecido pai.

No entanto, ela sentia que, após tudo o que acontecera em sua vida, precisava se reconectar à sua linhagem sagrada.

— Levantamos pela força do amor dos querubins, em obediência aos anjos e a serviço dos arcanjos. Pela esperança da ressurreição e da recompensa. Pelas orações dos patriarcas. Pelas previsões dos profetas. Pela pregação dos apóstolos. Pela fé dos confessores. Pela inocência das virgens santas. Pelos atos dos bem-aventurados. Que Saint Patrick nos abençoe nesta jornada maluca que vamos encarar — finalizou Darren, deixando os outros surpresos. — Ué! Acham que só porque não sou um Leprechaun não sei a oração de nosso querido santo?

Os três riram, fortalecendo a energia gerada espontaneamente quando três partes se unem. O riso trouxe uma sensação boa, de comunhão, necessária para o próximo passo. Então eles entraram no carro e partiram.

Foram atrás de Aaron Locky.

Ou melhor, de Allan Dubois.

10

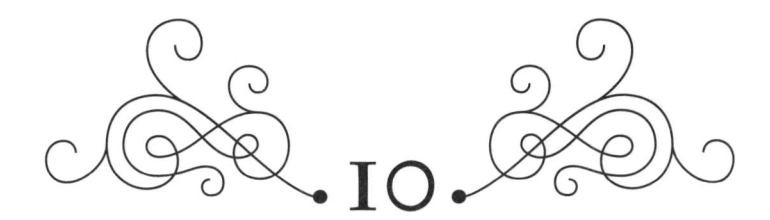

De início pegaram uma rodovia, porém, logo seguiram por estradas menores, passando por típicas paisagens francesas com castelos de diversas torres e lagos rodeados por rochas e gramado. Tanto na Irlanda quanto na Inglaterra também havia muitos cenários assim, mas nenhum dos três costumava desbravar territórios medievais. Sair dirigindo pelas estradas de seus países não era um hábito do grupo. Mas a França não era apenas feita de monumentos antigos, restaurantes premiados e desfiles de moda acompanhados pelo mundo todo. Conforme se afastavam de Paris, sabiam que se distanciavam do estereótipo do francês cosmopolita. Passavam por pessoas simples, trabalhadores do campo que não se preocupavam em ser elegantes e muitas vezes nem conheciam a própria Torre Eiffel. As cidades do interior eram menores, e por isso muito tranquilas e visivelmente limpas. As construções eram mais modestas, entretanto, eram harmoniosas, ornadas por flores. Observando a imensidão verde das plantações e as estradas de terra, Emily sabia que enfrentaria o seu destino em um local totalmente fora de sua zona de conforto. Começava a acreditar que era melhor assim.

Ela se sentia cada vez mais ansiosa pelo encontro. Ainda não tinha a mínima noção do que faria ao rever Aaron, mas estremecia só de pensar que isso agora estava prestes a acontecer. Acima de tudo, não tirava da cabeça o objeto que havia escondido em sua bolsa.

Depois que Aaron lhe confessara tudo, ela havia passado alguns dias presa em sua dor, quase catatônica. Não conseguia suportar a culpa pela morte dos pais. Mas logo a tristeza se transformou em uma raiva incontrolável, e Emily decidiu se vingar. Buscou vídeos e sites de luta na internet e começou a aprender. Não queria nenhum contato com outras pessoas, por isso treinava cada movimento e golpe sem a ajuda de ninguém, contando apenas com sua recém-descoberta disciplina. Mesmo sem o aval de um treinador, percebeu que levava jeito e continuou a praticar. Contudo, focada na ideia de vingança, com o ódio em pleno auge, chegou a procurar também outra forma de defesa e ataque mais rápida e eficaz, e era nisso que pensava.

Antes de sumir, Owen a havia ajudado a conseguir uma arma.

O desfecho daquele dia poderia ser mais impactante do que qualquer um naquele carro esperava.

Owen declarara que estaria ao seu lado para o que ela precisasse após o assassinato dos O'Connell e adorava bancar o bad boy. Ainda assim, ela precisou usar alguma persuasão para que ele aceitasse acionar alguns dos contatos que tinha na máfia irlandesa. Dinheiro e sensualidade tornavam tudo possível, e não demorou para que Owen lhe conseguisse uma pistola. Para ele, Emily só estava com medo agora que ficara sozinha, e a conhecia o suficiente para saber que, se não a ajudasse, ela conseguiria a arma de outro modo. Sentiu uma satisfação sincera por ser escolhido como o porto seguro dela naquele momento, ainda que temesse que a garota cometesse alguma besteira e aquilo se voltasse contra ele.

— Está tudo bem, Emmy? Ficou tão quieta aí atrás — comentou Darren, vendo que o olhar dela vagava para o nada.

Liam olhou-a pelo retrovisor, preocupado, e ela corou. Seus pensamentos iam longe demais. Os rapazes nem imaginavam que ela tinha uma arma carregada na bolsa.

— Estou bem. Só concentrada. Estamos perto.

Estamos mesmo. Não acredito que finalmente vou vê-lo.

Emily nunca atirara na vida. Seu pai não gostava nem de filmes violentos dentro de casa e fazia questão de que os seguranças contratados não circulassem armados. Ela pesquisara ao máximo sobre como atirar, mas não havia puxado o gatilho ainda.

Talvez hoje seja o grande dia.

O pensamento de que estava realmente disposta a matar o homem que um dia amou a entristeceu um pouco. Ele havia tomado a vida de duas pessoas boas por mera ganância, mas era estranho decidir que alguém merece morrer. Esta era uma certeza que se agarrara à sua mente com o tempo, fincando raízes aos poucos: se fosse necessário, seria capaz de matar Aaron.

Estava preparada para tomar aquela decisão.

De repente, sentiu um pulsar. Uma pressão forte em seu peito, como se o coração tivesse pulado duas vezes. Ao mesmo tempo, Liam desviou violentamente o carro da estrada e o estacionou de forma brusca no acostamento. Tirando as mãos do volante, ele as pressionou no peito e perguntou para ela:

— Você também sentiu? Diga que você sentiu!

— O rastro — concluiu Emily, assustada. — A corrente de magia que você mencionou ter descoberto em suas pesquisas. Deve ser um vestígio de energia, o mínimo que ainda somos capazes de captar sem nosso pote de ouro.

O rapaz assentiu, ainda tentando se recuperar do choque. Não esperava ser capaz de identificar a energia de Aaron no ar.

— Alguém pode me explicar o que está acontecendo? Estou perdido aqui! – reclamou Darren, assustado ao ver os dois agindo como loucos.

Emily respirou fundo e aguardou alguns segundos, até perceber que ainda podia sentir o pulsar no peito, bem fraquinho, quase como se em uma parte extrema de seu ser.

— O Aaron tinha me contado que um Leprechaun emite uma espécie de rastro de energia – disse, por fim. – Faz parte do nosso legado. E foi o Liam que entendeu e contou para o Aaron, quando namoravam, que um Leprechaun é capaz de seguir o rastro de outro. De identificar uma energia próxima e até de roubá-la.

— E nós dois acabamos de sentir um pouco do que deve ser o rastro dele – concluiu Liam, voltando a se recompor e dando a partida no carro.

Darren ficou um tempo em silêncio, raciocinando.

— Ok! Entendi. Mas Margot também é um Leprechaun, não é? Não pode ser o rastro dela que vocês estão sentindo?

Faz sentido.

— Pode ser, mas eu duvido. Nós dois, tecnicamente, não temos mais nossos poderes. Juntos e focados, temos apenas flashes de sorte. Acho mais provável sentirmos uma energia que já conhecemos e com a qual fomos ligados do que outra totalmente desconhecida.

O amigo pareceu concordar.

— Sem contar que hoje em dia o Aaron carrega com ele a nossa energia. O nosso rastro. Podemos estar sendo atraídos a ela por causa de uma memória que os nossos corpos guardaram.

Foi a vez de Liam concordar.

— Estamos muito próximos, e logo poderemos impedir mais uma tragédia. Mas não vamos perder a cabeça, por favor.

O clima no carro mudou. Cada um tinha uma intenção no caminho até ali. A de Darren era a mais pacífica.

— Também não podemos esquecer que esse homem já matou duas pessoas. Isso se não matou mais – respondeu Liam, focando na estrada.

— Duas pessoas de extrema importância para alguém com quem ele até chegou a se importar – resmungou Emily, voltando a encarar o encosto do banco.

Seus olhos arderam.

Ela tentou engolir o desgosto. Não podia chorar. Ainda sentia aquele pulsar, e em poucos minutos tudo mudaria.

Saíram da estrada principal e chegaram ao portão de madeira que levaria até a fazenda. Para surpresa deles, não encontraram nenhum tipo de guarita, segurança ou mesmo cadeado na entrada. Emily começou a desconfiar de toda aquela facilidade.

Será que Pierre contou para eles sobre o nosso encontro? Ou Aaron sentiu que estávamos por perto?

Ela abriu a trinca, escancarou o portão e voltou ao veículo.

— Vai dar tudo certo, Emmy! – Darren tentou animá-la, notando a preocupação no rosto da amiga.

Liam novamente lançou um olhar para ela pelo retrovisor. Estava claro que ele também suspeitava de que havia algo errado.

No caminho, a paisagem se repetia com fileiras e mais fileiras de plantações de uva. Era época de colheita, e todas as videiras ainda encontravam-se carregadas.

Em nenhum momento avistaram funcionários, nem mesmo animais. Se ainda tivessem algum poder, teriam atribuído à sorte.

Mas não tinham mais, e tudo soava errado.

— Isso está mais do que estranho. Emily, preciso que abra a minha mochila — pediu Liam, levando o carro na direção de um enorme casarão de estilo clássico francês.

Ainda não viam ninguém no local.

— Do que você precisa? — questionou a garota, abrindo o zíper e começando a tatear lá dentro.

Ele nem precisou responder.

O coração dela parou por alguns segundos quando os dedos finos tocaram o material gelado. No primeiro toque, pôde perceber o que Liam queria que ela pegasse.

— Passe para mim. Alguém alertou Aaron de que estávamos vindo, ou ele sentiu a nossa presença. Nunca deixariam um lugar desse sem segurança e abandonado dessa forma.

Foi a vez dela de lhe lançar um olhar pelo retrovisor.

Liam também tem uma arma.

Estranhou ter ficado tão surpresa. Afinal, ele era como ela. Também havia sido enganado. Ou talvez ele apenas tivesse uma arma para se proteger. Antes de ter seu toque roubado, era milionário e um Leprechaun. Presa fácil para ladrões de dinheiro ou poder.

Quando Emily tirou o revólver da mochila e o passou para Liam no banco do motorista, Darren quase teve um infarto.

— Mas que porcaria é essa? Você pirou, Liam? Como pôde trazer uma coisa dessa com você? E como não fomos barrados no aeroporto? Pessoal, o que está acontecendo?

Meu Deus! Eu nem pensei nisso quando embarquei, pensou Emily, assustada.

Sorte.

A palavra reaparecia com frequência em sua mente. Pequenos detalhes que a faziam se lembrar da época em que reinava em Dublin, quando ainda tinha seu pote de ouro e toda a energia de seu legado Leprechaun.

Será que a sorte ainda existe em mim?

— Eu tenho toda a documentação da minha arma e já consegui embarcar com ela em jatos particulares. Normalmente eu mostro os papéis e entrego o revólver desmontado para as autoridades, e fica tudo guardado com o piloto.

— Mas como eles não nos pararam, então? Não acredito que você estava o tempo todo com esse negócio perto da gente! Eu esperava mais de você, Liam! Emmy, rainha, fale alguma coisa para esse maluco!

O britânico pareceu chocado com aquela reação. Para ele, era normal ter uma arma. Sua família gostava de praticar caça, motivo pelo qual ele aprendera a atirar desde cedo. Além disso, donos de uma enorme fortuna, todos sentiam-se mais seguros daquela maneira.

Houve silêncio.

E o casarão se aproximava cada vez mais.

— Emmy, acorda! Estamos quase chegando e há um psicopata armado dentro deste carro! Liam, você perdeu boa parte de seus pontos comigo hoje.

A pele alva do irlandês destacava as veias dilatadas pelo nervosismo.

— Nós estamos tendo sorte, Liam! — concluiu Emily. — Algo está de fato acontecendo. Não sei como, mas ainda existe poder dentro da gente. E se isso for verdade, Aaron não deve mais estar aqui. Ele deve ter percebido a nossa presença em Paris.

Darren continuava olhando para o revólver prateado no colo de Liam, e pareceu se desesperar ao ver a calma estampada no rosto da amiga.

— Por que você está falando isso, Emmy? Como assim você entregou esse negócio horrível para ele?

Liam finalmente estacionou próximo da entrada do casarão, e ela abriu sua bolsa, tirando a própria pistola e mostrando-a para os dois a sua frente.

— Eu também consegui embarcar com uma arma e nem tenho a documentação dela. Agora estou ainda mais certa de que tem alguma coisa acontecendo. Alguém já devia ter aparecido para nos receber. Tudo está esquisito.

Darren ficou pálido. Perceber que os dois haviam viajado armados e que estavam prestes a se encontrar com o homem que destruíra suas vidas só aumentava seu temor do que eles pretendiam fazer.

Antes que Liam fizesse qualquer comentário, uma jovem baixa de cabelos negros apareceu na porta.

Em questão de segundos, os dois se posicionaram de modo que a recém-chegada não percebesse suas armas.

Margot.

A francesa parou nos degraus da escada de entrada, com braços cruzados e expressão tranquila.

— Não atirem! Por favor, não atirem! — murmurou Darren, congelado no banco do passageiro, sem acreditar que estavam diante da esposa de Aaron Locky.

— Vamos sair do carro – disse Liam, levando a arma discretamente às suas costas. – Esteja preparada para qualquer coisa, Emmy!

A garota apenas confirmou com a cabeça e voltou a colocar a arma na bolsa.

Não viam sinal de Aaron e estranhavam a mulher não questionar a chegada deles na propriedade.

É assim que essa daí se veste na lua de mel?

Mais uma vez Emily se viu julgando a outra, claramente por ciúme do ex-namorado. Precisava se lembrar de seus pais e da dor que ardia dentro de si. Aquilo daria a ela a força que precisava para atravessar aquele dia.

Esperava apenas conseguir honrar de certa forma o nome dos pais, e defender tudo o que haviam conquistado quando vivos.

Liam e Emily saíram do carro receosos e finalmente escutaram a voz de Margot. O conteúdo da frase os chocou.

— Bem-vindos, Leprechauns...

RELATÓRIO TL   Nº 1.210.311.432.745.342

Para a excelentíssima Comissão Reguladora

Assunto:
   RELATÓRIO DE FAMÍLIAS LOCALIZADAS
   • *Última atualização* •

Foram identificadas no último mês mais duas famílias, somando-se cinco novos indivíduos a serem monitorados.

Os agentes alertaram os indivíduos em todos os casos. Uma família se nega a acreditar e pediu distanciamento. Será vigiada a certa distância.

Localização das famílias:
   Keizersgracht – Amsterdã – Holanda
   Mariahilf – Viena – Áustria

Total mundial de famílias localizadas:
   6.023

Total mundial de indivíduos localizados:
   16.183

Total mundial de indivíduos cientes:
   9.150

II

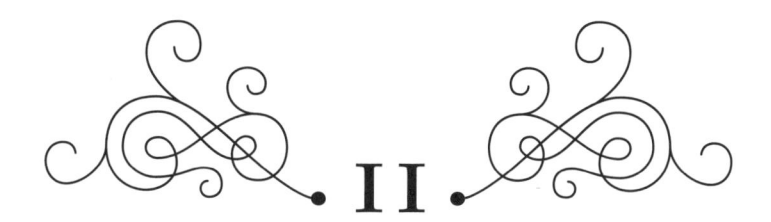

Liam tirou a arma escondida da cintura e a apontou para Margot sem pensar nas consequências. Era uma loucura estarem naquele local isolado com uma mulher que tinha exata consciência do que eles eram. Precisavam se proteger.

— Engraçado! O Allan me disse que a garota era a esquentadinha da turma, e não você, Liam! – comentou Margot, rindo. – Mas posso ter me enganado. Afinal, você também foi mulherzinha dele, não é, *mon chéri*?

Emily viu a expressão de Liam endurecer e o rosto se transformar em um foguete prestes a explodir. Ele segurava a arma com firmeza, como se já tivesse feito aquilo outras vezes. Naquele momento, ela percebeu que de fato uma pessoa nunca sabe tudo sobre a outra. Gostou de poder contar com a força do britânico naquela situação, pois Darren ainda não tivera coragem de sair do carro, e ela ouvia a distância os seus sussurros e gemidos de medo.

— E o seu Allan também contou que para a gente ele se chama Aaron e que ele é um assassino?

As sobrancelhas dela se comprimiram por um segundo ao ouvir aquelas palavras.

Ela não deve saber de todos os detalhes.

— Surpresa? — questionou Emily, encarando-a.

A francesa assumiu um ar despreocupado e voltou à postura de antes, não ligando para o fato de que Liam continuava a apontar uma arma para ela.

— Não há surpresa alguma, Emily O'Connell! Sei tudo sobre vocês e sobre meu querido marido. Há algum problema? Estou achando muito engraçado vocês estarem tão alterados.

— É mesmo muito engraçado! E onde está o seu querido marido, garota? — questionou Liam, ainda irritado pelo comentário grosseiro dela sobre seu relacionamento com Aaron.

— Allan não está aqui desde ontem. A inútil presença de vocês encurtou nossa lua de mel.

Pierre não deve ter acreditado em uma palavra do que eu disse. De doce e agradável essa Margot não tem nada. Sem dúvida ele suspeitou de mim.

— Para onde ele foi? — pressionou-a Liam, subindo os degraus da casa e posicionando a arma a apenas dois palmos da mulher.

Ela riu mais uma vez.

Ao fundo, Emily ouviu Darren resmungar alguma coisa e mencionar a palavra "polícia". Rezava para que o amigo não cometesse a burrice de ligar para alguém.

— Vocês acham que eu contaria o paradeiro dele? Ou melhor, acham que eu sei? Allan só diz o que é necessário. Vocês já deviam saber.

O olhar de deboche da francesa fez com que Emily perdesse a cabeça. Ela também tirou a arma da bolsa e a apontou para a rival. Diferente de Liam, não manteve nenhuma distância: colocou o cano na têmpora de Margot.

— Ai, Saint Patrick, nos ajude!

O grito de Darren fez Emily tremer, mas, se algo acontecesse, ela sabia que Liam estava preparado para agir.

— Você é louca? Nós dizemos que ele matou duas pessoas e você fica rindo da nossa cara? Passamos os últimos dias preocupados, pensando que você teria o seu poder roubado, e temos que aguentar agora esses seus risinhos?

A expressão de Margot de repente mudou, e ela sugeriu que entrassem na casa para conversar.

— Fiquem tranquilos! Não há ninguém aqui. Pedi para os funcionários nos deixarem assim que chegamos. Teria poucos dias com Allan e queria aproveitar. Pena que não deu para nos divertirmos mais.

Tudo o que Margot dizia embrulhava o estômago de Emily, assim como o perfume forte que emanava de sua pele. A raiva que sentia da mulher era visível no tremer de suas mãos. A ruiva não abaixou a arma em momento algum, seguindo a outra até o interior da casa. Liam as acompanhou, e ouviram ao fundo a porta do carro se abrir. Darren enfim tivera coragem de sair.

Lá dentro, viram que o local devia estar realmente vazio. Imaginavam que, com duas armas apontadas para a pequena mulher, a essa altura alguém já teria interferido se estivesse assistindo.

Margot fez questão de se sentar em uma poltrona, apontando o sofá ao lado para que os três se sentassem. Darren demonstrava muito nervosismo e ficou em um canto vendo a cena. Emily pegou o amigo olhando desesperado para Liam.

— Acho melhor começar a falar, Margot! Pelo visto você também não tem mais a sua sorte, e somos três contra um.

— São dois! – exclamou Darren ao fundo. – Eu amo vocês, mas não faço parte dessa loucura. Viemos aqui para conversar, não para agirmos como malucos.

— Fiquem tranquilos! Não quero arranjar confusão – começou Margot. – Allan sabia que em algum momento vocês iriam me encontrar e me autorizou a dizer o que eu sei.

Liam parecia cada vez mais confuso, e Emily notou que o cansaço tomava conta do rapaz.

— Então diga logo onde ele está! – gritou Emily, em uma explosão de raiva.

Darren se encolheu em um canto. Liam apenas a encarou sem demonstrar sentimentos.

— Eu já disse que não sei. O combinado era este: eu não saberia de nada depois. Ele teria a liberdade para ir embora e nunca mais voltar.

— Do que está falando, garota? Do casamento de vocês? – perguntou Liam, levantando-se, angustiado pela demora em conseguir respostas.

A francesa sinalizou que pegaria um cigarro da cigarrilha na mesa ao lado, e Emily autorizou. Percebia que era melhor deixar a mulher fazer o que ela quisesse para que começasse logo a falar.

— Ok! Acalmem-se! Não adianta nada vocês ficarem gritando e apontando armas. Eu vou contar tudo o que eu sei. Já disse.

Margot acendeu o cigarro e deu uma longa tragada, observando a brasa da ponta do cilindro branco queimar.

Darren ainda emitia grunhidos de desespero, e Emily precisou lançar um olhar zangado para o amigo. Estava decepcionada com aquela reação dele. Temia não poder contar com sua ajuda em um momento de desespero.

— É pra hoje! – resmungou a ruiva, e então a outra começou a falar.

— Allan apareceu na minha vida há algumas semanas. Eu estava em uma festa da empresa de meus pais. Eles morreram há pouco tempo por um motivo estúpido, uma idiotice que fizeram, e meu avô ficou encarregado de cuidar do patrimônio. Acabou que nossa nova safra foi um sucesso, e sempre foi tradição da família comemorar momentos assim.

Liam encarou Emily. Até o momento, não sabia que Pierre tinha ficado encarregado de cuidar das empresas.

— Todo mundo esperava que eu estivesse de luto naquele dia, e cada passo meu era monitorado. Cheguei a cogitar deixar a festa, mas então ele chegou e eu senti o pulsar.

Os amigos voltaram a se encarar.

Ela já sabia que era um Leprechaun.

— Pela expressão de vocês, vejo que ficaram abismados de eu já saber sobre meu legado — completou Margot. — Meus pais nunca foram muito abertos quanto a isso, mas era óbvio que eu não era uma pessoa normal. Que *eles* nunca foram normais. Foi quando vi Allan pela primeira vez que tive a certeza de ter encontrado alguém como eu. Senti meu poder aumentar só de olhar para ele.

Emily conseguia entender a sensação que Margot descrevia. Muitas vezes sentira-se completa e relativamente normal ao lado de Aaron. Ele sabia exatamente como lhe transmitir aquela sensação.

— E você chegou a questioná-lo sobre isso? Falou sobre o fato de ser diferente? — indagou Emily, cortando o discurso da francesa.

Margot deu mais uma longa tragada, soltando fumaça na direção de Liam, que apenas a observava intrigado.

— Ele percebeu que eu senti nossa conexão, e notei que me olhou diferente. Depois Allan me confessou que até pensou em desistir de conversar comigo. Só que o destino falou mais alto, e ele me tirou para dançar. Acabou não resistindo a mim. Não resistindo a nós.

Enquanto eu chorava em casa pela forma como ele me destruiu, ele dançava em Paris com essa raquítica chata pra caramba.

Emily tinha uma grande vontade de ferir Margot enquanto ela compartilhava aqueles detalhes. Liam fechara os punhos, também nada feliz.

— Sabe, eu sei que o nome dele não deve ser Allan. Pelo que vocês disseram e pelo que conheci dele, imagino que seja outro. Mas para mim ele se apresentou assim, tinha documentos e tudo o mais. No final, isso nunca importou.

— Então você sabia que ele era um impostor? — questionou Emily.

Novamente Margot riu e acendeu outro cigarro.

Liam parecia não suportar mais o cheiro da fumaça. Darren ficou quieto em seu canto.

— Calma, esquentadinha! Não foi bem assim. Notei que ele era como eu e deixei isso claro desde o início. Ele me revelou que ficou surpreso de não ter que explicar sobre a nossa magia para mim. Parecia um tanto aliviado, mas, ao mesmo tempo, desconfiado. Fomos conversando, nos vendo e nos envolvendo. Mas eu sempre fui clara com ele, e ele foi claro comigo.

— Como assim? — indagou Darren, que até então evitava interrogar a mulher. — Claros como?

A mulher virou-se para ele.

— Percebi que Allan queria dar algum tipo de golpe — disse ela. — Não sabia que a intenção era roubar meu poder, mas uma mulher inteligente sabe quando estão querendo enganá-la. Fui sincera com ele e revelei que sabia o que ele queria comigo. Peguei o coitado de surpresa. O que ele não imaginava é que eu tinha uma contraproposta que lhe interessaria. Quando entendi que o que ele queria era só o meu poder, a oferta ficou melhor ainda.

Emily quis explodir com as insinuações da francesa. Tudo ficava cada vez mais confuso.

— *Só* o seu poder? — desdenhou Liam, também irritado. — É sério que você consegue falar assim sobre a sua essência? Agora estou começando a entender por que se casaram! Vocês são dois doentes.

Margot mais uma vez riu e apagou o cigarro no braço do sofá, sem se importar com o estofado.

— Vocês são muito sensíveis. Sempre se preocupando com *essência* e *magia* quando, na verdade, são humanos como qualquer um. Estão interessados mesmo no dinheiro e na sorte, dane-se de onde ela venha. Eu pelo menos sou sincera quanto a isso e admito que é exatamente o que me interessa mesmo.

— Mas que proposta você fez? – questionou Emily.

— Muito simples! Eu só poderia ser a responsável pela fortuna da minha família se fosse casada. O idiota do meu avô convenceu meus pais antes de morrerem a incluir essa babaquice antiquada no testamento deles. Então eu precisava de um marido que depois me deixasse em paz. Allan era o candidato perfeito. E o melhor de tudo é que nem precisei dividir meu dinheiro com ele.

Todos ficaram em silêncio. Ninguém conseguia acreditar nas palavras que ela acabara de dizer.

— Então, quando você descobriu que o que ele queria era o seu poder, resolveu trocá-lo por um casamento de fachada? – perguntou a ruiva ainda incrédula.

Foi a vez de Margot se levantar e encarar o grupo.

— Perfeito, não é? Ele convenceu meu avô de que é um bom moço, várias vezes revelou que precisava trabalhar muito por conta de seu suposto emprego e eu fingi estar loucamente apaixonada. Agora posso dizer que Allan está trabalhando e que volta em algumas semanas. Ele tem mais uma fonte de poder e eu tenho mais de sessenta milhões de euros em meu nome.

Por aquela revelação ninguém esperava. Temiam tanto que Aaron pudesse roubar o poder de outro Leprechaun que nunca imaginaram que alguém poderia entregá-lo *voluntariamente* para ele.

— Mas você sabe que agora a sua sorte vai acabar, certo? O universo vai conspirar para que você perca tudo o que tem — afirmou Liam, transtornado, andando de um lado para o outro na sala.

Margot ficou pensativa por alguns segundos.

— Eu tenho milhões de euros e uma formação em economia. Podem ter certeza de que ficarei bem.

Não acredito que achamos alguém como ele. Quantos outros Leprechauns insanos existem no mundo?

Aquela era uma pergunta que assustava Emily.

12

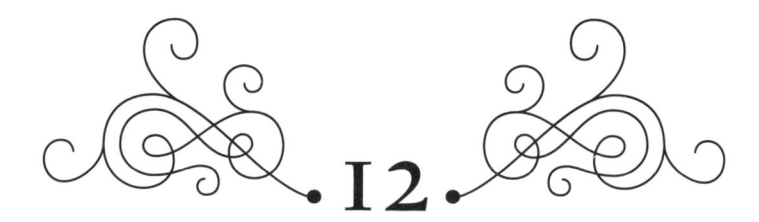

Ficaram mais algum tempo interrogando Margot, tentando entender como a cabeça dela funcionava e descobrir algo sobre o paradeiro de Aaron. Depois de alguns minutos, perceberam que seria inútil continuar tentando, pois ela compartilhara tudo o que sabia, e estava claro que não havia nada a acrescentar.

A francesa tinha feito o acordo com o usurpador para receber sua herança em troca de lhe ceder seu poder. Eles continuavam casados, mas Aaron não tinha nenhuma obrigação de continuar na vida dela. Margot enrolaria o avô e administraria a empresa enquanto o americano continuava pelo mundo procurando novos alvos. Para eles, aquele era um plano perfeito. Os dois ganhavam e ninguém saía machucado.

Bem diferente do que acontecera com Emily e Liam.

Refletindo sobre tudo aquilo, ela não entendia por que Aaron queria ainda mais poder. Ele era agora um dos homens mais poderosos do mundo, tinha quatro fontes de energia dentro de si. Se o presidente dos Estados Unidos fosse um Leprechaun, sem dúvida não possuiria tantas essências. Só que ele continuava fugindo de país em país. Emily não compreendia como aquele poderia ser um estilo de vida. Quanto mais pensava nisso, mais achava que Aaron estava louco.

— É isso mesmo? Voltamos à estaca zero? – perguntou Liam ao dar ré para sair da propriedade.

Haviam guardado as armas e queriam sair o quanto antes, pois não sabiam qual seria o próximo passo de Margot. Ela poderia procurar as autoridades e acusá-los de cárcere privado; eles de fato haviam-na interrogado e ameaçado com armas por mais de uma hora.

— O que podíamos fazer? Não havia mais nada para tirar dela. Essa mulher precisa ser internada, só que não somos nós que vamos fazer isso. Mesmo se acabássemos com a vida dela agora ou a sequestrássemos para chantagear o Aaron, de que adiantaria? Ele não se importa com ela, assim como nunca ligou para a gente. A essa altura ele já deve estar em outro país, rindo de como conseguiu nos enganar outra vez.

O desabafo de Emily assustou Darren.

— Devem ter soltado algum gás enlouquecedor no ar, só pode! Você está se ouvindo? Parece tão louca quanto essa Margot. Agora vocês dois falam de armas, sequestros e morte como se não fosse nada!

— O que você queria que nós tivéssemos feito? Tomado um chá com essa mulher? – perguntou Emily, com a voz carregada de ironia. Ela entendia a preocupação de Darren, mas já passava da hora de ele entender a nova realidade que viviam. – Queria que procurássemos Aaron pelo mundo só para termos uma conversa amigável? Isso não vai acontecer, Darren! Já te expliquei milhares de vezes. Liam também deixou isso claro hoje. Quando é que você vai aceitar que não vivemos mais no mundo encantado de Prada e Louis Vuitton?

Emily notou que o amigo chorava no banco traseiro, enquanto Liam acelerava pelas estradas rurais da França.

— Se esse não é mais o nosso mundo, não sei se quero viver nele — retrucou Darren. Parecia uma criança resmungando.

Enquanto deixava os ânimos se acalmarem, a garota ligou para a equipe de bordo que estava esperando por eles e avisou que partiriam de Paris naquele dia.

— Estaremos no hangar com as nossas coisas em três horas. Ainda não sabemos nosso destino. Talvez voltemos para Dublin, aviso assim que tiver uma posição. A equipe está disposta a ir para outro local se necessário, correto? Perfeito!

Ela desligou o telefone. Teriam pouco tempo para definir o que fariam em seguida. Aaron estava mais forte, e eles o haviam perdido de vista outra vez.

— Nós temos que voltar para a Irlanda. Não tem por que irmos para outro lugar. Aaron soube esconder muito bem seu paradeiro. Ele é muito inteligente, até sabia que vocês estavam na França — argumentou Darren, tentando colocar um pouco de razão na mente dos outros. — Para que gastar mais tempo de nossas vidas?

Liam se mantivera quieto desde que haviam saído da fazenda. Havia resmungado um pouco sobre as condições da estrada, e depois caíra no silêncio. Seus olhos verdes encaravam a pista como se pudesse achar alguma resposta ali.

— O que você acha? — perguntou-lhe Emily, virando-se para o banco do motorista. — Devemos voltar para a Irlanda? Procurar com mais atenção por algum indício dele?

O rapaz continuou quieto, e Darren se controlara um pouco no banco traseiro. O rosto avermelhado misturava as lágrimas com um pouco de vergonha por ter demonstrado ser tão impressionável.

— Precisamos de um sinal — sussurrou finalmente o britânico, como se estivesse conversando consigo mesmo.

Ele virou o carro com violência e disparou por uma rua afastada da principal.

— Bateu com a cabeça, Liam? Hoje estou vendo que você está querendo me levar para o céu, só que não da forma que eu gostaria — exclamou Darren, segurando o ombro do rapaz ainda concentrado à sua frente, que ignorou seu toque.

Continuaram por algum tempo em alta velocidade na estrada remota e cheia de buracos.

— Liam, fale comigo! — gritou Emily, tentando entender o que ele estava fazendo. — O que aconteceu? Você precisa me avisar se formos nos atrasar, para que eu possa comunicar o pessoal do jato.

Ele continuou a ignorá-los. No final, desistiram de se comunicar com Liam e deixaram o rapaz seguir pelo caminho que quisesse. Não havia nada que pudessem fazer: ele era o motorista. Ainda eram ricos o suficiente para arcar com os custos da demora.

Dirigiram por estradas desertas, passando por um campo de lavanda que de tão bonito quase conseguiu tirar um sorriso da face endurecida de Emily. Depois de meia hora, entraram novamente na civilização, e ela se sentiu aliviada por aquele pingo de normalidade. Os vilarejos floridos voltavam a povoar o caminho antes quase sem edificações. Na França havia um conselho específico para incentivo de espaços verdes nas cidades e, atravessando seu interior, notavam que muitos moradores seguiam à risca os regulamentos. Contudo, Emily não via a hora de chegarem a Paris. Até o momento, nenhum celular havia tocado, o que era um bom sinal. No fundo, temiam uma retaliação de Margot e não queriam ser interrogados pela polícia francesa.

Se isso acontecesse, Pierre, o avô da francesa, ligaria os pontos ao rever Emily. Tinha certeza de que o hotel onde o conhecera possuía câmeras, e não seria difícil localizá-la conversando com ele, tendo então provas de contato. Sem contar que Margot sabia seu nome completo. Emily sentia sua vida se complicando a cada segundo, mas ela sabia que fora necessário procurá-los. Agora estava ciente de que Aaron era capaz até de casar por mais poder.

Pelo menos dessa vez ninguém morreu, pensou, depressiva.

— Um sinal – murmurou novamente Liam, observando os carros à frente, interrompendo os pensamentos obscuros de Emily.

— Acho que vou pedir para atrasarem o jato. Temos apenas uma hora para chegar no Charles de Gaulle.

O rapaz respirou fundo.

— Calma! Vamos estar a apenas meia hora do aeroporto. Vai dar tudo certo. Preciso que dê certo. Por favor, deixe eu fazer do meu jeito agora.

Ela preferiu não comentar, e seguiram em silêncio.

Ao entrar na cidade, Liam diminuíra a velocidade do veículo para o limite permitido, mas Darren continuava pendurado em seus ombros. Apesar disso, Emily notou que ele parecia muito mais calmo.

Agora pelo menos ele está mais felizinho, pensou a garota, observando o amigo pelo retrovisor.

Encontravam-se no nordeste de Paris, nos limites de um dos maiores parques da cidade, o Parc des Buttes-Chaumont.

— Estamos indo para um parque? – questionou Emily, abismada e, olhando para o relógio Cartier, consultou quanto tempo tinham para chegar ao aeroporto.

— Sim, mas fique tranquila; não vamos nos atrasar. Tem um lugar que eu quero te mostrar. Acho que pode nos ajudar com nosso dilema.

Emily ouviu Darren bufar no banco de trás.

— E eu devo ficar no carro esperando enquanto vocês dois passeiam no parque, queridinhos?

Preciso falar para ele parar com toda essa carência, pensou a garota, sentindo uma pontada de culpa ao se lembrar de que já tivera diversas vezes atitudes como aquela no passado. Sentiu-se envergonhada ao pensar no quanto costumava ser chata.

— Não iríamos a nenhum lugar sem você, Ren!

Que loucura é essa? Ren?

O rosto de Darren voltou à tonalidade avermelhada de antes. Ele ficou nas nuvens por ter recebido um novo apelido.

Os três saíram do carro, seguindo o caminho que Liam indicou. Antes de entrarem por um dos portões, o britânico chamou Darren de lado para conversar, deixando Emily perdida.

Primeiro um apelido cafona, agora conversinhas privadas.

— Gostaria de aproveitar para te pedir desculpas. Não queria tê-lo assustado com a arma, mas juro que só cruzaria o limite se ela tivesse nos atacado. Se ela tivesse *te* atacado. Eu não deixaria que nada te acontecesse. Você sabe disso, não é, Ren? Sei que a Emily também não quis te chatear. Só estamos lidando com muito estresse, e essa é a nossa forma de buscar respostas.

No final do discurso, Darren já agarrava o braço do outro rapaz e o olhava com olhar de apaixonado. Se o novo apelido já o levara aos céus, o pedido de desculpas foi o detalhe final.

Sem mais palavras, os rapazes apenas seguiram pelo parque, enquanto Emily os acompanhava um pouco atrás, bastante confusa.

Com mais de cinco quilômetros de estradas, o Parc des Buttes-Chaumont possuía um lago artificial de quase quatro acres que cercava uma ilha encimada por um templo. A vista era de tirar o fôlego, e dava a impressão de que estavam entrando em uma era medieval. A ilha conectava-se ao parque por duas longas pontes e uma escada de 173 degraus, que levava até a gruta e a cachoeira.

Repleto de árvores cheias e vastos gramados verdes, o parque oferecia aos visitantes diversos lugares para sentar-se a fim de observar a beleza natural. Qualquer pessoa concordaria que aquele parecia o cenário perfeito de um filme.

E aqueles dois agora pareciam um casal andando de braços dados por um cenário paradisíaco.

Ótimo! Mais isso. Não basta um doente mental ladrão de poderes com quem me preocupar.

Emily não entendia por que o relacionamento dos dois amigos a incomodava. Liam certamente não desistiria da busca por Aaron por estar apaixonado outra vez, porém a percepção de que passara a considerar o britânico como um amigo já lhe soava estranha. No meio do caminho da jornada deles, a antipatia por Liam havia sumido por completo. Preocupava-se com o melhor amigo e tinha medo de que Darren tivesse seu coração partido, contudo, sentia que também queria que Liam ficasse bem.

Quando parou de pensar em dramas que não envolviam Aaron, percebeu que tinham chegado à área que Liam queria lhes mostrar. Era uma das partes mais adoradas do parque e, de acordo com o rapaz, aquele era um local sagrado. Estavam dentro da gruta que levava à incrível cascata.

Dentro da abertura rochosa, Emily ouviu uma exclamação de admiração de Darren. O espaço era grande, alto, e as rochas, desenhadas. Como se saída de uma fantasia, no meio de camadas de pedras, havia uma abertura circular no alto, revelando o início da cachoeira. A cor esverdeada do musgo ao redor dava o toque final na visão que parecia mais uma pintura.

A água escorria pelos degraus de pedra, caindo em um fino véu. O barulho transmitia uma tranquilidade anormal, presenteando o grupo com um instante de relaxamento.

— Você disse que quando viu essa cachoeira pela primeira vez sentiu que ela era sagrada? – questionou Emily, olhando para Liam, que tocava as águas que escorriam.

— Essa cachoeira é artificial. Produto dos homens tentando recriar a natureza. Com essa informação, me diga: você também não acha que aqui existe a mesma energia de uma floresta? Da natureza real?

Emily concordou. Conseguia sentir a energia pura que envolvia estar em um lugar sagrado. Nunca diria que aquela cachoeira havia sido criada por um ser humano.

Darren apenas observava os dois conversarem, sem se intrometer. Momentos como aquele pertenciam mais aos dois.

— Eu achei que este lugar tivesse centenas de anos — respondeu ela, também se aproximando para tocar a água gélida.

— Pois é! E acho que somos um pouco assim. Parte da natureza e parte do homem. As pessoas nos imaginam como homenzinhos de terno verde, que guardam potes com moedas douradas. Elas estão certas quando dizem que um Leprechaun é um ser da terra, da natureza. Só que nos preocupamos tanto com a questão financeira do poder que deixamos de lado o nosso contato com essa outra parte.

Ele tinha razão. Quando se descobriu um Leprechaun, Emily não se preocupara em se conectar ao mundo de forma orgânica. As únicas vezes que usara seus poderes de modo inconsciente foi quando afastara um bêbado que tentava estuprá-la e quando havia sido quase sequestrada na frente de sua casa.

— Entendo o que está dizendo. Devo confessar que estava muito preocupada ao vir para cá. Pensando no que a Margot pode fazer contra nós e em como podemos descobrir onde Aaron está. Mas este lugar me fez ficar mais calma.

A sinceridade do sorriso dele era capaz de iluminar toda aquela gruta. Transmitia uma paz que completava o local. Emily começava a gostar de como ele a fazia se sentir.

Então o rapaz segurou a mão dela, como havia feito na festa da noite anterior, e colocou-a de volta embaixo d'água. A energia da corrente se conectava à energia presente neles. Os dois se olharam sorrindo. Não pareciam mais as duas pessoas que pouco antes ameaçavam a vida de uma mulher. Pareciam duas crianças brincando na natureza pela primeira vez.

— Um sinal... — sussurrou o britânico, encarando-a com os olhos esverdeados mais intensos que ela já vira.

— Um sinal — respondeu a garota, apertando o laço sagrado que suas mãos formavam.

Antes havia sido com o trevo. Naquele momento, era com a água. Nas duas vezes, puderam sentir aquela ligação fora do normal. Como se pertencessem um ao outro.

— Um arco-íris! Vocês criaram um arco-íris! — exclamou Darren, interrompendo-os.

Os dois riram abobados, olhando para a abertura da gruta.

Um pequeno arco-íris surgia no início da queda d'água, dando um clima ainda mais de conto de fadas para o local.

Não sabiam o que aquilo significava, mas sem dúvida era um bom sinal. Os dois tinham cada vez mais certeza de que Aaron não fora capaz de roubar toda a sua essência, e que juntos teriam chance de resgatar o que pertencia a eles.

— Você está bem? — sussurrou Liam novamente, se aproximando mais dela.

Emily continuava abobalhada. Queria dizer que estava muito bem. Melhor do que estivera em dias, ou melhor, meses. Mas sentia-se culpada de revelar aquilo. Seu luto não lhe permitia responder que sim.

— Mas que trio mais gay que somos. Até na hora de criarmos um sinal escolhemos um arco-íris — brincou Darren, tocando no ombro de cada amigo.

Liam desatou a rir, largando a mão de Emily e jogando um tanto de água em Darren de forma espirituosa.

— Não acredito que você molhou o meu topete! – reclamou o rapaz, entrando na brincadeira e tacando água em Liam em seguida.

Logo os dois estavam jogando água em Emily e os três ficaram ensopados, correndo de um lado para o outro da gruta. Esqueciam até que estavam em um local público e que tinham um voo para pegar.

Quando a brincadeira cessou e os três se sentaram no gramado, tentando se secar ao sol fraco e observando o templo de la Sibylle no topo da ilha, Emily resolveu tomar uma atitude.

— Acho que não devemos voltar a Dublin agora. Lá temos muitas lembranças e pouco retorno. E também não temos nada de privacidade. Apesar de não sabermos ainda onde Aaron está, acho que devemos mudar de ares. Procurar um lugar que possa nos inspirar.

Liam pareceu gostar da ideia.

— Eu topo! Vou para onde quiserem.

Darren ficou pensativo por um momento, mas acabou cedendo.

— Meus pais vão me odiar, e devo perder um semestre da faculdade, mas dane-se, né? Quando é que em Dublin vou ver arco-íris criados por Leprechauns?

Eles riram.

— Falou quem quase infartou quando surgiu um no dia que liberaram o casamento gay – brincou Emily.

Emily pensou mais um pouco, e no fim resolveu arriscar:

— Rio de Janeiro! E se fôssemos para o Rio de Janeiro? Quem sabe naquelas famosas florestas de lá o arco-íris não tome conta da gente?

Darren quase teve outro infarto ao ouvir a sugestão. Aquela era uma das cidades que ele mais queria conhecer no mundo. Era seguido nas mídias sociais por blogueiras brasileiras famosas e nunca tinha visto um povo tão empolgado na internet e na moda. Achava que iriam arrasar em um país tropical.

— Escolha interessante, Emmy! — comentou Liam, concordando com a ideia. — Nunca imaginei que fosse escolher um lugar tão diferente.

— Minha amiga arrasa sempre! Já vejo o bronzeado que vou pegar naquela tal de Copacabana. Vou ser escolhida a nova garota de Ipanema deles — brincou Darren, fazendo poses escandalosas no gramado do parque.

Era de fato uma escolha exótica. Emily não sabia dizer por que escolhera aquele local. Devia ser mais do que a lembrança de um documentário que vira na época em que chorava a morte de seus pais. Era um lindo lugar, com pessoas alegres e energia positiva, e algo lhe dizia que precisavam radicalizar na escolha. Havia alguma conexão.

Logo eles iriam descobrir.

RELATÓRIO   TL Nº 1.210.311.432.811.054

Para a excelentíssima Comissão Perseguidora

Assunto:
RELATÓRIO DE TENTATIVA DE ROUBO
• *Indivíduo não cadastrado* •

Acompanhamento do formulário 890.187.632.212.111 sobre família francesa que percebeu a presença de um Leprechaun com más intenções.

Patriarca afirma que depois da mudança não notou mais a presença de outro Leprechaun perto de sua família.

Verificamos todas as famílias francesas cadastradas e nenhuma outra reportou atividade na cidade nem em outras ao redor.

Fizemos uma busca intensa por Paris, que é uma cidade frequentemente escolhida por usurpadores, mas nada de novo.

Acreditamos que possa ter sido um alarme falso.

Status: não estamos mais à procura do indivíduo.

13

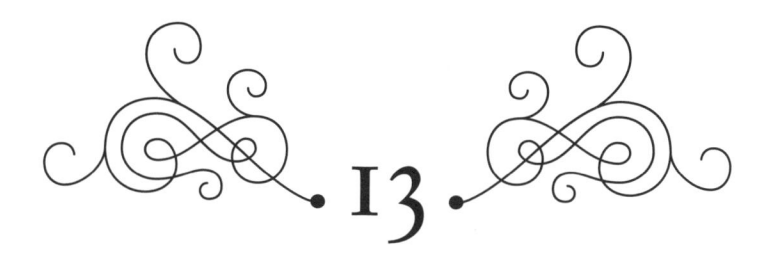

Não estavam preparados para fazer uma viagem como aquela. Haviam levado pouca bagagem a Paris, e o tipo de vestimenta necessária para a cidade francesa era bem diferente do que planejariam usar em um lugar como o Rio de Janeiro, principalmente por questões climáticas. Darren estava animado com a ideia da viagem, era como se eles estivessem tirando férias em vez de procurando um assassino, mas não se conformava com sua bagagem diminuta. Só se contentou quando Liam sugeriu que renovassem o guarda-roupa por lá mesmo.

— Perfeito! Minhas seguidoras com certeza me darão dicas incríveis de lojas para irmos — concordou, voltando a se animar e deixando a crise de lado para começar a escrever para elas.

Emily, que costumava amar a positividade do melhor amigo, sentia-se incomodada com a falta de tato dele. Darren muitas vezes esquecia da real motivação de toda aquela jornada. O pensamento dele sempre estava em garotos, roupas e festas.

Acho que eu nunca mais vou pensar nessas coisas.

Enquanto continuavam a caminho do aeroporto, ela se perguntava se não era aquele pensamento que a incomodava. Empolgar-se por um novo rapaz ou pelo convite para um evento chiquérrimo agora lhe parecia impossível. Ver a alegria do amigo pensando em praias ou a forma como ele ficava ao ser tocado por Liam a deixava com um pouco de ciúmes. Era um sentimento infantil, porém, era um fato.

— Está tudo bem, Emmy? — perguntou Liam, notando o olhar distante dela.

A ruiva limitou-se a sorrir levemente e continuou a observar as placas em francês.

Au revoir, belle Paris!

Fechava mais um capítulo de sua vida. Deixava a Cidade Luz para os apaixonados, e que a família Dubois lidasse com a própria maluquice.

Não se preocuparia mais com o fato de Aaron ser Allan e de estar casado. Naquele momento, ele poderia ser Adam, Arthur ou Alex. Talvez ele até estivesse se casando com um rapaz que conhecera em Vegas em uma visita a um clube de pôquer. Nada daquilo importava. Só precisava focar em localizá-lo em um ponto do mundo e conseguir de volta seu pote de ouro. Isso o enlouqueceria.

Perder o poder que conquistara seria pior do que a morte para ele.

E ainda desejava a morte para Locky.

☘

Conversaram com a equipe de bordo e decidiram que era melhor pegarem um voo de primeira classe em Londres. Chegariam no dia seguinte na cidade do Rio de Janeiro.

Foram longas horas até o destino. Emily aproveitou para dormir. Deixou que Liam e Darren conversassem sobre trivialidades e focou em se restaurar. Não sabia o que encontraria no Brasil, porém, desde que visitara a cachoeira, sentia certa urgência de ir até a tal Floresta da Tijuca. Talvez fosse um lugar sagrado para o seu legado, assim como as florestas da Irlanda. Sabia apenas que estando lá se sentiria mais tranquila e poderia focar em encontrar Aaron.

Que o Cristo Redentor abençoe nossa sorte.

Adormeceu com o anel de trevo que recebera de seu pai pressionado contra o coração.

Acordou com o cheiro de ovos do café da manhã sendo servido no voo. Darren ainda dormia, provavelmente por ter ficado tagarelando por horas, mas Liam estava acordado rascunhando algo em um guardanapo com o logo da empresa aérea. Ele parecia concentrado, mas logo a notou.

— Bom dia, princesa!

Mesmo dolorida pelas longas horas sentada, Emily não conseguiu deixar de rir sarcasticamente.

— Deixei de ser princesa há algum tempo. Acho que agora estou mais para madrasta má.

Liam também sorriu e aceitou o suco de laranja oferecido pela aeromoça.

— Acho que você nunca deixará de parecer uma princesa...

Emily corou. O rapaz sempre soltava frases como aquela aparentemente do nada. Ele não falava como Aaron, de forma galanteadora. Parecia natural. Dizia apenas o que vinha em sua mente, e não dava a impressão de estar tentando seduzi-la.

Ela sussurrou um agradecimento e ficou observando o guardanapo todo rabiscado em que ele ainda trabalhava.

— Estou fora de casa há algum tempo e, com todas essas viagens, descobri que não trouxe um mísero pedaço de papel nem um caderno comigo. Eu tinha o hábito de ter sempre pelo menos uma agenda pessoal à mão, só que agora nada.

— Então você resolveu anotar os passeios que você e o Darren farão na Cidade Maravilhosa nesse guardanapinho? – perguntou ela em tom brincalhão.

O rapaz franziu a testa e pareceu não entender o comentário.

— Estou anotando o que eu sei sobre esse país e o que podemos relacionar com a nossa espécie.

— Você também acha que o Brasil tem uma conexão com Leprechauns? Que podemos descobrir alguma história por lá?

Liam balançou a cabeça, concordando. Eles tentavam falar o mais baixo possível para não chamar a atenção dos outros passageiros da primeira classe.

— Fiquei pensando nos jogadores de futebol, sabe? Tive a ideia de escrever tudo o que eu me lembrava sobre eles e talvez tentar encontrar um padrão. Percebi que a maior parte desses atletas veio do gueto.

— Das favelas – corrigiu Emily, lembrando-se do documentário.

Quem diria que um dia eu aprenderia termos para descrever a pobreza de um país estrangeiro?

— Isso mesmo! Esses rapazes vieram da favela e se tornaram milionários em poucos anos, conquistando feitos incríveis. Fiquei pensando se pelo menos um deles não pode ser um Leprechaun. Aplicar o poder em um esporte capaz de gerar fortunas é uma boa forma de escondê-lo.

Liam tinha razão. Uma profissão como aquela poderia se beneficiar muito com uma pessoa *de sorte*. Era uma indústria totalmente capitalista e, se um rapaz surgisse do nada e gerasse lucros abundantes, valia a pena investigá-lo para tentar descobrir algum rastro.

— Concordo. E consigo pensar em alguns casos. Também existem modelos assim, e muitos empresários. Lembro que o meu pai comentou uma vez que ficava surpreso com a desigualdade do Brasil. Enquanto muitos não têm nada, empresários perdem milhões em ações e continuam riquíssimos.

A face de Liam se iluminou.

— Tá aí! Acho que antes dos jogadores de futebol ou das *angels*, temos que pesquisar empresários assim. Você consegue ver o padrão?

Ela não entendeu bem o que ele queria dizer.

— Padrão entre essas áreas? – perguntou a garota.

— Não! Padrão de que existem empresários milionários que perdem boa parte de seus milhões de um dia para o outro. Nunca tinha parado para pensar. Esse pode ser o caso de um Leprechaun que foi atacado por outro. Ele continua rico, mas vê sua fortuna reduzir drasticamente da noite para o dia. Sua sorte diminui.

Emily compreendeu o raciocínio dele e ficou abismada.

— Sim! Como a nossa fortuna foi afetada, e a da Margot também será.

Os dois se olharam incrédulos. Darren continuava dormindo com o rosto coberto pelos enormes óculos de sol.

— Mas o que vai nos adiantar saber quem são os Leprechauns brasileiros? Não é perigoso sairmos procurando por eles?

O rapaz ficou pensativo, observando suas anotações.

— Pode ser perigoso, mas acho que já ultrapassamos essa barreira. Estamos vivendo uma vida complicada e pronto. Chegou a hora de sabermos mais sobre a nossa linhagem. De conhecermos outros como nós. Talvez eles saibam como localizar uma pessoa mesmo que não estejam mais com seu poder. Enquanto estive em sua casa, procurei aprender mais sobre nós e cheguei à conclusão de que estar do seu lado me ajudaria a descobrir novas coisas.

— Mas eu não te ajudei em nada – disse ela, rindo.

Liam apenas a observou, ainda muito sério.

— Nós conseguimos sugar a energia de um trevo, sentir a pulsação de um Leprechaun poderoso e criar um arco-íris em uma cachoeira. Para dois Leprechauns sem pote de ouro, conquistamos muita coisa juntos. Não subestime isso.

Emily corou. Ele tinha razão. Não podia minimizar o que eles haviam conquistado juntos.

— Você está certo, e podemos conquistar mais. Temos que ir atrás de outros Leprechauns. Em um país místico como o Brasil, poderemos achar respostas para nossos dilemas.

— Em um país como o Brasil é bom você relaxar um pouco, chega de dormir e acordar só falando dessas coisas – comentou Darren, finalmente acordado.

Emily suspirou alto, e a conversa morreu. Darren começou um tratamento facial com seu kit de viagem, Liam continuou a rabiscar, e Emily ligou a tela de seu celular, que estava em modo avião.

A foto de seu papel de parede era uma das milhares que havia tirado para o ensaio sexy de uma revista. Ela aparecia como um mulherão. Tanta perfeição a irritou. Não vivia mais aquela mentira. Lembrou-se de que sua sexualidade nos últimos tempos era nula e pensou que talvez Darren tivesse razão. Precisava relaxar um pouco, tirar Aaron de sua mente e quem sabe até passar algum tempo com uma companhia agradável. Um completo desconhecido.

A esse pensamento, abortou completamente a ideia.

Trocar intimidades com um estranho nunca mais seria uma opção. Talvez estivesse precisando de trocas de afeto, mas era impossível voltar a ser a garota de antes.

O comandante avisou nos alto-falantes que a aeronave se preparava para a aterrissagem. Em breve estariam pousando na cidade do Rio de Janeiro, e ela se preparou.

A magia daquele país os guiaria até seu objetivo. Encontraria outros Leprechauns.

14

Foram recebidos pelo vapor quente de um dia de sol e seguiram ao encontro do motorista particular que a equipe de Emily havia ficado encarregada de contratar. O Rio de Janeiro certamente tinha morros arborizados, praias de larga extensão e corpos esculturais passeando pelos calçadões de pedra portuguesa, contudo, o trânsito da cidade era considerado um dos piores do mundo, e Liam resolveu não se arriscar a dirigir. Teriam mais tranquilidade se estivessem com alguém familiarizado com o local.

Como prova de que tinham tomado a decisão certa, pegaram um grande congestionamento do aeroporto até o famoso Copacabana Palace, o hotel preferido das celebridades por causa de sua maravilhosa localização e de sua vista de tirar o fôlego. Não tinham previsto quanto tempo ficariam no país, mas sabiam que passariam pelo menos uma semana por lá para criarem um plano ou pelo menos se recuperarem da rápida e tensa passagem por Paris de frente para o mar e com uma água de coco na mão.

Ao chegarem no hotel, Darren entregou sua mala para um dos rapazes da recepção e se despediu dos amigos, alegando que precisava urgentemente de uma massagem.

— Esse ar-condicionado do avião acabou com a minha pele de bebê. Sem contar o estresse. Preciso de um pouco de Enya e de um bom par de mãos esfregando o meu corpinho esbelto — comentou no saguão para os dois. — Se quiser me ajudar com isso, Liam, aborto a massagem do hotel e podemos subir para o meu quarto. Só dizendo...

O britânico engasgou com a própria saliva e ficou sem saber o que responder. Ele não estava esperando aquela direta.

— Mas que assanhado! — brincou Emily com o amigo, percebendo o constrangimento de Liam. — Vá logo para essa massagem, que depois vamos sair para almoçar. Estou precisando de uma excelente churrascaria. Lembro quando fui em uma nos Estados Unidos e preciso daquela sensação de felicidade após uma refeição tipicamente brasileira.

Darren riu.

— Estou vendo que minha amiga Emily O'Connell não é mais a mesma. Em vez de desestressar em cima de um brasileiro musculoso, só pensa em um prato cheio de carne bem passada, uma ofensa a qualquer chef.

— Devo confessar que esse prato de carne bem passada parece bem interessante — comentou Liam, interrompendo a conversa dos dois.

— Xiiii! Ofereço um carinho mútuo gostoso e fica mudo. Agora vai entrar na onda dessa maluca para comer igual a um troglodita. Acho que você está andando demais com essa revoltada, Liam! Ela não age mais como a *Queen B* de Dublin, mas continua tendo o poder de levar uma pessoa para o mau caminho.

Piscando para os dois, Darren saiu em direção à área de spa.

Liam e Emily seguiram para os quartos a fim de se refrescar e deixar as malas, que ainda seguravam.

— Tenho algumas teorias — comunicou Liam ao alcançarem o corredor de seus quartos. — Se eu testar e achar algo, venho aqui te mostrar. De qualquer forma, tente relaxar um pouco. Logo sairemos para comer.

Seria bom para ela passar algum tempo sozinha. Ainda não havia pensado com calma no encontro com Margot, nem em tudo que ela dissera. Talvez tivesse deixado algum detalhe importante escapar, algo que afetasse a busca. Eles haviam lidado com armas, choque, revelações, e tudo aquilo poderia ter sido muito para sua mente.

Entrou no quarto com vista para a praia de Copacabana e começou a refletir, observando a areia plana repleta de guarda-sóis coloridos, pessoas com trajes ainda mais minúsculos do que os que ela costumava usar em Ibiza.

Liam podia ter suas ideias, porém ela não ficaria parada.

Buscaria os próprios caminhos. Talvez eles também fossem repletos de pedras, contudo, os obstáculos podiam não ser tão ruins no final.

☘

Depois de organizar os poucos pertences no armário do quarto, tomar um demorado banho de banheira e vestir o roupão branco confortável do hotel, sentou-se à frente de seu notebook. Resolveu pesquisar novamente sobre Leprechauns na internet, sem usar a *deep web*.

"Wikihow: como pegar um Leprechaun em quatorze passos!"

Tem maluquice para tudo neste mundo, pensou, mas logo se lembrou de que queria encontrar na internet algo muito mais insano.

Emily precisava achar lendas sobre como o mito havia surgido para ver até que ponto as informações poderiam condizer com o mundo real, com os verdadeiros Leprechauns.

Passou por diversos links infantis e repetitivos, com gifs animados soltando faíscas e poemas com rimas primárias. Continuava achando um absurdo a internet se repetir tanto quando se tratava daquele tema. Porém, em um dos sites, enquanto lia sobre a origem dos Leprechauns, percebeu algo que não havia notado nas outras pesquisas. O texto do site informava que a linhagem era dividida em duas partes: os Leprechauns e os Cluricauns. O segundo nome nunca tinha chamado a atenção de Emily antes, e talvez pudesse ser o sinal tão procurado por ela.

Os Cluricauns eram primos dos Leprechauns e também faziam parte do folclore irlandês. Dizia-se que eles roubavam ou pediam emprestado quase tudo das pessoas, gerando caos nas casas durante as horas de escuridão, invadindo adegas e despensas. Eles também lançavam mão de ovelhas, cabras, cães e aves, mesmo as domésticas, e montavam-nas durante a noite como se fossem cavalos. Até então Emily nunca havia lido algo semelhante sobre os Leprechauns, e achou um tanto excêntrica a explicação resumida sobre os supostos primos. Resolveu modificar a busca e só se concentrar nos Cluricauns.

Descobriu que eles eram um tanto solitários e, como os Leprechauns e as fadas, também descendiam de Tuatha Dé Danann.

Será que estamos errados, e os Leprechauns impostores na verdade são Cluricauns? Preciso mostrar isso para o Liam.

Conforme lia, porém, a figura de Aaron vinha a sua mente. Ele era um ser solitário que não se apegava a ninguém, e roubar parecia a sua especialidade. Talvez isso significasse que na verdade ele era um Cluricaun. Entretanto, em mais de um link leu que eles gostavam de se embebedar, e aquilo não combinava com seu ex-namorado. Ele não era de ficar bebendo, até a elogiara quando tinha parado com o hábito.

Será que um Cluricaun poderia não beber nem montar em galinhas?, se pegou pensando, e depois teve vontade de rir do próprio absurdo.

Continuou a olhar as páginas repletas de desenhos repetitivos e links, mas desistiu ao perceber que sobre as criaturas só havia aquilo. Atirou-se na cama de colchão largo e macio, imaginando se um pouco de bebida não poderia levar Aaron a revelar o final do arco-íris dele. Se ele fosse um Cluricaun, devia ter uma enorme sensibilidade ao líquido e acabaria por cometer um erro.

Como se ele fosse fraco o suficiente para isso. Com toda aquela sorte, ele só ganha, e nunca cometeria um erro.

Acordou com um bater na porta. A exaustão a fizera dormir profundamente no quarto aconchegante. No computador, a tela de descanso mostrava fotos dela em sua época de festas, não muito tempo antes.

Eu poderia muito bem ser um Cluricaun! Consigo ver a mim mesma no passado, bêbada, caçando galinhas. Mas só se a festa tivesse sido boa demais.

Outra vez ouviu o batuque na porta, odiando quem quer que estivesse do outro lado.

— Quem é? — gritou da cama em sua língua natal, lembrando depois que nem todos os funcionários do hotel ou pessoas da cidade poderiam entender o que havia dito.

Liam respondeu por trás da porta, e Emily espiou o relógio digital do criado-mudo ao seu lado. Ficou claro por que seu estômago roncava tanto e se sentia tonta.

Levantou-se para abrir para o rapaz sem se importar que estava apenas de roupão.

— Nós não íamos almoçar? — questionou ele ao vê-la ainda desarrumada.

Emily voltou para a cama bagunçada, espreguiçando-se. Liam sentou-se na beirada, ainda aguardando uma resposta.

— Acabei dormindo — explicou ela, colocando as mãos na cabeça para massagear as têmporas. — Achei algo que pode ser uma pista ou pelo menos explicação sobre Aaron, uma pequena informação sobre uma espécie diferente de Leprechauns, mas no final os sites sempre repetem a mesma história milhões de vezes, ninguém traz um conteúdo diferente.

Liam compreendia a frustração dela. Muitas vezes quisera atirar o notebook pela janela enquanto pesquisava.

— Seria muito mais fácil se fôssemos vampiros, né?

Ela riu e pressionou ainda mais a cabeça dolorida.

— Eu já tinha pensado nisso antes. Por que fomos ser justo uma das lendas menos comentadas? Não podiam ter facilitado a nossa vida?

— Acho que o trabalho é para compensar o ganho. Vampiros têm vida eterna, mas nós temos a sorte em abundância, e isso pode resultar em uma vida muito mais divertida que a deles.

— Tínhamos sorte em abundância. Acho que vida eterna podia ser melhor...

O silêncio reinou no quarto.

— Que bom então que minhas pesquisas foram melhores do que as suas hoje. Acho que você vai gostar do que eu descobri.

Emily se endireitou na cama, aproximando-se do rapaz, empolgada para ouvir o que ele tinha a dizer.

— Desembucha logo, oh, seu guarda da rainha! Achou um novo rastro do desgraçado?

O britânico enrugou a testa, mesmo sabendo que a ruiva gostava de ser ríspida de vez em quando.

— Vou fingir que você não me chamou de "guarda da rainha" e partir para a novidade. Procurei por links em inglês de casos peculiares no Brasil no mundo dos negócios. Foi difícil, pois, pelo que pude entender, o governo deles é bem complicado e existe muita corrupção, então tudo parece peculiar. Mas quando explorei os sites em português é que encontrei a nossa querida sorte.

— Você entende português? — interrompeu ela curiosa.

— Não, mas como bom internauta eu sei que existe tradutor on-line, e te amo tanto que fui traduzir palavra por palavra até achar um candidato a Leprechaun — disse Liam com os olhos brilhando. — Ou melhor, um pai com duas filhas que podem ser Leprechauns como ele.

Emily não sabia se ficava mais em choque por ele ter descoberto uma família de Leprechauns brasileiros em uma única manhã ou pelo súbito "te amo" que ele soltara ao contar a novidade.

Liam não pareceu ter notado o que havia falado. A cabeça de Emily rodou, e ela apenas tentava processar tudo e ver que era um exagero ficar assustada com o termo.

— Pensei que você fosse ficar mais feliz — resmungou o rapaz ao ver a expressão de ponto de interrogação dela.

A ruiva engoliu em seco, incapaz de falar. Não sabia como responder a um "te amo" como aquele. Na verdade, ao escutar aquilo houve um tipo de estalo em seu cérebro, e instantaneamente ela começou a pensar em Liam de *outra* forma. Sua cabeça estava dando um nó. Aquele era o ex-namorado de seu ex-namorado. O atual paquera de seu melhor amigo. Ela estava praticamente sem roupa com um homem bonito, musculoso e bem-vestido que acabara de dizer que a amava.

— Feliz? Feliz com quê? — retrucou, levantando-se de supetão. — Qual parte? Como? Quer água? Eu quero água! Vou buscar água!

A vontade era de beber algo mais forte, entretanto, lembrou-se dos Cluricauns e resolveu ficar na sua.

Pense nas galinhas. Pense nas galinhas.

Liam apenas a observou cruzar o quarto para beber água e depois andar de um lado para outro com olhos arregalados, prendendo a frente do roupão com força.

— Você está bem? Acabo de contar que achei uma família perfeita para nos auxiliar, e você está toda esquisita. Ficou preocupada? Acha melhor abortarmos a ideia de procurar outros como nós?

Ele está se referindo à família. Então o "te amo" foi só um modo de falar, pensou ela aliviada, finalizando a água. *Claro que só podia ser isso! Liam, me amando? Claro que não! Como sou esquisita! Óbvio que ele não me ama.*

— Terra chamando Emily O'Connell! Tá me escutando, Emmy? Sentiu algum rastro de Aaron, por acaso?

Linhas de preocupação se formavam na testa dele, e os olhos cor de esmeralda a encaravam com ternura. Ela se recriminou por admirar a beleza do olhar dele.

— Estou bem! Só fiquei pensando no que eu achei hoje na internet. Sobre os Cluricauns. Acho que me impressionou um pouco.

Por um segundo, viu a dúvida no olhar dele. Liam temia que a garota ainda não confiasse em sua palavra. Porém, mais uma vez tentou se colocar no lugar dela. Claro que descobrir outros tipos de Leprechauns a deixaria paranoica e bastante confusa. Emily era muito emocional e se estressava facilmente.

— Quer que eu volte outra hora? Posso ir comer sozinho ou com o Darren, se preferir ficar pesquisando.

Ela respirou fundo, percebendo que ele tentava deixá-la mais à vontade. Aos poucos, foi afrouxando as mãos que seguravam o seu roupão de forma recatada. Liam não estava interessado nela e não devia querer ver seu corpo como outros rapazes que a encontrassem naquele estado.

— Não! Eu vou junto. Estou precisando comer e quero ouvir sobre essa família que você encontrou. Desculpe se estou agindo um pouco estranho. Acho que é todo esse calor e a falta de comida que estão me deixando assim.

Liam sorriu de forma doce.

— Então precisamos que melhore logo — dizendo isso, o rapaz foi até o guarda-roupa da garota e tirou o vestido mais leve que viu. — Vista isso por enquanto, depois vamos às compras. Aaron não vai te tirar todos os prazeres da vida. Hoje vamos nos esbaldar com carne, caipirinha e moda praia.

Foi a vez dela de não aguentar e rir.

— Assim você fica igualzinho ao Darren.

Emily seguiu para o banheiro com o vestido na mão e se preparou para o primeiro dia na cidade.

Ele tinha razão: Aaron não podia estragar ainda mais a sua vida.

15

Pensaram em caminhar até o restaurante para aproveitar o clima despojado e o cenário tão cobiçado que tinham a sua frente, mas Emily não colocara nenhum sapato baixo na mala, e Darren sentia falta de roupas mais frescas, então Liam pediu ao motorista para os levar até uma das mais famosas churrascarias da cidade, e depois iriam direto a um shopping. O britânico começava a perder a paciência com as reclamações diárias dos outros dois.

No caminho, Emily se perguntou onde seria a Floresta da Tijuca, já que, apesar de as ruas serem todas muito arborizadas, não via nada que justificasse o título de "maior floresta urbana do mundo". Quis perguntar para o motorista, mas receou parecer ignorante na frente de Liam e achou melhor pesquisar em seu celular quando tivesse oportunidade.

Por que ligo se ele vai me achar ignorante ou não?

Sua última conversa com Liam de alguma forma havia sido diferente do que costumava ser.

Ela se sentia diferente.

Deve ser bruxaria do Aaron ou daquela francesa idiota.

Não queria nem pensar que houvesse outro motivo para se sentir daquela maneira.

— Chegamos! Agora quero ver vocês dois comendo, hein! E chega de reclamações por hoje! – disse Liam ao saírem do carro.

Entraram no estabelecimento e logo foram recebidos pelo maître, que falava um inglês cheio de sotaque. Emily e Darren já haviam experimentado a comida brasileira, mas era a primeira vez de Liam, e os dois estavam animados para ver como o britânico reagiria. Emily passara tanto tempo comendo delivery que ansiava por uma refeição cheia de sabor e bem calórica. Esquecera completamente sua paranoia com o corpo perfeito e até desativara as redes sociais, então não se preocupava mais em editar fotos nem tinha no celular os mil aplicativos para melhorá-las. Podia se esbaldar sem medo dos seguidores subirem *tags* achando que ela estava grávida por comer mais do que o normal. Aquele aborrecimento já havia acontecido no passado em um dia de desleixo.

O restaurante, ainda que um pouco afastado do hotel, tinha vista para o paradisíaco Pão de Açúcar e sua famosa Baía de Guanabara, e todos ficaram embasbacados ao serem encaminhados para a mesa. Em Dublin havia uma boa comunidade brasileira, então ouviam sempre sobre os principais pontos turísticos do Rio de Janeiro, mas vê-los era uma experiência completamente diferente. Sentia que os brasileiros deviam ter a mesma sensação quando conheciam lugares como o Temple Bar, o Dublin Castle ou a catedral de St. Patrick.

— Quantas fotos fantásticas posso fazer nesta varanda! – exclamou Darren, caminhando até lá. – Eu preciso de novos óculos de sol, e quem sabe um chapéu panamá chiquérrimo?

O salão envidraçado deixava a baía, o colorido dos barcos e a silhueta do Pão de Açúcar ao alcance dos olhos, parecendo mais uma pintura do que realidade. Emily estava completamente entregue e duvidava que mesmo os habitantes da cidade conseguissem se acostumar com tamanha preciosidade.

Aquele complexo de morros junto ao Cristo Redentor, segundo o que tinham ouvido falar, era o maior cartão-postal da cidade. Percebendo a animação deles com a vista, o maître explicou que o Morro do Pão de Açúcar era o mais alto do complexo, e era constituído por uma rocha de seiscentos milhões de anos de idade. No topo, havia uma estação de teleférico, conhecida simplesmente como Bondinho, que Liam demonstrou vontade de conhecer.

Emily e Liam se sentiam energizados por estarem tão perto daqueles monumentos da natureza. Desde os treinamentos com Aaron, o mundo ao redor dela parecia ter se modificado, e com o britânico acontecia a mesma coisa.

— Você consegue sentir que fizemos a escolha certa ao virmos para o Brasil, né? – perguntou Emily para o rapaz, que também continuava de pé, deslumbrado com a vista.

— Tenho certeza de que muita coisa vai mudar com essa nossa vinda. Foi a escolha ideal, Emmy!

Com ânimos mais controlados após o choque de beleza natural, sentaram-se a uma mesa próxima ao terraço e começaram a aguardar o desfile de carnes que se seguiria. Sem dúvida eles não sairiam dali com fome.

Eles tinham comido apenas o café da manhã do avião e olharam maravilhados para as gostosuras de aromas envolventes. Darren se esqueceu de sua eterna dieta, e Liam foi aceitando tudo que ofereciam. Os três por um momento se sentiram verdadeiros turistas.

— Agora eu entendo por que esse povo é tão feliz — comentou Darren se deliciando com um pedaço de picanha. — Eu aceitaria até ganhar um quilo se o motivo fosse comer isso todos os dias.

Emily e Liam caíram na gargalhada com o comentário do amigo.

— Se você comesse isso todos os dias, ganharia muito mais do que isso, seu louco! — exclamou Emily, aceitando um pedaço de frango.

Ficaram por um tempo saboreando os diferentes tipos de cortes e degustando caipirinhas. Naquele momento, a bebida era só um prazer, e nada tinha a ver com amargura.

Viva os Cluricauns!, pensou enquanto sentia a cachaça com limão e açúcar entrar em seu organismo.

— Darren, nosso amigo aqui resolveu começar a trabalhar e já tem novidades. Acho que agora nós precisamos das suas habilidades.

Darren parou de comer o pedaço de maminha que experimentava e encarou a amiga.

— Isso quer dizer que vocês acharam um maravilhoso Leprechaunzinho que precisa de alguns momentos de felicidade no meu arco-íris?

Liam sempre corava com os absurdos que Darren costumava falar.

— Querido amigo, você tem que aprender que o Liam não é como a gente, e certas coisas você tem que guardar dentro da sua cabecinha — comentou Emily, tentando segurar o riso.

— Ué! Não entendi, então! *Vocês* são os Leprechauns que perderam os poderes. Eu só sou um humano muito gato. Por que precisariam de mim?

Emily sabia que Darren levava tudo na brincadeira, e sabia o seu valor naquela equipe, por isso adorava ver a cara de desespero que Liam fazia com os comentários do amigo.

— Conte para ele o que descobriu, Liam!

O britânico explicou que naquela manhã havia encontrado matérias sobre como um empresário bilionário perdera milhões em ações que caíram de um dia para o outro, e desde então não havia mais se recuperado. Liam disse que achou as explicações dadas pelos veículos de imprensa um tanto superficiais, e a perda repentina de capitais do homem o intrigou a ponto de querer saber mais.

Ao notar que podia ter encontrado um Leprechaun, iniciou uma extensa pesquisa sobre o homem, parando para observar com atenção qualquer informação que encontrasse sobre sua família. Era o pai solteiro de duas meninas famosas na mídia e redes sociais simplesmente por serem filhas dele. A mãe abandonara a família quando as garotas ainda eram pequenas. Nenhuma parecia ter um trabalho, ramo de interesse ou algo parecido. Não ligavam nem mesmo para moda. Se tivesse que defini-las, Liam as classificaria apenas como *party girls*. Percebeu pelas datas das publicações que, depois da perda das ações, o empresário, chamado José Murillo Bonaventura, também deixara de ser tão popular. As pessoas continuavam a falar sobre ele, contudo, de maneira negativa, trazendo todos os seus defeitos e erros à tona. Coisa que Liam percebia que antes acontecia de forma muito mais branda.

— Nossa, Emmy! Esse cara é muito você! — comentou Darren, percebendo as similaridades.

Algo chamara ainda mais a atenção de Liam durante as pesquisas. Que José Murillo poderia ser um Leprechaun e que seu poder provavelmente fora roubado parecia claro, mas as notícias sobre sua filha mais nova, Larissa, o surpreenderam.

Era de conhecimento público que a garota de dezoito anos era viciada em álcool. Havia diversos relatos on-line de pessoas comentando como ela bebia litros de whisky por dia, saía todas as noites, mas incrivelmente nunca houvera um episódio em que ela aparecesse bêbada nos tabloides. Larissa podia beber o quanto quisesse; no final da noite, saía das casas noturnas sem cambalear. A opinião geral era que a garota tinha muita sorte de nunca ter entrado em coma.

Whisky. Essa é das minhas. Deve ter sido dessa família que os meus pais me roubaram, pensou ironicamente, relembrando todos os momentos em que se sentira diferente por fazer tanta coisa errada e não ser punida.

— Muita sorte! Como ela não se envolve em nada, beber sem passar mal devia ser a única forma que ela devia aplicar o seu possível poder. Eu pelo menos sempre me envolvi de algum modo com a O'C, com a atuação, tinha alguma ligação com a moda e até com o pôquer. Essa menina precisa de algumas aulinhas — comentou a ruiva para os dois, aceitando mais um pedaço de costela do carrinho de comida que havia estacionado ao lado da mesa deles.

— Ok! Eu entendi que temos o caso de um pai bilionário que ficou rico da noite para o dia e depois teve sua reputação destruída. Temos também uma socialite focada mais em bebidas do que em tanquinhos que deviam estar a sua disposição. Mas por que a bebedeira dela lhe chamou a atenção? Nossa amiga aqui também sempre encheu a cara, parou por um tempo, mas hoje está na terceira caipirinha. É isso que faz dela um Leprechaun?

Isso faria de mim um Cluricaun, pensou Emily, chateada, percebendo que o melhor amigo falava algumas verdades que ela não estava pronta para ouvir.

— Não precisa falar assim dela — recriminou Liam, olhando para um Darren surpreso.

O modo como o britânico defendia Emily o deixou um pouco irritado. A cada dia, a possibilidade de os dois terem um relacionamento parecia diminuir.

— Não falei por mal, bravinho! Só fiz uma pergunta sincera. O fato dessa Larissa ser uma mini-Jack Sparrow não prova que ela é um

Leprechaun. E se ela nem a irmã mostram indícios de serem poderosas, talvez o tal pai poderosão também não seja.

— O Jack Sparrow bebe rum — argumentou Liam, fugindo do assunto.

Por mais verdadeira que a colocação do amigo fosse, Emily ficou um pouco chateada com suas palavras, mas resolveu deixar o assunto de lado e continuar a instigar o britânico a contar sua descoberta.

— Continue de onde você parou, Liam! O que foi que no alcoolismo dela chamou sua atenção?

Ele escancarou um sorriso para a ruiva, dando a entender que a descoberta havia sido grande.

— No mesmo dia em que seu pai perdeu milhões, ela pela primeira vez foi parar nos jornais e nas revistas por ter entrado em coma alcoólico. Conseguem entender o que isso significa?

— Que isso, Liam! Nunca vi alguém sorrir tanto para contar que outra pessoa entrou em coma — comentou Darren, torcendo o nariz.

O sorriso de Liam murchou instantaneamente.

— Isso significa que naquele dia Larissa não teve sorte — explicou. — Ela sempre aguentou a bebida, mas naquele dia foi diferente. No mesmo dia em que também ficou alguns milhões mais pobre. Nós sabemos como a manutenção desse status custa, nada no nosso mundo é barato, e a vida deles virou uma bola de neve. Essa fortuna tem dias contados. Agora adivinhem...

— Desde então ela não tem sido a mesma... — sussurrou Emily, vendo que aquilo fazia todo o sentido.

José Murillo e Larissa haviam sido roubados por algum Leprechaun impostor. Estava claro em cada evidência.

— Eles só não perderam tudo porque, depois disso, a outra filha de vinte e cinco anos passou a entrar em destaque. Percebi que ela havia deixado a vida festeira um pouco de lado e se voltado para os negócios. Em pouco tempo, os acionistas da empresa da família decidiram que era melhor seu pai se afastar e deixar o comando para ela.

— Que escândalo! — surpreendeu-se Darren olhando para Liam, como se ele tivesse acabado de contar um capítulo de sua novela mexicana preferida.

Emily também estava intrigada. Não sabiam nem como o rapaz conseguira guardar toda aquela informação até chegarem ao restaurante.

— Acho que esses são os Leprechauns que vamos procurar. Concordam? — questionou Liam, esperançoso.

Emily sentia um pouco de receio. A família claramente tinha sofrido um baque, e provavelmente estava tomando cuidado com a aproximação de estranhos desde o roubo de poder. Podia falar por si mesma. Que bom que pelo menos eles ainda contavam com a sorte da filha mais velha, que Liam disse se chamar Bárbara. Ao que tudo indicava, a jovem conseguira preservar o pote de ouro deles.

Aquela conversa sobre o toque de ouro Leprechaun abalara um pouco a jovem. Seria maravilhoso se Aaron apenas tivesse roubado o toque dos três, deixando intacta a preciosa vida de seus pais.

Para te encontrar, terei que atrapalhar ainda mais a vida dessa família. Você ainda me paga, Aaron!

— Encontramos o nosso próximo passo — respondeu ela levantando o seu drink em direção ao rapaz para comemorar a descoberta, mesmo tendo perdido toda a animação inicial.

O caso da família Bonaventura parecia perfeito para Aaron. Se de fato um Leprechaun impostor cruzara o caminho deles, por algum motivo não havia finalizado o trabalho. E sem dúvida uma jovem de vinte e cinco anos com todo o poder de uma família o interessaria.

Precisavam calcular cada passo com muita atenção. Teriam que tomar muito cuidado ao procurá-los. Era possível que nem os recebessem.

Também era possível que não tivessem poder algum.

Restava apenas descobrir.

16

Havia uma nova luz no fim do túnel ou, como Darren gostava de dizer, uma nova cor no final do arco-íris. Com essa família em vista, acreditavam que poderiam aprender mais sobre o legado, e quem sabe descobrir informações sobre como rastrear um Leprechaun impostor.

Ao saírem da churrascaria, seguiram para um shopping localizado no bairro do Leblon, onde, de acordo com o motorista, poderiam fazer compras com calma. Aquele era o shopping mais visitado por celebridades na zona sul da cidade e também o mais tranquilo. Emily ficou impressionada com a quantidade de pessoas nas ruas. Em Dublin, mesmo em horários de pico, não se viam aglomerações como nas ruas do Rio de Janeiro, que, guardando-se as proporções, podiam ser comparadas às vias romanas.

Sempre que entravam no trânsito caótico, vislumbravam paisagens incríveis e várias vezes avistaram a estátua do Cristo Redentor. A figura divina se assomando sobre a cidade trazia a paz de que ela tanto precisava.

— Já me comuniquei com todas as blogueiras brasileiras de moda que conheço, e elas me passaram marcas incríveis para checar. As cariocas queriam marcar encontros, mas tive que desconversar. Garantiram que esse shopping para onde vamos tem todos os designers que amamos, então não vamos ter problemas — comentou Darren empolgado, olhando fotos de mulheres magérrimas com roupas estilosas em seu celular.

Por algum motivo, o comentário dele a incomodou. Não só pela constante vaidade dele e desleixo com a gravidade da situação, mas... daquela vez parecia haver algo diferente nas entrelinhas, algo que ela estava deixando passar. Uma sensação esquisita. Não conseguia colocar em palavras.

— Vamos tentar não passar todo o resto do dia nesse shopping — opinou Liam quando o carro entrou no estacionamento fechado. — Quero ainda hoje descobrir como encontrar a família Bonaventura. Teremos apenas uma semana aqui, então é importante conseguirmos informações o quanto antes.

Emily concordava com ele. Não estavam ali para procurar por biquínis cavados ou saídas de praia dignas de curtidas na internet. Precisavam apenas do necessário para não darem muito na vista que eram "gringos" e pronto.

— Acho melhor então nos separarmos. Cada um vai nas lojas que quiser, e em uma hora nos encontramos — sugeriu a garota saindo do veículo.

Darren bufou ao deixar o banco do passageiro.

— Que energia negativa de vocês! Como assim, vir ao shopping e não fazer desfile de moda para os amigos? Emmy, minha diva, você amava me ver experimentar todas as roupas mais extravagantes das lojas. Vai perder a oportunidade de ver meu bumbunzinho branco em uma dessas sungas que os brasileiros tanto adoram?

Parte dela desejava passar a tarde com o amigo, olhando os tecidos coloridos e depois degustar com ele um sorvete de frutas. Entendia a necessidade dele de ter um momento agradável com ela, mas, ao mesmo tempo, cada segundo era precioso.

— Depois que pegarmos o Aaron, prometo voltar ao Brasil para desfilarmos todas as sungas indecentes que você quiser, meu amor.

O rapaz fez beicinho, mas se deu por vencido. Já era uma vitória os outros dois terem concordado em fazer compras. Pelo menos não teria que comprar novas roupas nas barraquinhas da feira perto do hotel. Do jeito como estavam desesperados para encontrar o impostor, era capaz de viverem um ano com o que tinham nas malas, se precisassem.

Os três enfim concordaram em se separar e foram atrás dos itens mais importantes, como roupas leves e sapatos baixos abertos.

Meia hora depois, Emily tinha o necessário para passar os próximos dias e encontrava-se parada na frente de uma loja de biquínis. Admirava os modelos coloridos da vitrine, e ao mesmo tempo se sentia culpada por desejar comprar um.

Não é só porque estou hospedada na frente de uma das praias mais famosas do mundo que preciso ter um biquíni, certo?

Sabia que não teriam tempo para entrar nas águas quentes de Copacabana e provavelmente nem visitariam a praia de Ipanema, mas saber que não possuía um conjunto daqueles na mala e que veria o mar pelos próximos dias a torturava.

Será que devo comprar por precaução?

Admirava especialmente um modelo preto e vermelho com estampa abstrata que ficaria lindo em contraste com sua pele alva.

No momento em que decidiu entrar na loja, algo inusitado aconteceu: seu celular tocou.

Desde que seu mundo virara de ponta cabeça, vinha evitando comunicação com as pessoas. Utilizava o celular apenas quando precisava conversar com alguém mais próximo, e naquela viagem decidira usar um reserva cujo número apenas Darren, Liam e o CEO da O'C tinham. No entanto, agora só via uma estranha repetição de zeros.

Deve ser engano, pensou, desligando a ligação e dando um passo atrás. Questionou-se novamente se devia entrar na loja para ceder a sua futilidade.

Talvez essa ligação tenha sido um sinal.

E novamente o celular tocou.

Devia ser um dos rapazes, e aquele estranho número era provavelmente um *bug* do seu aparelho. Talvez Darren quisesse alguma ajuda para escolher as milhares de camisetas diferentes que sem dúvida estava separando.

O aparelho continuava tocando, então decidiu atender e ver o que o amigo queria.

— Fala logo em que loja você está! Já terminei as minhas compras, seu maluco — brincou a garota ao atender a ligação.

Escutou uma risada irônica do outro lado.

Reconhecia aquele som.

Seu sangue gelou.

— Parece que você não aprende a lição, não é, meu amor? Eu roubo os seus poderes e você continua pensando em compras e amiguinhos.

Aquela voz nunca sairia de sua memória.

Como ele conseguiu descobrir esse número?

— Ouvi dizer que ainda está com saudades de mim — continuou a voz ainda em tom de zombaria. — Minha esposa me contou sobre a sua visitinha. Só não entendi como foi que você acabou parando no Brasil. Não tenho nenhuma namorada ou namorado por aí. Ainda.

Ele sabe onde eu estou! Deve estar me vigiando!

O desespero tomou conta de seu corpo no mesmo instante em que o pulsar da presença dele voltava a dominá-la. Era inacreditável.

Aaron a caçava, e não o contrário.

— Como você sabe onde eu estou?

Foi a única coisa que conseguiu perguntar, tremendo de raiva e quase desmaiando no corredor do shopping. Depois de tanto tempo, a voz dele soava quase irreal naquela ligação inesperada. Lembrou-se de quando ele desaparecera após a morte dos pais e do quanto implorara para o Cosmos para que ele ligasse com palavras doces.

— Seu amiguinho não sabe esconder muita coisa, não é? As mensagens dele nas redes sociais ficaram muito claras. Eu já não estava mais sentindo a sua energia em Paris e sabia que tinha viajado, mas fui confirmar para onde quando vi o ridículo do Darren perguntar detalhes sobre o Rio de Janeiro na internet. Você precisa aprender a escolher melhor as suas amizades, minha linda.

Naquele momento, Emily entendeu por que o comentário do amigo havia lhe incomodado tanto. Era claro! Darren estava deixando pistas do paradeiro deles na internet. Não podia acreditar que tinham sido tão ingênuos.

— Eu não sou sua linda, Aaron!

O rapaz conseguiu sentir a raiva em cada palavra dita por ela.

— Que brava! Gosto de você assim! Tenho sentido falta do seu cheiro. De quando eu entrava escondido no seu quarto, ou dos dias que você passou comigo naquela casa alugada. Você se lembra bem das nossas noites juntos, não se lembra?

Emily não conseguia acreditar que ele estava mencionando os momentos eróticos deles. Na última vez que haviam se falado, o rapaz destruíra seu coração e a humilhara da pior forma possível.

— Você não deveria estar preocupado em falar essas besteiras para a sua esposa, querido? Por que me ligou? Resolveu se entregar às autoridades?

Aaron riu do outro lado da ligação. O estômago dela revirava.

— Com a sorte que tenho, mesmo se eu me entregasse para as autoridades era capaz de acharem o DNA de outra pessoa na cena do crime e não me condenarem, meu amor.

— PARE DE ME CHAMAR ASSIM! – berrou.

Pessoas ao seu redor pararam para observá-la. Emily por um segundo se esquecera de que se encontrava em um lugar público.

Preciso encontrar o Liam. Preciso encontrar o Liam.

— Deixe de histeria, garota! Pelo que a minha querida esposa me disse, você estava doidinha para me encontrar. Pensei que ficaria feliz de ouvir minha voz! Não era isso o que queria?

A verdade naquelas palavras era o pior de tudo: Emily desejava ouvi-lo outra vez.

Não dizendo aquelas palavras carinhosas, é claro, mas saber que ele a procurara fazia sentimentos enterrados tentarem reaparecer.

— O que mais quero nessa vida é vê-lo pagar pelos seus crimes, pela brutalidade que cometeu contra a minha família. Quero você morto, Aaron! Eu ainda vou te achar, e pode ter certeza de que vou acabar com você.

A visão de Emily ficou embaçada pela emoção. Com medo de causar mais uma cena no shopping, procurou por um banco para se sentar. Sentia a boca seca, e o coração pulava cada vez mais com o pulsar da energia que ele emitia para ela.

— Você sabe que não tem provas de que eu matei os seus pais, não é? Eu te disse isso, mas você não sabe se é verdade. Posso ter mentido para você, não acha? Já menti sobre tanta coisa. Sobre ter te amado, por exemplo.

Ela não esperava ouvir isso.

Suas pernas tremiam a ponto de os joelhos baterem levemente um no outro. O estômago continuava a arder, e ela cogitou vomitar no lixo ao lado do banco onde se sentara.

Mentiras! Ele só pode estar querendo brincar com a minha sanidade! Ele só sabe mentir pra mim!

Emily tinha a mais absoluta certeza de que Aaron havia assassinado os seus pais. Fazia todo sentido. O rapaz precisava do poder de sua família, e para isso eliminou todos que não o deixassem tomá-lo à força.

A falta de evidências, o fato de ela ter contado que os pais estariam na fábrica e o sumiço de Aaron após a descoberta dos corpos só confirmavam o que ele havia lhe dito na Catedral da Santíssima Trindade. Ele era o assassino.

— Você é doente! Como pode dizer isso? Alguma parte do homem que eu conheci deve ser verdadeira. Nem você poderia mudar tanto.

Outra vez ele riu, a gargalhada alta, dando a impressão de que Emily era a pessoa mais engraçada do universo.

— Eu sou doente? *Você* é doente! Já parou para pensar na pessoa podre que você era antes de me conhecer? Na mulher fraca que se tornou após se apaixonar por mim? Ou acha normal estar agora andando para cima e para baixo com o meu ex-namoradinho?

Margot contou sobre o Liam para ele.

Não sabia o que responder, mas não podia deixá-lo com o seu silêncio.

— Você quer dizer que estou andando com a sua outra vítima?

— Vítima, vítima! As aulas na Trinity te deixaram muito dramática. A nossa vida não é um filme. Vocês não são vítimas. Foram simplesmente burros. Revelaram o final do arco-íris de vocês porque quiseram. Porque me queriam! E agora ficam se chamando de vítimas? Andando de mãos dadas pelo mundo afora?

Ela notou algo diferente no tom de voz dele.

A alteração durou poucos segundos, porém a felicidade invadiu o corpo dela pela descoberta.

Aaron estava com ciúmes.

— O que foi, Rei dos Leprechauns? Não gostou de saber por aquela feiosa que me uni ao gato do Liam para te procurar? De saber que temos rodado cidades românticas como Paris e Rio de Janeiro juntinhos?

Naquele momento, não houve risada.

Emily se lembrou da segurança de Aaron quando Owen se insinuava para ela, e como a reação dele agora parecia bem diferente.

— Não fale besteira, garota insuportável! Liam é gay.

Foi a vez dela de rir.

— Pensei que fosse seu amor...

Aaron percebeu que os papéis haviam se invertido naquela discussão e tratou de recuperar a compostura.

— Coitada! Agora você fica se iludindo com um homem que nem gosta de mulheres. Não seria mais fácil ficar com seu precioso Darren, então?

Ela precisava ser esperta. Sentia no pulsar da energia que a sorte tendia para seu lado... algo falhava no poder de Aaron.

— O Liam faz mais meu tipo. O sotaque, a voz sussurrada, os olhos verdes intensos. Você sabe, né? Aquele charme todo que ele tem. E não esqueça, *amor*, ele nunca teve outro homem antes de você. Pelo visto não vai ter mais.

Nunca imaginara que sua conversa com Aaron acabaria se transformando em uma briga de ex-namorados. Ficar brincando com sentimentos e fazendo ciúmes parecia algo humano demais para eles.

— Você continua a mesma garota vulgar que conheci naquele casamento. Só liguei para dizer que não adianta ficar me seguindo. Você não tem poder suficiente para me enfrentar. Nem você, nem seu novo namoradinho. Se cruzarem meu caminho outra vez, serei obrigado a tomar medidas...

— Vai me matar também?

O silêncio caiu sobre os dois, pesado e desconfortável.

— Não diga que não avisei, O'Connell!

E a ligação foi encerrada.

Emily tentou controlar sua respiração. Aquela ligação parecia um aviso. Ou Aaron não queria novos cadáveres em sua lista de pecados ou a aproximação deles começava a preocupá-lo.

Talvez a busca deles pelo impostor estivesse tirando seu sono.

Precisava provar essa teoria.

RELATÓRIO TL   N° 1.210.311.432.811.054

Para a excelentíssima Comissão Central

Assunto:
   ATUALIZAÇÃO FAMILIAR
   • Grupo de destaque •

Novas informações sobre uma das famílias de destaque da comunidade.

Atualização de cadastro para ciência da comissão.

Localização dos indivíduos:
   Frankfurt – Alemanha

Habilidade familiar: consultoria financeira.

Histórico: uma das maiores famílias em termos de poder e influência mundial.

Idade de reconhecimento e cadastro no sistema TL: família está cadastrada em nosso sistema há 440 anos. Todos os membros têm conhecimento de seu dom.

Status: há 20 anos a família decidiu diminuir a sua presença na sociedade, depois de um Leprechaun impostor poderoso tentar tomar uma parte do poder. Atualmente apenas um membro tem se exposto mais, e estou monitorando-o.

Contribuições externas: a família possui uma das maiores coleções de arte do mundo e costuma doar peças para diferentes museus.

Contribuições internas: nos últimos anos têm sido grandes contribuintes na área de contatos, fazendo ponte entre importantes Leprechauns.

Margareth Griffin

17

Quando a viram, os rapazes logo perceberam a palidez em seu rosto e a forma como tremia. Emily estava claramente tendo um ataque de pânico. Andava meio grogue, e nada do que eles lhe falavam parecia fazer sentido. Como a garota não respondia suas perguntas preocupadas, decidiram entrar no carro e partir para o hotel. Esperavam obter melhores resultados lá.

No caminho, Liam foi na frente com o motorista, e Darren tentou consolar a garota no banco de trás. Ela ainda tinha espasmos pelo corpo pálido, e os olhos pareciam fundos e vagos demais.

No quarto dela, finalmente conseguiram lhe arrancar uma declaração. Emily sabia que as reações dos dois não seriam das melhores, e sentiu-se mais confortável para conversar em um ambiente mais privado.

Ela respirou fundo, pois compartilhar o que acontecera faria a dor voltar a se intensificar, e as palavras, a machucar.

— Ele sabe que estamos aqui — sussurrou, deitando-se sob os lençóis ainda vestida. — Ele sabe de tudo.

Houve uma pausa.

— Do que você está falando, rainha? Aconteceu alguma coisa no shopping?

— Aaron sabe que estamos aqui. É isso que Emily está tentando nos dizer. Por isso ela está com essa cara de fantasma — respondeu Liam por ela.

Emily apenas fez que sim com a cabeça.

Discutir com Aaron, mesmo que por poucos minutos, drenara toda a sua energia. Nem sabia como ainda estava consciente. Aaron parecia uma esponja pronta para absorver toda a água disponível ao redor. Ele era capaz de tomar para si tudo o que pudesse ser valioso a ela em um passe de mágica.

— Mas ele estava no shopping? Como te encontrou? Como você sabe que Aaron está ciente de tudo? — questionou o amigo, assustado.

Ela não queria explicar como Aaron havia descoberto o paradeiro deles. Não queria Darren triste por ter ajudado involuntariamente no processo. Partiria o coração dele perceber quão imprudente havia sido, e não precisavam de mais problemas para prejudicar a harmonia que tinham como grupo.

— Aaron é um Leprechaun com muito poder. Deve ter seguido o nosso rastro de energia até aqui... ele simplesmente me ligou. Descobriu meu número e resolveu me atazanar, como se destruir minha vida não fosse o bastante — respondeu ela, tentando não dar sinais da mentira.

Mesmo procurando ser a melhor atriz possível, notou quando o olhar de Liam cruzou com o dela, confirmando que o rapaz não acreditava cem por cento em suas palavras.

— Nessa ligação, ele deu algum indício de onde estava? — questionou o britânico, sentado na ponta da cama com todas as sacolas jogadas aos pés. — Falou alguma coisa relacionada ao Brasil?

Os dois olharam para ela procurando por mais detalhes. Emily não estava sendo a melhor contadora de histórias, mas seu choque ainda não havia passado por completo.

— Ele não parece estar aqui e, pelo visto, não virá atrás da gente. Margot lhe contou sobre a nossa visita, por isso a ligação foi uma espécie de aviso.

— Aviso? Que tipo de aviso? — perguntou Darren, segurando com força a mão da amiga, e ela não sabia se ele tentava consolá-la ou se consolar.

— Um aviso de que, se continuarmos a procurá-lo, vamos morrer. Ele vai nos matar...

O clima ficou ainda mais pesado. Não era apenas Emily que tremia, Darren acompanhava o seu pânico. Não apenas seus amigos começavam a perder a cabeça e ameaçavam pessoas com armas, agora seriam alvos de um assassino se não obedecessem suas ordens. Era a primeira vez que Aaron deixava aquilo tão claro. Darren esperava que ele não fosse capaz de tirar outra vida.

— Então, se Margot foi a informante, ele sabe sobre mim. Que estou com vocês — pensou Liam em voz alta, olhando para o nada enquanto refletia.

Conto para ele? Digo que Aaron pareceu incomodado com isso? Com a ideia de estarmos juntos?

Não sabia se seria saudável falar para Liam que tinha insinuado estar envolvida com ele. Muito menos que algo assim deixava Aaron desconcertado.

— Ele sabe...

Quanto menos falasse, melhor.

— Aaron não quis falar comigo?

A pergunta de Liam cortou seu coração. Podia imaginar o que ele estava pensando, ou pior, sentindo. Ver Aaron se importando com ela de alguma forma, e não com ele, devia ser triste. Decepcionante.

— A ligação foi rápida — mentiu a garota, tentando poupá-lo de mais decepções. — Ele só queria nos ameaçar.

Os três ficaram se encarando por um tempo, tentando digerir tudo.

— Espero que ele não tenha assustado vocês a ponto de pensarem em desistir — comentou Liam, levantando-se da cama. — Se Aaron sentiu necessidade de te ligar, quer dizer que ele não acredita que seja capaz de se proteger por completo. Ele está com medo de que você consiga encontrá-lo. De que nós sejamos capazes. Ele acabou de cometer uma falha absurda. Acho que é a primeira vez que o vejo vulnerável.

Bingo!

Emily sentiu uma enorme vontade de abraçá-lo. Liam havia pensado quase a mesma coisa que ela. Mesmo sem ter todas as informações, percebera que aquilo era mais um motivo para continuarem.

— Vocês têm certeza de que vale a pena arriscarem suas vidas? Se ele conseguiu o seu celular, baby, é porque realmente está interessado em te machucar — afirmou Darren, com medo da resposta da amiga.

A garota deu um longo suspiro e virou-se de lado na cama, dando as costas para os rapazes.

— Ele pode querer me machucar e até me matar, mas valeria a pena trocar a minha vida por um pouco de paz de espírito.

Darren não imaginava que aquela caçada pudesse dar qualquer tipo de paz a alguém, mas preferiu não dizer nada. O dia havia sido cheio e tumultuado. A mente dela devia estar fervilhando depois de ouvir a voz de seu antigo grande amor. O melhor que podiam fazer era deixar Emily dormir.

Talvez dormindo ela fosse capaz de esquecer o telefonema de Aaron. Seria melhor se fosse capaz de esquecê-lo.

Emily acordou de madrugada sem saber direito que horas eram. O estômago implorava por comida. O almoço na churrascaria tinha sido um dos mais fartos de sua vida, mas devia estar há muito tempo sem comer.

Virou-se para o outro lado e viu que eram quase cinco horas da manhã. Imaginou que os rapazes deviam estar deitados, ou Darren talvez tivesse aproveitado para curtir a noite carioca com alguma de suas conhecidas, ou até um *conhecido*, se tivesse dado sorte.

Sorte.

Emily custava a acreditar que Aaron realmente havia telefonado. Ele se incomodara com a informação de Margot a ponto de precisar localizar seu número secreto para ameaçá-la.

Só quer mais um pedaço de mim. Ele sempre quer um pedaço meu.

Levantou-se da cama, ainda com a roupa do almoço do dia anterior, e seguiu em direção ao banheiro.

Acendeu a luz e precisou esperar alguns instantes, até se acostumar com a brancura do local em contraste com o mogno escuro do armário. Optou pela banheira em vez da ducha. Queria ficar alguns minutos imóvel na água quente.

Flashes da conversa deles vagavam por sua mente enquanto ela passava a esponja macia pelos braços. Aquela era uma visão que Aaron provavelmente apreciaria. Mesmo não querendo, imaginou as mãos fortes dele descendo a esponja por sua coluna, de um modo que só ele sabia fazer. Ficou se perguntando se o rapaz mudara muito o seu visual, e se deu conta de que aos poucos esquecia pequenos detalhes da aparência dele. A foto do casamento de Aaron com Margot era como uma assombração em sua memória. Lembrava-se do cabelo comprido e da forma provocante como ele o mexia. Dos olhos sempre semicerrados e da postura imponente. Sentia saudade daquela imagem. Daquele homem que ele fingira ser. Sentia-se carente e vulnerável. Com vontade de ser abraçada com força.

Pensou na raiva de Aaron quando o provocara ao dizer que Liam podia não ser tão gay como ele acreditava. E começou a imaginar Liam e Aaron juntos. Como a relação deles podia ter sido. Eram tão diferentes, porém, por alguma razão desconhecida, pareciam se completar. Houvera entre os dois uma química diferente que a dela com o impostor. Podia perceber isso.

A imagem de Aaron beijando Liam acabou se infiltrando em seus pensamentos, e Emily não conseguia focar em outra coisa. Mesmo tendo convivido tantos anos ao lado de Darren e de tê-lo visto descobrir sua sexualidade, nunca tivera fantasias com dois homens. Ainda mais com um que, mesmo de mentira, havia sido seu. Que deitara ao seu lado e havia feito amor com ela até o amanhecer como se precisassem daquela energia para sobreviver.

Querendo afastar os pensamentos, balançou a cabeça e, ainda sentada na banheira, encolheu-se, abraçando os joelhos. Ela era um ponto perdido no clarão daquele banheiro.

Ainda confusa, sentindo a raiva de Aaron crescer em seu coração, pensou em Liam e na tristeza demonstrada por ele ao ver que o outro não o havia procurado. Os lábios amargurados se destacaram no rosto feito para campanhas de moda. Não entendia por que cismava em pensar na boca do rapaz, ou melhor, nos beijos fictícios do britânico.

Será que Darren finalmente conseguiu fisgá-lo?, pegou-se pensando com um misto de sentimentos.

Os dois haviam tido a oportunidade de passar a noite toda sozinhos em um hotel digno de histórias de amor. Depois de todo o choque e provavelmente com a vontade de descontar a frustração de alguma forma, podia ter rolado algo entre eles.

Teria coragem e perguntaria para Darren quando ele acordasse.

Enxugou a mão na toalha que havia deixado a postos, procurando depois pelo celular que trouxera consigo. Os dedos já estavam um pouco enrugados pela água, que já não estava mais pelando.

Ligou o visor do aparelho para conferir se havia alguma novidade e, para a sua surpresa, recebera uma mensagem de Liam, enviada às três horas da manhã. Liam perguntava se ela estava acordada e pedia para ser avisado assim que ela visse a mensagem, pois precisava falar com Emily sobre algo importante. Não dava mais para esperar.

Preocupada, apesar do horário, resolveu que retornar era a melhor coisa a fazer. Avisou que estava acordada e que ele podia ligar. Não demorou dois minutos e o rapaz escreveu de volta avisando que iria bater em seu quarto.

Isso está virando rotina, pensou lembrando que antes também o recebera de roupão.

Saiu do banheiro e soltou o cabelo que prendera para não molhar. Estava sem ânimo para lavá-lo e secá-lo. Foi atender às batidas pensando se algo havia acontecido com Darren. *Será que Aaron apareceu aqui no hotel e o fez de refém?*

Abriu a porta esbaforida e deixou Liam entrar.

O rapaz fechou a porta e ela não soube mais distinguir se o que acontecia era fantasia ou realidade.

Liam segurou seu rosto com as mãos largas e lhe deu um dos beijos mais apaixonados que ela já recebera.

Emily não o impediu.

18

Nos poucos segundos que tivera para pensar no que poderia ter acontecido, imaginou que Darren pudesse estar em perigo ou que Liam tivesse encontrado formas de contatar os Bonaventura. Nunca lhe passara pela cabeça o verdadeiro motivo por que ele mandara a mensagem naquela madrugada.

Não conseguia acreditar que Liam estava em seu quarto por desejá-la.

Sentiu as mãos quentes dele dominarem todo o seu rosto, cobrindo-a como se tivessem sido feitas exatamente para aquilo. Os lábios dele tomaram os seus com intensidade, e parecia que aquilo havia sido adiado por tempo demais. O gosto do beijo dele era diferente, doce, o que não condizia com a forma com que ele a tomava.

Na ferocidade do momento, Liam foi empurrando-a para dentro do quarto, ainda sem desgrudar os lábios ou ter coragem de abrir os olhos. Esbarravam em móveis, quase tropeçavam nos tapetes, mas nenhum dos dois conseguia romper aquela ligação.

Perto da cama, o rapaz puxou-a para cima, e a garota entrelaçou as pernas em sua cintura. A cascata de cabelos ruivos cobriu o rosto de ambos, ao mesmo tempo que o roupão que ela ainda vestia escorregou por um dos ombros. Os beijos ficaram cada vez mais fortes, mais desejados.

Ela estava vulnerável. Deixando sua guarda baixa outra vez.

Não sabia se era por estar frágil demais após falar com Aaron, pela química que sempre existiu entre ela e Liam ou por ser quem era, alguém que nunca tomara muito cuidado a respeito de quem levava para cama. Só sabia que necessitava daquele momento, implorava por aquele beijo e pelos toques que logo começaram a surgir.

Liam a jogou na cama ainda desarrumada quase caindo por cima dela. Com o movimento, os dois finalmente tomaram coragem para abrir os olhos embaçados de tanta emoção. O que faziam era errado. Os dois sabiam disso. Entretanto, mesmo após se olharem e constatarem que aquilo não fazia parte de um sonho erótico maluco, não pararam. Ele a observou e teve certeza: precisavam passar por aquilo.

Ela era linda demais.

Os cabelos ruivos agora formavam um círculo de fios esparramados pelo lençol branco. A madrugada já não estava tão densa e a iluminação vinda da Avenida Atlântica revelava detalhes do corpo que ele já cobiçara tantas vezes desde que se hospedara na mansão O'Connell.

O roupão desamarrado mostrava um dos pequenos seios e toda a lateral direita, revelando os pelos arrepiados da perna dela. Os lábios da garota estavam vermelhos por causa dos beijos que haviam trocado, e ele podia ver nos olhos verdes dela as milhares de perguntas que passavam pela sua mente.

— Não me sinto mais sem sorte — sussurrou Liam do modo que ela gostava e se acostumara a ouvir.

Aquilo a fez sorrir.

Involuntariamente, ele mordeu os próprios lábios, não acreditando que o momento chegara. Desde a primeira vez que vira Emily, soubera que ela tinha que ser dele. Era um instinto. Poderia ser destino. Só tinha certeza de que a conexão deles era mais do que o fato de serem Leprechauns e de terem amado o mesmo homem. Parecia muito mais.

Tinha de ser.

— Eu posso parar — sugeriu ele respirando de forma frenética, olhando-a como um homem apaixonado.

Emily sentou-se na cama e delicadamente desceu o outro lado do roupão.

— Eu não pedi isso...

Eles então se atracaram com fervor. A camiseta de Liam logo saiu do caminho. Pouco tempo depois, ele a acompanhava na nudez. Seus corpos pareciam se conhecer. Toda a distância que haviam mantido por semanas parecia nunca ter existido.

Os toques eram necessitados, o beijo, desesperado, tudo parecia perfeito. A energia parecia completa. No momento em que enfim os corpos se uniram, houve uma explosão de magia, um pulsar diferente de qualquer coisa que já haviam sentido antes.

Tanto Emily quanto Liam haviam sentido o poder de sua energia ao se relacionarem com Aaron. Aquele contato era o momento sagrado da união de dois poderes milenares. Mas agora, conforme movimentavam os corpos em meio a gemidos e apertões, eram tomados por um poder muito maior. Pareciam capazes de degustar por alguns segundos o que era ter o poder de vários Leprechauns ao mesmo tempo.

No ápice, tiveram certeza: a conexão dos dois alcançara o rastro de energia de Aaron. Realmente sentiam o que era ter aquele tipo de sorte. Uma sensação de enlouquecimento mais forte do que qualquer droga era capaz de oferecer. Naqueles segundos, entenderam por que alguém poderia desejar aquilo.

Finalmente esparramaram-se, ofegantes, sabendo que naquele momento Aaron sentia-se o homem mais azarado e infeliz do mundo. Ele fizera parte daquela noite. Como em um sádico ménage à trois.

— Darren não pode saber. — Foi a vez dela de sussurrar encarando o teto do hotel cinco estrelas.

— Esse será o nosso segredo...

Houve uma pausa.

— Esse será o nosso segredo.

O café da manhã tinha tudo para ser desconfortável. Emily não sabia como conseguiria olhar para Liam depois que ele deixou o seu quarto quando o sol já reinava no céu. Também não queria nem pensar como seria encarar o melhor amigo naquele dia, sabendo o quanto ele se interessava pelo rapaz.

Mas para ele é só mais uma brincadeira de gato e rato, pensou, logo lembrando de quando Aaron usara a mesma metáfora para falar do relacionamento que tinha com ela.

Queria acreditar que Darren sentisse apenas uma paixonite pelo britânico, porém, podia estar enganada. Ainda não tivera tempo para parar e conversar com ele. Na verdade, a amizade dos dois mudara muito, e ela lamentava por isso. Não tinha a intenção de magoá-lo. Darren era parte essencial de sua vida.

Para a sua surpresa, no entanto, tudo parecia normal. Encontrou Darren e Liam sentados no restaurante do hotel, onde era servido um café da manhã digno de reis e rainhas.

Os dois riam de alguma coisa como grandes amigos enquanto saboreavam algumas frutas que Emily nunca tinha visto. Liam a observou chegar e abriu um grande sorriso, mas nada muito diferente do habitual. Nada na atitude dele denunciava que tinham passado uma hora se amando como dois adolescentes descobrindo o sexo pela primeira vez. Talvez, se ela fingisse para si própria, poderia acreditar que nunca havia beijado Liam. Mas no fundo não queria esquecer aquilo. O beijo dele e a forma como se entregaram despertaram uma parte de seu ser que pensava estar morta.

Ela até podia muito bem continuar com aquilo depois que derrotasse Aaron.

— Bom dia, dorminhoca! Nunca vi hibernar tanto! Deve estar faminta — comentou o amigo, arrastando uma das cadeiras para ela se sentar.

Liam apenas a olhou sem dizer nada.

— Agora que estamos mais próximos de encontrar Aaron, eu consegui dormir tudo que não dormi nos últimos meses.

— Pois esbalde-se nesse bufê e experimente esse tal de pão de queijo. É maravilhoso! Vamos precisar de você bem saudável. Soubemos de uma festa de funk famosa que Larissa costuma frequentar. Talvez, se falarmos com ela lá, possamos conseguir uma reunião com o pai dela — disse Liam, agindo ainda normalmente.

Ótimo! Isso não vai ser esquisito. Sair com eles dois para uma festa depois de tudo o que aconteceu.

— E não podemos apenas visitar o pai dela no escritório? — questionou a garota tomando um gole de chá do amigo.

Os dois riram.

— Vamos entrar em uma empresa milionária cheia de seguranças e dizer o quê? Que somos Leprechauns e viemos falar com o mandachuva?

A forma despojada como Liam a questionou fez Darren rir e, ao mesmo tempo, ela ficou um tanto desapontada. Não esperava um tratamento tão normal partindo dele.

Será que não sentiu o que eu senti?

Podia ser. Tudo era possível.

— Tudo bem! Vamos nessa festa então. Falamos com a garota lá e vemos se conseguimos descobrir onde o idiota está. Agora vou correr para esse buffet. Parece ótimo!

— Não esqueça o pão de queijo! E experimente essa fruta também. Se chama caqui – reforçou Darren ainda rindo com o loiro.

Ao terminarem o café, Liam preferiu se retirar, pois tinha de resolver alguns problemas surgidos em seu país. Ele estava muito tempo fora de casa e, apesar de não ter parentes vivos, ainda precisava lidar com bancos e seus fundos de investimento. Desde que perdera o seu toque de ouro, precisava tomar cuidado, pois sua fortuna poderia ser perdida em qualquer deslize.

Darren compreendeu e resolveu aproveitar o dia tecnicamente livre para dar alguns passeios. Já que Aaron sabia cada passo deles, não sentia mais necessidade de se esconder. Tinha muitos amigos virtuais pela cidade e se sentia um tanto desesperado por normalidade. Nem mesmo chegou a pensar em convidar a melhor amiga para sair com ele: precisava aproveitar o dia sem negatividade.

No entanto, Emily achou mais estranha a atitude de Liam, cogitando que ele começava a querer ignorá-la e acreditando ver arrependimento nos olhos dele. Mas a forma como ele beijou o topo de sua cabeça segurando novamente sua face ao se despedir e o ruído de sua respiração próxima ao seu ouvido denunciaram, mesmo que só para ela, que Liam não se arrependera.

Parecia até querer mais.

— Nos vemos mais tarde – sussurrou Emily, quase que para si mesma, desejando reviver tudo outra vez.

Aproveitou o tempo livre até o baile para voltar a praticar um pouco de boxe. A academia do hotel era boa, mas não possuía um saco de areia, então lhe indicaram um local próximo onde poderia ir sem problemas. Resolveu simplesmente partir sozinha após trocar de roupa, sem avisar os amigos de sua aventura. Caminhar pelo bairro de Copacabana lhe faria bem.

A academia que haviam lhe indicado era de fato ótima e não apenas tinha uma grande diversidade de sacos de areia como alugava luvas. Ela poderia ficar ali socando por horas, pensando nos últimos acontecimentos totalmente imprevisíveis.

Preciso estar preparada. Quero saber que dei o meu melhor quando acabar com você, pensou ao desferir o primeiro golpe, relembrando o tom de deboche de Aaron.

Mas uma parte dela estava animada com tudo o que acontecia. Sim, Aaron descobrira onde eles estavam e isso lhe dava vantagem. Sim, ele continuava tendo um poder absurdamente maior do que o deles. Mas ela sabia que durante uma hora naquela manhã ele tivera total consciência da troca de energia dela com Liam. Ele sabia que os dois tinham se amado, sem se importar mais com ele. Aquilo a deixava muito feliz. Pensar que ele se sentira torturado só reforçava cada soco, cada giro de quadril.

Tinham deixado suas armas em Londres, temendo arriscar-se em um voo tão longo. Sentiam-se um tanto despreparados sem elas, mas Emily acreditava que, quando finalmente encontrasse o ex, pelo menos um soco bem dado fosse capaz de dar. E sua maior vontade era dar um golpe bem aplicado na região mais sensível dele, merecedora de dor.

Vai que daqui a pouco esse doente resolve querer reproduzir e de alguma forma se torne mais forte ou tenha algum tipo de legado. Não posso deixar isso acontecer. Não podem existir outros como ele, mesmo que sejam bebês lindos.

Era sua missão interromper aquele rastro de maldade.

Quando terminou o treino, sentou-se em uma área afastada e ficou olhando fixamente para seu celular por um tempo. Resolvera levá-lo consigo apenas por precaução. Os rapazes poderiam ficar preocupados com sua ausência. Tentou não pensar que talvez Aaron pudesse ligar também.

Sentia vontade de se socar quando tinha esses pensamentos.

Ficou bons minutos apenas observando o aparelho, relembrando a necessidade que antes costumava sentir de checá-lo a cada segundo. A pressão de atingir números de seguidores ou obter quantidades de curtidas aceitáveis para o seu padrão de fama. Estava feliz por ter se desprendido disso. Ao mesmo tempo, olhando para o objeto, lembrou-se do carinho de seus seguidores. Dos textos que recebia de jovens garotas, das fotos bonitas acompanhadas pela linha do tempo e da época em que viver era uma eterna festa. Um verdadeiro parque de diversões.

Eu, em meu eterno conto de fadas, com entidades más, vestidos bonitos, príncipes que deveriam ser ignorados e uma magia em que ninguém poderia acreditar...

Entrando no clima de nostalgia, arriscou ligar para uma pessoa com quem nunca imaginara ter vontade de falar naquele momento.

No primeiro toque a ligação foi atendida.

— Olá, encrenqueiro!

— Oi, sua maluca! Me diga que não está em cárcere privado – disse Owen ao atender o telefone.

Emily riu.

— Uma amiga não pode simplesmente ligar para dar oi?

O rapaz resmungou algo ao fundo, mas ela não conseguiu distinguir as palavras até ele complementar:

— A princesinha me pede uma arma depois de meses sem nos vermos e não me procura nem para me dar um beijinho de agradecimento. Pensei: ela só pode ter matado o cara errado para não ter vindo me agradecer de joelhos pelo meu grande gesto. Não é fácil conversar com a máfia, sabe? Já viu as coisas que eles fazem no *Sons of Anarchy*? Fez bom uso dela, pelo menos?

Ela agradecia mentalmente por ter tomado a liberdade de ligar. Owen conseguia ser engraçado sem querer. O suor correndo pelo corpo após o exercício lhe fazia bem, e conversar sobre besteiras com um antigo amigo também.

— Ainda não consegui encontrar o merecedor das balas — respondeu ela de forma descontraída.

— Espero que não tenha me ligado por estar à procura de um.

Os dois riram, e a distância não pareceu mais tão grande entre eles. Emily relembrou o momento em que ganhara dele em seu último jogo de pôquer e como eles sempre gostavam de se desafiar.

— Liguei apenas para ouvir uma voz amiga...

— Hum! Então você na verdade está procurando por uma voz bem sexy, não é?

Ele continuava o mesmo.

— Você devia ser gay, Owen! Formaria um ótimo par com o Darren. Sei que nunca foram BFF, mas os egos de vocês se complementam. As ideias sem noção também são parecidas.

Foi a vez do rapaz de gargalhar.

— Olha só quem está falando de ego: a garota que reinava na cidade e agora resolveu ligar o foda-se para ela.

A declaração a pegou de surpresa. Nunca se imaginou ignorando a sua querida Dublin.

Percebendo o súbito silêncio, Owen disse:

— Estou brincando, princesinha! Sei que não nos abandonou por querer. As coisas devem ter sido difíceis depois de tudo que te aconteceu.

— Não foram os melhores momentos mesmo — respondeu ela, começando a se arrepender do telefonema.

— E já largou aquele panaca americano? Quando vou ter outra chance com a senhorita?

— Outra chance? Quando é que teve alguma?

A garota ria. Owen não pareceu chateado.

— Vai dizer que aquele nosso beijo lá na Boujís não foi bom? Depois você ficou com aquele babaca, blá-blá-blá, mas acho que chegou a minha hora. Ainda tenho muito o que fazer com esse seu corpinho.

Como ele ainda consegue pensar em mim depois de tanto tempo? E de eu ter mudado tanto?

Então ela lembrou que as pessoas não a conheciam mais. Elas não sabiam quem era a nova Emily O'Connell, a Emily que fora devastada por Aaron Locky.

Apenas duas pessoas no mundo a conheciam como uma boneca de porcelana despedaçada em mil pedacinhos: Darren, seu melhor amigo, e Liam, a pessoa que poderia colá-los de volta.

— Quem sabe um dia...

Do outro lado da ligação, ouviu um suspiro esperançoso e percebeu que era a deixa para se despedirem.

Agora ela sabia: fizera aquela ligação apenas para criar uma ilusão de normalidade. Depois dos últimos dias, precisava ouvir a voz de um homem que, apesar de tudo o que sempre pensara dele, era quem mais se importava com o seu bem. Ou com seu corpo. Ele não estava interessado em levar um pedaço de sua alma que não pudesse devolver.

Perguntou-se o que Liam realmente queria dela.

Será que a noite de ontem não foi simplesmente a forma dele de lidar com seus demônios?

Só ele poderia lhe responder.

19

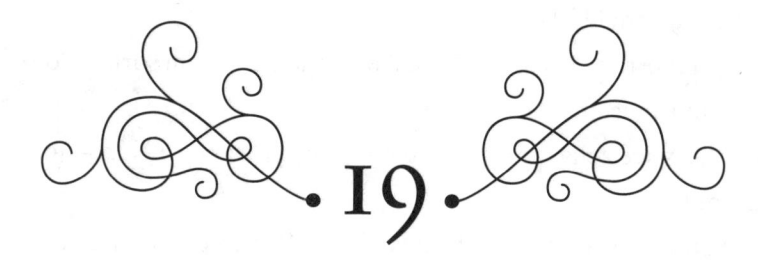

De tarde, pesquisaram na internet a respeito do baile funk para onde iriam. Não havia nada parecido na Irlanda ou no Reino Unido, e era importante não parecerem muito perdidos. Conversando com pessoas no hotel, confirmaram as informações achadas nos sites e perceberam que a festa seria animada, com uma batida de música diferenciada. Aquela versão do evento era frequentada por pessoas da alta-sociedade brasileira.

Darren aproveitou seu passeio pela cidade para descobrir mais informações sobre a socialite que interrogariam. Emily gostou de ver que o amigo estava preocupado com a missão deles. Nunca imaginou que ele gastaria o seu tempo de lazer pensando naquilo, tentando ajudá-la. Sabia o quanto ele estava cansado da vida que vinham levando.

Ao se encontrarem no hall, o amigo comentou:

— De acordo com as blogueiras com quem conversei, agora essa Larissa tem saído de todos os eventos carregada pelos amigos. Continua bebendo bastante, mas sem o controle de antes. Pelo que eu entendi, a promoter nem a tem chamado mais para todas as festas. Disse que a Larissa já deu vexame demais. Mas parece que esse baile tem a empresa dela como patrocinadora, então a organizadora foi obrigada a convidá-la.

— Que sorte a dela ter uma irmã que realmente tem sorte — completou Liam ironicamente.

— Mas você acha que vamos conseguir ter acesso a ela? — questionou Emily receosa.

— Soube que a Larissa é bem sociável. Parece que a irmã tem cortado o seu dinheiro, e por isso qualquer pessoa que chega com uma garrafa na mesa dela já é considerada amiga. O Liam conseguiu nos colocar na área vip quando descobriu essa festa, mas consegui com as meninas o contato da organizadora do baile. Dessa noite não passa. Vocês dois vão ter o que estão procurando.

As palavras de incentivo do amigo lhe davam orgulho, e ao mesmo tempo faziam-na se sentir um lixo de pessoa. Darren não concordava com os planos dos dois, mas continuava se esforçando para agradá-la. Ainda se agarrava à imagem da antiga Emily, de quando era ela quem dava as cartas em um mundo regado a Chandon e Boërl & Kroff.

— Então, estamos apresentáveis? — brincou Emily para tentar distrair o amigo, dando uma voltinha para mostrar o look.

Pelo que tinham lido, bailes funks envolviam dançar até ficarem completamente cobertos de suor. Emily torcera um pouco o nariz ao ver as fotos e vídeos de celebridades locais dançando até o chão em minúsculos tops e shorts, mas, de um jeito distorcido, eles a faziam lembrar-se com alguma saudade de suas noites glamorosas em Dublin, e no fim acabou se convencendo de que talvez só precisasse de uma noite como aquela para extravasar suas energias.

Resolveu entrar no embalo e tirar com prazer da sacola de compras um short preto, deixando suas longas pernas de fora.

Darren a aplaudiu e se animou com seu look, mas Liam apenas a observou a distância, com um leve olhar desejoso. Emily corou, mas precisou se recompor logo para esconder seus sentimentos do amigo. Não podia se permitir naquela noite ter sentimentos e atitudes como os daquela manhã.

O barracão de uma escola de samba havia se transformado em uma enorme casa de shows. Iluminado por holofotes, o espaço brilhava, e o som vindo lá de dentro vazava para a rua. Na entrada, a fila quilométrica cobria o quarteirão todo, com pessoas em clima de festa e trajes provocantes.

Encaminharam-se para o promoter que estava na porta, encarregado de checar os nomes na lista de sua prancheta. Com a dificuldade do idioma, sabiam que precisariam dele para conseguirem entrar e rezavam para que a sorte não ficasse contra eles naquele momento. Precisavam que os nomes realmente estivessem na lista. E nunca haviam sentido aquele tipo de agonia antes.

Quem diria que um dia eu teria medo de ser recusada em uma festa, pensou a garota ao encarar o promoter e ver a forma como ele a olhava.

Arrumada como estava, resgatava um pouco do brilho que sempre tivera. Aaron podia roubar sua sorte, porém, sua beleza era algo que ele nunca tomaria. Pelo menos usando sua magia.

— Vocês estão na lista. Sigam pela escada. A organizadora está lá em cima e vai recebê-los – balbuciou o rapaz da entrada, enrolando a língua ao falar, ainda admirando Emily.

— Minhas amigas comentaram de você, Darren! — exclamou Ana, a organizadora, em um inglês perfeito, ao encontrá-los na entrada da área vip. — Você bomba lá na Europa! É um prazer conhecê-lo!

— Nós que temos que agradecer. Queríamos muito ter uma experiência totalmente Rio de Janeiro e soubemos que aqui é o melhor lugar para isso. Quero que me apresente todos os homens maravilhosos da cidade, querida!

A mulher parecia encantada com o trio, principalmente com Darren. Adorou saber que a fama de sua festa chegara a ouvidos estrangeiros. Para ela, quanto mais pessoas bonitas e ricas em seu evento, melhor.

— Fiquem à vontade e curtam a balada! Se precisarem de alguma coisa, é só me procurar. Nem todos os funcionários sabem falar inglês, então não hesitem. Mando daqui a pouco uma das nossas melhores garrafas para vocês. Irlandeses gostam de whisky, correto?

Darren confirmou com a cabeça mandando beijinhos para ela enquanto saíam. Os três começaram a se afastar, se juntando à multidão, mas Emily não queria esperar por outra oportunidade e resolveu arriscar e abusar da boa vontade da mulher. Sentia que ela podia ajudar.

— Desculpe te perguntar, mas é que não estou achando uma amiga e acho que você deve conhecê-la. Já conversei muito com a Larissa Bonaventura pela internet, e ela comentou que estaria aqui hoje. Saberia me indicar onde ela está?

A organizadora a olhou com estranheza por alguns segundos. Boa parte do seu trabalho era apresentar pessoas importantes para outras pessoas importantes, contudo, achava bizarra aquela combinação. Não conseguia entender como uma jovem irlandesa de classe podia ser amiga de uma pessoa como Larissa Bonaventura. Percebeu que precisaria pesquisar mais sobre Emily O'Connell para entender aquela estranha conexão.

— A senhorita Bonaventura gosta de ficar na entrada do camarote perto da grade, onde o pessoal da pista consegue enxergar quem está na festa.

— Faz sentido! É bem o perfil dela mesmo — brincou Emily, tentando melhorar o espírito de Ana. Não queria levantar suspeitas.

O comentário pareceu fazer efeito, pois a mulher voltou a sorrir e conversar:

— Já deixei tudo preparado. Ela gosta de causar, então que pelo menos cause para o mundo ver e comentar. Qualquer notícia é boa notícia.

A irlandesa deu-lhe um sorriso amarelo e caminhou na direção do camarote. Procuraria com os meninos uma forma de abordar a garota.

Não demorou muito para identificarem Larissa Bonaventura. Ela dançava em cima de uma mesa com uma saia curtíssima que mostrava tudo para o pessoal da pista. A herdeira estava rodeada por outras pessoas, mas Emily não tinha certeza se eram amigas ou não. Alguns homens próximos faziam comentários de que Larissa parecia gostar, pois rebolava ainda mais quando eles falavam ou assobiavam.

— Relembrando os bons tempos? — perguntou Darren ao notá-la observando Larissa, que entornava mais um copo enquanto fazia um movimento com o corpo que Emily tinha certeza não ser possível.

Liam apareceu do lado deles, e encarou a irlandesa de cima a baixo, com um sorriso irônico e sedutor. Liam tinha total noção de que Emily antes havia sido uma garota festeira e sem dúvida estava imaginando-a em ação.

— Eu não era assim, vai? Antes de tudo, os promoters me amavam! O pessoal aqui não parece ter uma opinião muito boa dela. Eu não ficava rebolando o traseiro nas festas de Dublin!

Darren gargalhou ao vê-la se esquivando, e Liam continuou com seu sorriso enigmático.

— Todo mundo te amava, minha diva! Nunca se esqueça disso! E realmente você nunca se exibiu dessa forma, mas que tocava o terror nas festas, tocava! Lembra quando quebramos aquela mesa de vidro no bar em Dubai? O lugar inteiro parou e o dono depois nos disse que a peça era caríssima. Não sei como você não estourou a sua perna inteirinha naquele dia...

Então ele percebeu. Na verdade, agora era bastante óbvio.

Sorte.

Emily não havia sido cortada pelo vidro porque tinha a sorte para ampará-la. Se Darren fosse parar para contar todos os momentos em que a amiga podia ter sido salva por magia, perceberia que não teria tempo o suficiente.

Como era bom ser sortuda, pensou Emily olhando as pessoas dançando ao redor e se imaginando despreocupada como elas.

Darren então avistou Tatiana, uma de suas conhecidas, e resolveu aproveitar a deixa para se aproximar da mesa sobre a qual Larissa fazia uma grande performance.

— Você fazia esse tipo, é? — perguntou Liam no seu ouvido, e foi ainda mais difícil para ela ouvi-lo em meio a todo aquele barulho.

Por um segundo, a garota sentiu-se um pouco envergonhada. Queria renegar completamente o seu passado; de certa maneira, se arrependia de algumas atitudes. Ao mesmo tempo, sentia-se ridícula por ter pensamentos como aquele. Emily agia de modo parecido com a socialite brasileira, mas aquela era uma versão dela que vivera feliz ao lado dos pais e dos amigos. Era a sua parte humana aprendendo com erros. A experiência com Aaron mudara tanta coisa em sua mente que Emily achava cada vez mais impossível não se abalar com o que as pessoas diziam sobre ela. Estava habituada a ignorar opiniões alheias, mas naquele momento sentia-se obrigada a ser uma pessoa perfeita, o que não era. Sentir uma pressão daquela em seus ombros a perturbou.

— Eu era uma jovem relativamente feliz, despreocupada, aventureira e livre. Se você tem algo contra isso, só posso lamentar. Essa versão de mim não me representa mais completamente, mas ela mora dentro de mim. Faz parte do meu ser. Não mudo mais nada na minha vida ou personalidade por homem algum. Cansei de ser uma marionete nas mãos de outra pessoa.

Liam não esperava por aquela lição de moral.

— Foi só uma pergunta — murmurou o rapaz, um tanto desconcertado.

— Não foi só isso! O seu olhar irônico disse mais do que você pode imaginar.

Ele percebeu que a garota tinha razão. Liam julgara o comportamento de Larissa ao vê-la rebolar mostrando sua lingerie, e sem dúvida usara um tom de deboche ao falar com Emily. A decepção no olhar dela partia seu coração.

— Não foi a minha intenção...

— Eu sei — concluiu a garota, esgueirando-se entre as pessoas alcoolizadas para juntar-se ao melhor amigo.

Aquela era a primeira conversa entre os dois desde que haviam se entregado um ao outro. Pelo menos a primeira em que estavam completamente sozinhos e que tinha durado mais de uma frase.

Darren tentava se transformar em um verdadeiro carioca. Nos poucos minutos em que tinham se separado, o rapaz começara a copiar os passos das amigas ao ritmo de uma batida ritmada alucinante. Os brasileiros moviam os quadris de modo sensual, bem diferente dos bailes de música eletrônica aos quais estavam acostumados. Vendo o esforço do amigo, Emily sentiu vontade de rir da falta de ritmo dele. Pelo menos no vestuário ele acertara: estava em uma versão chamativa, mas coordenada com a das pessoas ao redor.

— Nunca pensei que fosse ver o dia em que você não saberia dançar, meu amor — brincou a garota ao se aproximar do grupo.

Darren estava tão animado que não conseguiu nem fingir ter ficado magoado. Queria mesmo era se esbaldar enquanto os outros dois interrogassem quem quisessem.

— Tatiana, essa é a minha amiga que te falei! Aquela que comanda toda Dublin e é extremamente maravilhosa! A minha grande diva!

As duas riram. Emily notou que a outra garota era magra como ela, mas muito mais curvilínea. Os cabelos e os olhos eram castanho-escuros e ela vestia um conjuntinho que agradou a Emily. O colete jeans e a bota estampada de flores ficariam perfeitos em uma foto nas redes sociais.

— Você é Emily O'Connell, né? Não acredito que estou mesmo conhecendo a herdeira da O'C! Sou apaixonada pelos sapatos de vocês! Tenho um dourado que combina com tudo e vivo usando em meus looks.

Ela sabia que a intenção de Tatiana era ser simpática, mas a conversa apenas deixava Emily chateada. Não era mais a herdeira de sua marca, e os futuros sapatos não seriam mais feitos por quem colocara aquela empresa no mundo. Era possível que agora a marca perdesse qualidade e os sapatos deixassem de ser tão confortáveis. Muita coisa ainda podia acontecer com a O'C com a ausência de seu pai. Com a sua ausência.

Você ainda me paga, Aaron!

— Festa animada — desconversou Emily, buscando os olhos de Darren, que a ignorava, embalado no ritmo cativante. — Bem que dizem que os brasileiros sabem se divertir.

Tatiana ficou feliz por ver os estrangeiros aproveitando o baile e levou-os até um grupo de amigos que dançavam. Larissa estava cada vez mais perto. Esperavam o momento correto para abordá-la. Liam era constantemente observado pelas mulheres e pelos homens ao redor, mas estava se preservando mais. Ele tinha o tipo de beleza que agradava a todos os gostos.

E joga para os dois times, o que facilita, pensou Emily ao ver uma menina rebolar sorrindo para ele, que, distraído em seus pensamentos, nem percebeu.

Emily começou a se sentir estranha observando o rapaz. Quando olhava para Liam, sentia-se atraída e lembrava-se das mãos dele descobrindo o seu corpo como se necessitasse daquela experiência. Ele parecia ter enlouquecido de prazer naquela manhã tanto quanto ela.

Nem passou pela minha cabeça que ele já fez tudo isso com um homem. Com o meu homem.

Se não estivesse em público, Emily teria dado um soco na própria cara. Odiava-se por ainda ter pensamentos como aquele. Não tinha que pensar em Aaron como seu nem se importar com a sexualidade de Liam.

Não havia nenhum motivo para tanto drama. Ela mesma já beijara mulheres na vida. Devia ser apenas o choque de notar os homens ao redor praticamente desnudando o britânico com os olhos. O fato de haver ainda mais competição a assustava. Tudo era novo.

Como se eu estivesse competindo por alguma coisa. O que aconteceu esta manhã foi passageiro.

Aquilo era o que ela repetia incessantemente para si mesma.

— Melhor tirar nosso amigo das garras desse povo bonito e botar em prática algum plano. Pelo ritmo que essa menina está bebendo, ela logo não vai conseguir falar uma palavra sem jogar tudo para fora — comentou Darren ao pé de ouvido dela.

Ele tinha razão. Larissa continuava a dançar e beber em uma velocidade que a levaria para um caminho que Emily não queria assistir. Preferia falar com ela pelo menos um pouquinho sóbria.

Ana chegou com uma garrafa de bebida para eles no minuto em que Emily conseguira trazer Liam mais para perto. Junto com ela vieram meninas bonitas e bem maquiadas segurando velas de aniversário daquelas que piscavam para comemorarem o início da noite. O aglomerado chamou a atenção de Larissa, que até então dançava de costas para o grupo. Quando se virou, algo estranho aconteceu.

— Leprechaun! Sabia que tinha um por aqui! Oi, Leprechaun bonitinha! Vem falar comigo aqui!

Todos que ouviram a garota gritar de cima da mesa ficaram observando a cena. Não sabiam se aquele era algum tipo de apelido ou se a socialite estava realmente insultando os estrangeiros do camarote.

— Gente, que papelão! Não sei se é brincadeira, mas chamá-los de Leprechauns é como olhar para a gente e pensar em carnaval e futebol — comentou Ana envergonhada, vendo algumas pessoas fotografando as tentativas da menina de descer da mesa com sua saia colada.

— Ou em bundas — completou Darren, piorando a situação constrangedora.

Liam se aproximou para tentar contornar a cena, que chamava uma atenção indevida. Não queria que fotografassem o grupo junto.

— Gente! Mas agora são dois Leprechauns! Quantas criaturinhas fofas temos aqui! — continuou Larissa, esbarrando em todo mundo para se aproximar do grupo com o whisky e as velas. — Ainda trouxeram bebida da boa! Esses são dos meus!

Por dentro, Darren segurava o riso. Não podia negar que gostava da brasileira. Eles só tinham entendido as palavras Leprechaun e oi, mas ela parecia ser bem espontânea.

Liam e Emily, por outro lado, estavam desesperados. Não compreendiam tudo que acontecia, mas, como não tinham dito uma palavra para a garota, ela sem dúvida não estava se referindo à nacionalidade deles. Larissa tinha realmente identificado que eles eram Leprechauns. Restava saber se estavam errados ao considerarem que o poder dela e do pai havia sido roubado. A brasileira também podia ter descoberto uma forma de rastrear ou perceber rastros de poder, e, se aquele fosse o caso, a ida deles ao Brasil não teria sido em vão.

— Pode deixar que é apenas uma brincadeirinha nossa, Ana — despistou Emily, notando ainda o horror estampado na face da organizadora. — Ela sempre me chama assim quando conversamos on-line.

Aparentemente Emily conseguira mais uma vez acalmar a mulher com suas palavras. Darren, percebendo a situação delicada, resolveu distrair Ana e Tatiana e levá-las para longe deles. Queria deixar os dois conversarem sozinhos com Larissa.

— O gato comeu a língua de vocês? — perguntou a garota ainda em português, e mais uma vez nenhum dos dois entendeu o que ela estava falando.

Mesmo extremamente alcoolizada, Larissa pareceu notar o que estava acontecendo e desatou a rir, quase caindo no chão ao se desequilibrar de seu sapato Louboutin altíssimo.

— O que fazemos com ela? — perguntou Emily, um pouco desesperada, quando a garota apoiou o corpo neles.

Liam olhou para os lados e achou um sofá em que poderiam colocá-la sentada. Sinalizou para Emily, e juntos arrastaram a garota até lá.

— Vou avisar o Darren que ele pode ficar, mas acho melhor nós a levarmos para o hotel. Lá poderemos interrogá-la — disse o rapaz, acomodando a garota quase inconsciente no sofá.

Aquelas palavras pareceram despertar a consciência da brasileira, pois ela logo se sentou de forma ereta e disse em um inglês correto:

— Vocês não vão me levar para hotel nenhum, Leprechauns esquisitos! Se vieram atrás do meu poder, podem esquecer: já foi tomado. É melhor irem atrás da piranha da minha irmã se quiserem conseguir alguma coisa. E se conseguirem, me devolvam pelo menos um pouquinho da minha sorte, estou cansada de ficar de ressaca e pretendo tomar todo aquele whisky de vocês, só porque tentaram me sequestrar.

Os dois ficaram sem reação. Mesmo alterada, Larissa falava com lucidez sobre assuntos que outras pessoas não discutiriam com estranhos.

— Como você sabe que somos Leprechauns? — perguntou Liam, tomando cuidado para ninguém mais escutar a conversa.

Emily também temia ter aquela conversa em um lugar público. Larissa chamava muita atenção da mídia, como ela mesma chamava em seu país, e, se diálogos como aquele caíssem nos ouvidos de jornalistas desocupados, uma grande conspiração se iniciaria. Algo com fundamento, para variar, mas de que eles não precisavam no momento.

Ainda que Aaron soubesse que eles estavam no Brasil, não queriam que a mídia divulgasse com quem estavam entrando em contato. Aquilo denunciaria os planos deles.

— Vocês emitem essa vibração chata que me atrapalha a curtir a música. Estou sentindo-a desde que chegaram e só quero voltar a dançar. Posso, queridinhos?

A menina tentou se levantar do sofá, mas Emily foi rápida em pressioná-la de volta ao assento. Temia o escândalo que a garota podia dar, mas precisavam saber mais.

— Você consegue sentir essa vibração mesmo sem seu toque de ouro? Como faz isso?

Larissa parecia irritada. Cruzou os braços e ficou olhando por um tempo para o teto do clube, ignorando a presença dos dois.

— Meu pai me ensinou a perceber a frequência quando eu era pequena. Tinha medo de que algum Leprechaun impostor como vocês pudesse roubar o meu poder.

— Nós não somos impostores! — exclamou Liam, chateado pela acusação. — Caso não tenha percebido, nós também não temos mais o nosso poder.

A garota arregalou os olhos e pela primeira vez os observou com mais atenção.

— Minha irmã roubou os poderes de vocês? É por isso que estão aqui me machucando?

Emily suspirou com raiva.

— Nós não estamos te machucando.

Larissa revirou os olhos em deboche.

— É como se estivessem. Tudo que é chato me faz doer a cabeça.

Coitadinha dela, pensou Emily, se arrependendo de procurar aquela família. Pareciam ser apenas malucos.

— Você disse que seu pai treinou vocês para sentirem a energia de Leprechauns por ter medo de que lhes roubassem o poder. Só que você insinuou que foi sua irmã quem roubou o seu pote de ouro.

Larissa voltou a gargalhar.

— O meu pote de ouro! Há! Vocês são tão engraçadinhos. Viu só como é a ironia? Ele ensinou tanto que acabou perdendo tudo.

Embrulhava o estômago de Emily ver do que os Leprechauns eram capazes. Aaron matara e iludira pessoas. Margot forjara um casamento de mentira. Agora Bárbara roubara o poder da própria família.

O que mais vamos encontrar pela frente?

E tudo por causa de dinheiro.

Conseguia entender a questão da ganância e do sentimento de poder. Sempre fora ligada aos bens materiais, e muito disso era por ter nascido com o dom da sorte. Mas todas aquelas pessoas tinham mais do que podiam imaginar. Poderiam ter a vida que quisessem, e mesmo assim optavam por querer mais.

Por destruir para ter mais.

— Precisamos falar com o seu pai, Larissa — avisou Liam para a garota, que ainda parecia alterada.

— Já disse que ele não tem mais poder!

— Nós não queremos o poder dele. Queremos apenas conversar.

A brasileira apenas afastou os dois com as mãos, ainda sentada, parecendo prestes a passar mal. Começou a respirar fundo e de forma repetitiva. Emily conhecia aquele sinal. Sentiu pena dela, Larissa devia mascarar muita coisa na bebida. Olhando para ela naquele estado, se lembrou do discurso de Aaron em relação ao álcool e ficou pensando nas diversas vezes que perdera momentos de prazer com os pais por conta de passar muito tempo em um estado semelhante.

Larissa percebeu que não aguentaria mais ficar naquela festa sem dar outro vexame. Não conhecia as duas pessoas que conversavam em inglês com ela, porém sentia a vibração passando por eles.

Resolveu acreditar que aquele era um sinal de sorte.

— Me levem daqui para um lugar seguro. Vou dar um jeito de conhecerem o meu pai.

Os dois se entreolharam. Ao que tudo indicava, tinham conseguido alcançar o objetivo daquela noite.

Liam colocou o braço da garota apoiado em seu pescoço para carregá-la até a rua. Lá, o motorista particular os encontraria. Enquanto isso, Emily foi procurar por Darren e encontrou-o dançando no exato lugar onde antes Larissa rebolava.

— Temos que ir! Ela aceitou sairmos para conversar.

Emily viu a decepção estampada na face do amigo. Sabia o quanto ele gostava de se divertir.

— Você pode ficar aqui! Ligue para o motorista quando estiver pronto para ir embora e me procure se precisar de alguma coisa. Veja se pelo menos arranja um rapaz gostosinho para levar para aquela suíte maravilhosa — brincou Emily.

O rapaz riu e desceu da mesa para abraçá-la. Ao chegar perto, alterado pela bebida e pela alegria, ele disse:

— Eu não preciso de um brasileiro sarado. Já tenho meu britânico perfeitinho.

Ouvir aquilo despedaçou ainda mais o coração de Emily.

Darren nem percebeu, apenas subiu novamente na mesa, mandando beijos divertidos para ela junto com Tatiana.

A imagem deles dançando, brincando e jogando beijos fez Emily perceber que antes aquela era ela. Ela fazia parte daquela cena.

Ao olhar Liam apoiando Larissa, que estava quase em coma alcoólico, notou o quanto sua imagem havia mudado.

Só não conseguia dizer se para melhor.

Sabia apenas duas coisas: a primeira era que se tornara uma péssima amiga. Tinha total certeza de que ainda magoaria muito seu melhor amigo, e Darren não merecia isso. Fizera muito por ela desde que tinham se conhecido. A segunda era que só conseguia enxergar Liam. E aquilo fazia tudo valer a pena.

Odiava-se por saber disso.

RELATÓRIO TL   N° 1.211.000.000.541.123

Para a excelentíssima Comissão Reguladora

Assunto:
   RELATÓRIO DE FAMÍLIAS LOCALIZADAS
   • *Última atualização* •

Foram identificadas no último mês mais três famílias, somando-se oito novos indivíduos a serem monitorados.

Os agentes as alertaram em todos os casos. Duas famílias já sabiam sobre sua situação, e todas estão cooperando.

Localização das famílias:
   Xuhui – Shanghai – China
   Khamovniki – Moscou – Rússia
   The West Village – Nova York – Estados Unidos

Total mundial de famílias localizadas:
   6.120

Total mundial de indivíduos localizados:
   16.274

Total mundial de indivíduos cientes:
   9.261

20

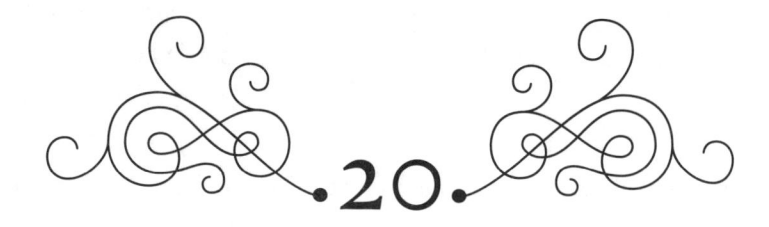

Quando entraram no carro alugado, o motorista estranhou. Perguntou se precisavam levar a garota semiconsciente a um hospital. Não queria se envolver em nenhuma encrenca. Emily e Liam, no entanto, resolveram contar com o resquício de sorte dos três e ir direto para o hotel. Lá a colocariam sob uma ducha gelada para acordá-la e depois poderiam conversar com muito mais calma, afinal Larissa havia prometido falar sobre o pai, e aquele sempre havia sido o objetivo da noite.

Estranharam que nenhum amigo da garota fosse atrás dela, apesar de notarem que estava sendo levada por dois completos estranhos. Nem os fotógrafos pareceram ligar para o incidente. Ela pensou em si mesma naquela situação, na noite em que fora atacada em um banheiro, mas se lembrou de que sempre tivera Darren para protegê-la. Agora, estava deixando-o sozinho em uma cidade estranha.

Sentiu-se a pior pessoa do mundo.

— Vou para o meu quarto tomar uma chuveirada e trocar de roupa enquanto você dá um banho nela, tudo bem? Acho que não posso ajudar ficando aqui e estou precisando limpar a mente – disse Liam.

— Pensei que no chuveiro só desse para limpar o corpo – disse ela, brincando com a situação bizarra em que se encontravam.

Larissa esparramara-se na cama dela no hotel. A camareira teria trabalho no dia seguinte.

— É possível fazer muita coisa no chuveiro – disse ele, enigmático.

Aquilo fez os joelhos de Emily tremerem.

Não imaginava que em tão pouco tempo poderia ficar tão sensível a ele. Para todos os efeitos, tinham se usado para um momento de prazer e nada mais. Frases como aquela lhe faziam ter vontade de usá-lo mais vezes, mas ela sabia que, se queria mais, não era apenas por prazer.

— Você vai ter que me ensinar então. Ando com a mente um tanto cheia...

Ele sorriu. Despreocupado, como no início daquela manhã.

Emily deu um passo na direção dele. Seu corpo estava suado e tinha vontade de libertá-lo das roupas.

Estavam a um palmo de distância um do outro quando ouviram:

— Podem parar com essa putaria, que eu estou bem aqui. – Era Larissa falando um inglês meio grogue, sentada na cama. – Ou então me incluam nela, porque aí a minha noite vai ficar interessante.

Liam desatou a rir, constrangido. Emily não conseguiu ter a mesma reação. Tinha vontade de matar a garota.

— Fique tranquila. Nada vai te acontecer de ruim. Você vai poder tomar um banho agora, e depois vou pedir serviço de quarto para jantarmos. Quando estiver melhor, nós conversamos – avisou a ruiva acompanhando Liam até a porta.

— E por que estou no Copacabana Palace? – indagou a menina, confusa, olhando para todos os cantos do quarto.

— Como você reconheceu o hotel? – perguntou Emily, curiosa.

Foi a vez de Larissa rir vendo a expressão surpresa no rosto da irlandesa.

— Pode ter certeza de que essa não é a primeira vez que acordo entre essas paredes. Se elas falassem, você ficaria horrorizada.

Pior que Emily entendia o horror. Tantas vezes acordara no hotel The Westbury, algumas delas em estado bem pior do que o da brasileira.

Larissa pareceu notar a tristeza invadir os olhos de Emily e, em uma atitude surpreendente, se calou, seguindo para o banheiro sem que a outra precisasse pedir novamente. Logo depois, a água da banheira foi acionada, e a irlandesa ficou feliz por não precisar dar banho em outra pessoa.

Virou-se novamente para Liam.

— Continuamos a nossa conversa depois? – perguntou o rapaz, tocando levemente os dedos finos dela.

Aquele toque sozinho já fazia uma energia crescer dentro dela, parecendo encher todo o seu ser de luz.

Com medo de denunciar o seu estado de envolvimento com apenas uma palavra, ela só concordou com a cabeça e, entregando-lhe um dos cartões para abrir o quarto, fechou a porta.

Onde estou me metendo?

Emily tinha medo de tudo o que sentia.

Após o banho, as duas usavam os roupões do hotel. Há tempos Emily não se sentia tão confortável em um daqueles. Não conhecia Larissa, mas por alguma razão se sentia bem sentada ao lado dela na cama macia, comendo o que ela chamava de pizza de calabresa com catupiry.

Pareciam duas adolescentes curtindo um final de semana na casa dos pais.

— Sério! Isso é muito bom! Poderia comer para sempre — comentou Emily, se deliciando com mais um pedaço quente de pizza que se derretia na travessa e lembrando que Darren falara a mesma coisa sobre o churrasco brasileiro.

A comida da cidade era sem dúvida muito especial.

— Se continuar nesse ritmo, ficará uma porca gorda que nem eu — brincou Larissa.

A brincadeira chamou a atenção de Emily. Larissa não era uma pessoa que pudesse ser considerada acima do peso. Se tivesse pretensões de seguir uma carreira de modelo ou atriz, talvez pudesse perder um ou dois quilos, mas o modo como ela falara de si própria deixou Emily um tanto chateada.

Um ano atrás, pensaria da mesma forma que Larissa, e aquilo era um absurdo. A garota não precisava de um corpo reto para ser linda. Emily se deu conta de que provavelmente a baixa autoestima dela era o que motivava tanta bebedeira. Sentiu culpa pelas diversas vezes que devia ter afetado a vida de alguém com seus comentários maldosos e desnecessários.

— Você sabe que está falando bobagem, não é?

A brasileira sorriu, parecendo um pouco melancólica. Fim de noite resgatava aquele tipo de sentimento depressivo. A sensação do mundo ser melhor do que a gente e de não merecermos ou conseguirmos tudo que podemos ter.

— Falar bobagem é o que eu faço de melhor — brincou ela novamente, pegando outra fatia de pizza. — Sabe, existe uma antiga bênção irlandesa que sempre me tocou muito. Lembrei dela agora não sei por quê.

Emily sorriu para a menina.

— Pensei que eu fosse a irlandesa aqui. Não tenho a mínima ideia de por que você saberia algo assim, mas de qual bênção se lembrou?

No momento em que Larissa pronunciou a primeira frase, Emily percebeu que sua mãe, Claire, costumava dizer as mesmas palavras quando ela era menor e ia dormir fora de casa. Conforme Emily crescia, a frequência das noites fora de casa aumentara, e a tradição acabou se perdendo. Era estranho para ela ouvir uma completa desconhecida, de um país bem diferente do seu, entoando aquela antiga bênção.

— *Que a estrada se erga ao encontro do seu caminho. Que o vento esteja sempre às suas costas. Que o sol brilhe quente sobre a sua face. Que a chuva caia suave sobre seus campos. E até que nos encontremos de novo, que Deus a guarde na palma da sua mão.* — Larissa terminou de recitar. — Faz a gente pensar...

Realmente fazia. Aquela bênção parecia algum sinal do universo tentando confirmar que ela estava no lugar certo.

Queria acreditar que sim.

Liam bateu na porta para indicar que estava entrando e se deparou com as duas se deliciando com a pizza.

— Vocês nem esperam! — reclamou, fingindo estar chateado e olhando com expressão faminta.

Os três comeram e conversaram sobre papos aleatórios, como se o mundo deles não estivesse de cabeça pra baixo, como se algo pudesse ser normal depois que alguém descobria ser um Leprechaun.

— Então vocês querem conhecer o meu pai? — perguntou Larissa, finalmente abordando o tema que os levara até ali.

Os dois concordaram com a cabeça. Não queriam assustá-la, apenas conseguir ajuda de alguém como eles. Por isso, tinham a intenção de explicar bem por que tinham ido atrás dela, provando que não eram perseguidores malucos.

— Em que o meu pai pode ajudar? – questionou a brasileira, notando o silêncio dos outros dois.

Emily achou que precisava ser ela a responder. Tinham criado um tipo de conexão no tempo em que ficaram sozinhas, e Larissa percebera que a ruiva não pretendia magoá-la.

— Vamos ser sinceros com você e esperamos ser recompensados com a mesma atitude – começou Emily. – Nós tivemos o nosso toque de ouro roubado por um impostor. O ladrão conseguiu escapar, e agora, sem sorte, não estamos conseguindo localizá-lo. Por algum motivo, sentimos que devíamos vir ao Brasil, e o Liam descobriu em uma pesquisa que a sua família era diferente. Que vocês podiam ser Leprechauns também.

— E que nós tínhamos perdido nossos poderes, certo? – questionou Larissa, parecendo dar risada do destino. – Meus parabéns, sr. Liam! Parece ser bem inteligente. Muita gente tenta descobrir de onde vem a riqueza de minha família, e finalmente alguém com cérebro aparece para adivinhar.

O rapaz estava sem graça e notou que Larissa não era exatamente uma garota sem conteúdo. Ela começava a parecer muito mais consciente do que imaginara. Aquilo o fez questionar as próprias certezas.

— Queríamos conversar com alguém mais velho sobre a herança Leprechaun. Pensamos que talvez seu pai conheça algum método para rastrear um. E, pelo que você já nos disse, ele sabe.

Larissa ficou séria, pensando no assunto. Ao identificar uma energia diferente na festa, pensara apenas ter encontrado outros dois Leprechauns em busca de formas inúteis de gastar energia. Ou talvez que fossem impostores procurando pela localização do pote de ouro de sua irmã, que armazenava a sorte dela e de toda a família. Mas nunca imaginara o atual cenário. Era estranho encontrar outros de sua espécie que não conheciam muito a respeito dos próprios poderes.

Respirando fundo e deixando a pizza de lado, a brasileira se preparou para falar.

— Cresci sabendo que era diferente. Desde pequena sei disso. Nosso pai sempre foi muito sincero sobre a nossa situação, sobre como éramos, e ele queria que aprendêssemos a usar nossos poderes a nosso favor. Para a minha família, a palavra Leprechaun nunca foi estranha, e descobri aos poucos que outras pessoas não sabiam lidar com nossa herança. Isso me assustou. De repente eu era a única menina da escola que sabia sobre a magia desse legado e tinha uma força muito maior do que as pessoas em geral. Passei a não gostar disso. Nunca achei certo ter algo a mais do que os outros. Não compreendo que lei divina foi essa que nos separou.

— Então vocês não tiveram contato com outros de nossa espécie antes? — questionou Liam, curioso, começando a compreender a visão de Larissa sobre o legado deles.

— Meu pai nos contou que descobriu o que era ser um Leprechaun com meu avô. Nosso poder veio de família. Ele disse que conheceu outros como nós, mas que durante um golpe no país outro Leprechaun muito poderoso aproveitou o momento delicado de nossa economia para roubar a essência de alguns companheiros. Meu pai teve sorte, pois estava fora do Brasil na época. Mas nosso avô foi encontrado morto. O boato que circulou é que ele se suicidou por conta da economia, mas estranhamente muitos outros tomaram a mesma atitude. Um Leprechaun esperto e sortudo sabe encobrir suas falhas... Desde então, não tivemos contato com outros.

Toda aquela história era nova para eles. Não conheciam o passado do Brasil bem o suficiente para identificarem de quem exatamente Larissa estava falando, contudo, as coisas ditas por ela faziam sentido.

— Como seu pai conseguiu que o Leprechaun impostor não atacasse a sua família quando voltou? — questionou Emily intrigada por notar aquela brecha no discurso.

— Foi mais fácil do que ele imaginava. Meu pai resolveu se tornar uma figura pública. Sempre foi riquíssimo e, por conta disso, a mídia o conhecia. Mas, com medo de se tornar um alvo fácil, resolveu complicar as coisas à sua maneira. Sendo uma figura maior na sociedade, atrairia mais olhares, e ele acreditava que o impostor não iria querer chamar a atenção. Que ficaria em paz com o seu poder.

— E seu pai teve razão — concordou Liam.

A garota suspirou, mostrando-se exausta.

— Ele contou com a sorte nesse momento. O brasileiro impostor foi viver no exterior, e desde então não ouvi mais falar de outros. Não sei se meu pai teve contato com algum, pois estive muito ocupada com a minha própria vida para me preocupar com essas lendas. Acabamos nos afastando um bocado conforme os anos foram passando...

— E você se afasta do seu legado por acreditar que não merece esse poder? — questionou Emily, se arrependendo depois da pergunta.

Larissa parou um momento e encarou a ruiva. Emily não soube decifrar a reação dela.

— Por acreditar que não é certo termos mais do que os outros.

Os três ficaram em silêncio. Descobriam um lado não aparente na história daquela família.

— Que não é certo termos o dinheiro ou o poder? — perguntou Liam, tomando a palavra. — Porque, pelo que vimos, você parece gostar de ter uma boa situação financeira.

A jovem gargalhou, deixando os dois constrangidos.

— E quem não gosta? Claro! Eu adoro ser milionária! A questão não é essa. Só não entendo por que uma só família, que pouco colabora com o mundo, é detentora de um poder tão especial. De uma oportunidade que outras pessoas aproveitariam melhor. Mantivemos a nossa fortuna e sorte, mas tudo piorou quando meu pai captou a atenção da mídia. Quando nós viramos assunto dela. E mudou tanto que atingiu a minha irmã da forma mais inusitada que poderíamos pensar.

— Ela se transformou no inimigo — balbuciou Emily, entendendo o que ela queria dizer.

— Ela virou as costas pra gente — confirmou Larissa, saindo da cama e indo para a janela observar a madrugada de Copacabana.

— Mas como isso aconteceu? — quis saber Liam.

A garota voltou a atenção para eles.

— Durante anos, a mídia capturou todos os nossos movimentos. Principalmente as diversas conquistas financeiras e amorosas do meu pai, que desfilava seus iates e suas modelos nas capas de revistas. Eu encontrei nas festas e nas bebidas o meu lugar. Sempre soube que não tinha nada a acrescentar neste mundo, e não é porque sou um Leprechaun que deveria mudar isso. Mas minha irmã renegava nossas atitudes e resolveu agir.

— Ela quis tirar o poder de vocês por não concordar com as escolhas de vida que tomaram?

— A Bárbara acredita que os tempos não são mais os mesmos. Que os Leprechauns impostores circulam cada vez mais entre nós, e que a mídia não os assusta mais. Por algum tempo ela tentou nos dizer isso...

— Mas vocês não escutaram — completou Emily, olhando pensativa para a própria mão, relembrando os diversos momentos em que seus pais a alertaram sobre o perigo de seu mundo.

— Ela descobriu uma reza, algo que nosso pai nunca nos contou, e resolveu botá-la em prática. Durante um tempo, a Bárbara nos sondou, tentando descobrir qual poderia ser o nosso local especial, o nosso fim do arco-íris. Depois, ela testou essa reza em alguns possíveis pontos, até conseguir achar o do meu pai e o meu. Foi assim que ela roubou o nosso poder sem pensar nas consequências.

— Sem saber que poderia te levar a um coma alcoólico – disse Liam.

— E seu pai à humilhação – concluiu Emily.

Larissa ficou quieta. Era a primeira vez que tinha uma conversa verdadeira sobre a sua vida com alguém de fora. Não podia confiar nas amigas, pois nenhuma delas entenderia o que estava falando. Eram todas muito fúteis e não sabiam nada sobre magia. Conversava com o seu pai, porém, havia um limite na relação dos dois.

Larissa mostrara ser muito mais consciente do que imaginavam, mas os dois conseguiam entender por que Bárbara havia tomado aquela decisão drástica. Por mais que a irmã quisesse renegar seus poderes por não se considerar digna deles, aquela era a realidade, e ela parecia simplesmente ignorá-la. Preferia desperdiçar sua sorte em festas e coquetéis do que em causas humanitárias.

Liam e Emily se identificavam com a brasileira em alguns níveis. Nenhum dos dois soubera aplicar bem os seus poderes. Tinham sido mimados e aproveitado a vida em futilidades e dramas mundanos, mas também não haviam chegado no mesmo ponto que Larissa, e a julgavam mal por isso. Afinal, ela sempre tivera conhecimento de seus poderes.

— Sua irmã confessou que roubou o poder de vocês? – questionou Emily após refletir um pouco.

Larissa voltou a se sentar na cama, encolhendo-se no roupão.

— Ela não precisou! Quando acordei do coma, só meu pai estava no quarto. Eu tentei avisá-lo de que me sentia estranha, vazia, e que temia que meu poder tivesse sido roubado. Ele disse que se sentia como eu e que sabia que tínhamos perdido nosso legado. Perguntei o que havia acontecido com a Bárbara, e a resposta foi clara: Ela continuava com o seu poder, e a empresa não falira. No pouco tempo em que fiquei apagada, ela conquistou o poder de decisão do grupo, e isso só podia significar que não havia sido um estranho que tomara o poder da família.

Era difícil para eles não se comoverem com a história. Nada daquilo devia ter sido fácil para nenhum dos lados. José Murillo provavelmente ficara em choque ao notar que não detinha mais o seu poder de nascença, e ao mesmo tempo precisava cuidar de uma filha no hospital e da própria imagem sendo destroçada pela imprensa. Olhando pela perspectiva de Bárbara, no entanto, ela claramente precisou lidar com o fato de que sua decisão havia levado a irmã para uma situação de emergência, e a imagem de seu pai à difamação. Mas Emily e Liam percebiam nas entrelinhas que quem realmente salvara a fortuna dos Bonaventura havia sido a irmã mais velha.

— E depois que você saiu do coma não foi procurá-la para saber o que motivou essa decisão? Para tentar recuperar seu poder?

Emily tinha muitas perguntas. Se ela sentia um vazio enorme na alma por ter perdido sua essência, Larissa também devia sentir. Era difícil compreender que a garota simplesmente pudesse ignorar o fato de que era especial.

— Eu entendo que minha querida irmã tenha feito o que fez para manter a nossa fortuna. Até hoje ela não deixou que nos faltasse nada e manteve o meu padrão de vida. Só acho que ela podia ter feito alguns cálculos para perceber que iria me prejudicar muito mais que a meu pai nessa história de roubar poder. Ela com certeza fez isso para atingi-lo, então, quando parei na cama de um hospital, podia ter pelo menos pedido desculpa.

— Mas pedir desculpa seria admitir ter feito algo errado, o que ela provavelmente não queria — completou Liam, entendendo o raciocínio de Larissa.

— Pois é! Ela preferiu continuar vivendo a vida de CEO dela sem qualquer contato conosco, e eu optei por não correr atrás do meu poder.

— Só que você continuou a ter a mesma vida de sempre — resmungou Emily para a garota.

A outra a olhou, zangada.

— Para quem vê de fora, é fácil ficar do lado da minha irmã. É por isso que nunca falo sobre o que nos aconteceu. Nem sei quem vocês são, mas pensei que, como também tiveram seus poderes roubados, entenderiam. Sim, nós nascemos com um dom! Ele é maravilhoso e pode mudar o mundo. Mas eu não pedi para nascer com esse dom. Não quero ser uma heroína. E acho que não deveria ser punida por isso. O que Bárbara fez foi me punir e machucar. Eu podia ter morrido naquele dia! Para salvar seu dinheiro, ela correu o risco de me fazer perder a vida. Isso deveria falar mais alto do que qualquer atitude infantil minha.

Ela tem razão, pensou Emily, arrependendo-se das perguntas impertinentes e do prejulgamento.

Nenhum deles havia pedido para ser alguém especial, e Emily entendia que a outra não sabia lidar com aquilo. Na verdade, Larissa não *queria* lidar com aquilo. Só o fato de a irmã ter lhe virado as costas dizia muito sobre o relacionamento da família. De repente, sentiu uma vontade enorme de conhecer Bárbara e tentar entender um pouco por que alguém escolhia perder os laços familiares por motivos tão baixos.

Dinheiro e poder.

21

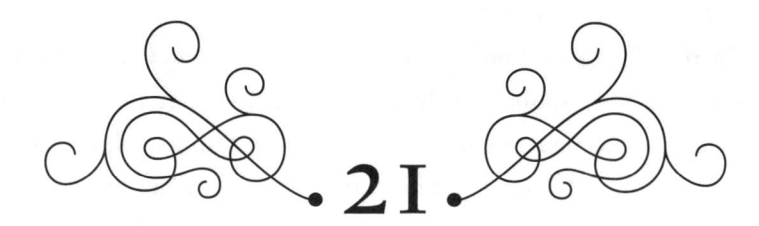

O motorista particular levou Larissa de volta para o apartamento em que morava com o pai e a atual namorada dele, uma modelo vinte anos mais nova. Emily sugerira que ficasse no hotel junto com ela, mas a garota preferiu voltar para o aconchego de sua casa, alegando que o pai ficaria preocupado.

A ruiva não acreditou muito na história: imaginava que, se a brasileira tivesse continuado no ritmo em que a pegaram naquela noite, mal chegaria ao portão do prédio onde morava. Mas concordou com o desejo dela e combinaram de se encontrar mais tarde no mesmo dia. Ela ainda não havia aceitado marcar uma conversa com seu pai, porém mostrara o desejo de apresentar a Floresta da Tijuca para os estrangeiros, alegando que lá poderia ensinar um pouco do que aprendera sobre a herança Leprechaun.

Era estranho para eles acreditar que uma pessoa desmiolada como Larissa poderia lhes ensinar alguma coisa, ainda mais algo sério como magia, mas, ao mesmo tempo, haviam percebido que a garota tinha muitas facetas e podiam se surpreender.

Depois do que passara com Aaron, Emily aprendera a desconfiar do julgamento que fazia das pessoas.

Darren chegou ao hotel quase no mesmo instante em que Larissa o deixava. Emily soube pelo barulho do rapaz no quarto no fim do corredor. Só ele ligaria música eletrônica no último volume às seis horas da manhã. Na intenção de checar o estado dele, mas também querendo evitar serem expulsos, ela foi bater em sua porta. Liam tinha acabado de voltar para o próprio quarto depois de deixar Larissa no lobby em segurança.

— Darren, sou eu! Está tudo bem? – perguntou Emily, batendo na porta do amigo ainda de roupão.

Na terceira batida, o amigo resolveu aparecer após diminuir o volume do som. Pelo seu estado, a noite parecia ter sido intensa.

— Minha velha diva! Pensei que já estivesse no milésimo sono. O que está fazendo aqui?

Ela não gostou nada de ter sido chamada de velha, mas achou melhor desconsiderar o comentário. Não queria arranjar confusão com o amigo completamente alcoolizado.

— Eu que preciso perguntar *o que você está fazendo*. Consegui te ouvir chegando lá do meu quarto. Que música toda é essa? Está tudo bem? Deu tudo certo na festa?

Darren se jogou na cama de sapato e tudo, com os olhos arregalados e vermelhos por conta da intensidade da noite. Desligou a caixinha de som em que seu celular estava conectado.

— A festa foi maravilhosa! Esse povo é a minha cara! Coloquei uma musiquinha só para continuar na *vibe*. E, minha amada, quantos homens bonitos. Se eu não estivesse comprometido, teria pegado uns vinte esta noite.

Emily não conseguiu controlar a sua reação. Sentia cada vez mais dificuldade de esconder de Darren o que havia acontecido entre Liam e ela. Não compreendia também a obsessão do amigo em insinuar que os dois tinham alguma coisa. Sabia que ele o achava bonito e educado, e que Liam fora muito bacana com ele durante todos aqueles meses, mas soava quase como um delírio ouvi-lo dizer que estava comprometido.

— Por que essa cara? Vai emburrar outra vez por eu falar do Liam? — perguntou Darren, tirando os sapatos para entrar debaixo do cobertor.

A garota ponderou se aquele era o momento certo para debater o assunto. Darren estava bêbado, e ela sabia o quanto ele ficava sensível em momentos assim. Jogar a bomba de que ela e Liam haviam se relacionado só pioraria o humor do rapaz. De nada adiantaria.

— Nada, Darren! Não estou emburrando coisa alguma. Acho melhor você dormir agora. Vamos sair com a Larissa daqui a algumas horas e gostaríamos que viesse conosco. Ela vai nos ensinar mais sobre o nosso poder.

Darren mal ouvia o que Emily dizia. Seus olhos piscavam lentamente, e sua cabeça estava cada vez mais coberta, numa tentativa de se esconder da claridade.

— Nosso poder! Eu não tenho poder algum, rainha! Vão vocês, eu combinei de almoçar com a Tatiana em um sushi que ela disse ser maravilhoso! Depois vamos fazer as unhas. Ela me garantiu que as manicures brasileiras são bem melhores do que as nossas. Mas cuide bem do meu futuro marido. Não quero que ele saia por aí estressado e fique chato que nem você ficou.

No segundo seguinte ele começou a roncar, e ela o conhecia bem o suficiente para saber que só acordaria após boas horas de sono.

Levantando-se da beirada da cama, Emily foi até a janela fechar a cortina para que o sol não atrapalhasse o descanso do melhor amigo.

Estava com raiva por ver Darren agindo daquela forma, inventando situações com Liam em sua mente e ignorando o fato de que estavam naquele país para encontrar um modo de acabar com Aaron. Por um instante, passou por sua cabeça que seria melhor Darren voltar para Dublin. Ele já perdera muitos dias de aula, e sua família sem dúvida devia estar odiando Emily cada vez mais.

Ninguém mais sentia pena pela morte de seus pais, agora ela voltara a ser a vilã capaz de estragar a vida de um filho com extremo potencial.

Se os pais de Darren vissem que ele tem dado mais trabalho do que eu... pensou, deixando o quarto dele.

Hesitou por um instante no corredor, com vontade de bater na porta de Liam e conversar abertamente sobre os delírios do amigo em relação a ele, mas sentiu que seria uma traição muito grande com Darren. Era possível que ele estivesse mesmo acreditando naquelas coisas, mas até então não se metera na vida de Liam diretamente. Se ela o denunciasse, só constrangeria o amigo, revelando seus sentimentos obscuros para o britânico.

Essas foram as vinte e quatro horas mais longas da minha vida.

Parecia que chegar ao Brasil abrira uma caixa de Pandora, e não fazia ideia de como fechá-la.

Resolveu descansar um pouco. Em algumas horas, Larissa voltaria ao hotel, e partiriam para a Floresta da Tijuca. De acordo com todos os guias turísticos, o ideal seria visitá-la o mais cedo possível, mas a brasileira dissera que para eles seria bom pegarem o entardecer. Teriam a atmosfera correta para o que precisavam.

Ou então é só uma desculpa para dormir até tarde.

Quando receberam um telefonema da recepção avisando que Larissa os esperava, Emily se encontrou com Liam no corredor para pegar o elevador. Ela usava um vestido branco comprido de tecido leve acompanhado de um tênis da mesma cor, o que a deixava um tanto mais baixa do que o habitual. O rapaz achou graça.

— Estou me acostumando tanto com a sua nova versão de salto que hoje você está parecendo uma anã — brincou, comparando as alturas ao lado dela.

Emily corou intensamente, considerando trocar o *look*.

— Nós vamos a uma floresta. A Larissa disse que não vamos fazer nenhuma trilha, mas ainda assim é melhor ir de sapato baixo, não? Você achou feio?

Liam riu.

— Nada em você fica feio, anãzinha!

Se antes ela já estava da cor de um pimentão, não conseguia imaginar qual era a sua coloração depois. A dura verdade é que voltara a ser uma boba apaixonada.

Essa deve ser a praga que o Aaron me tacou, pensou ao ver como o elogio a afetara.

— Vamos descer? A Larissa deve estar nos esperando — perguntou, tentando cortar a situação.

Queria flertar com Liam, mas desde a primeira noite o rapaz não tentara mais beijá-la. Temia cair em um jogo de sentimentos já conhecido e do qual não gostava nem um pouco.

— Bati na porta do Darren, mas ele não parecia estar lá. Sabe se ele está bem?

Emily viu preocupação no rosto de Liam, porém, aquele era mais um exemplo de sua postura habitual. Darren podia achar que Liam estava interessado nele pelos constantes comentários e pequenos gestos de carinho. Não conseguia deixar de dar certo crédito ao amigo.

Claro que em nenhum momento Liam sugerira que estavam em um compromisso sério, como Darren indicara na noite anterior, mas ela mesma tinha se visto torcendo pelos dois em certo ponto da convivência deles.

Liam não era dela. Não era de Darren. E também não era mais de Aaron.

Mesmo assim, pensavam no britânico quase tanto quanto pensavam no próximo passo para atingir seus objetivos.

— Darren está bem. Disse que iria almoçar com uma amiga e depois passar o dia fora.

— Então ele não vem com a gente?

Havia certa melancolia naquela pergunta. Emily não soube como reagir. Podia simplesmente ignorá-lo, mas sentia-se cada vez menor, e sentia que era hora de se impor naquela relação. Liam a conhecera como uma mulher forte em busca de vingança, e era aquele lado que gostaria de continuar mostrando.

— Ele não vem! Na verdade, nada disso tem conexão com ele, por isso acho que ele está certo de se afastar. Por quê, Liam? Você acha que o Darren deveria estar aqui? Ele precisa ir conosco para uma floresta aprender sobre a herança dos Leprechauns?

Emily cuspiu cada palavra como se estivessem pegando fogo, deixando Liam cada vez mais constrangido por ter perguntado. Para sorte do rapaz, o elevador chegou com uma senhora, e ele não precisou responder à explosão de Emily. Assim que as portas se abriram, viram Larissa. Nervosa, Emily preferiu deixar a conversa de lado. O mais importante era aprender com a brasileira e quem sabe conseguir algum acesso a um Leprechaun mais experiente. Isso seria essencial se quisessem de fato prosseguir com aquela procura.

Precisava deixar de focar em paixonites, briguinhas de amigos e situações pequenas e prestar mais atenção em si própria.

Precisava encontrar Aaron e resgatar o que restava da própria alma. Recuperar um pedaço da presença de seus pais. Ele não apenas tomara a vida deles, como também roubara a única conexão entre Emily e o legado de sua família.

Cada minuto que gastava pensando em Liam, Darren ou até mesmo em Larissa era um tempo a menos para sentir o poder dos O'Connell em suas veias.

Se fosse necessário ir até uma floresta e fazer nascer outro arco-íris, era o que faria. E faria muito mais se precisasse.

Ir até o Brasil, até o pulmão do Rio de Janeiro, era procurar pela sua força interior, a fim de correr atrás de quem roubara uma parte importante dela mesma.

22.

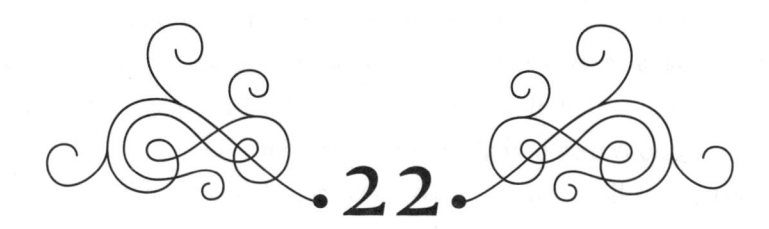

O Parque Nacional da Tijuca era um lugar especial. No caminho até lá, Larissa contou fatos sobre a história do local e como o parque protegia a primeira floresta replantada do mundo. Lá dentro, havia diversas trilhas de diferentes graus de dificuldade e cachoeiras geladas para se refrescar, além de ruínas históricas da época das fazendas de café, um período determinante da história brasileira. Larissa começou a lhes explicar os acontecimentos trágicos envolvendo o parque, peça fundamental da Cidade Maravilhosa. A floresta fora quase inteiramente destruída durante o período colonial, por causa da produção de carvão e do plantio de café, fazendo com que as fontes de água que abasteciam a cidade começassem a secar. Iniciou-se então um grande processo de desapropriação dessas fazendas, e mais de cem mil árvores foram replantadas para a recuperação da mata nativa.

Passaram-se mais de cento e cinquenta anos desde então, e, ao se aproximarem da entrada do parque, Emily percebeu como a natureza tinha uma incrível capacidade de se recuperar após os impactos causados pelos homens quando medidas concretas eram tomadas para ajudá-la a voltar ao seu esplendor.

Desde que aprendera mais sobre seu legado, sentia-se mais integrada com a natureza e, ouvindo aquela história de superação, percebeu que precisava fazer a mesma coisa e se recuperar. E não faria isso simplesmente se deitando na cama com Liam. Precisava impedir que pessoas como Aaron prejudicassem outras como ela.

Larissa explicou que o modo mais fácil de entrar na floresta era pelas estradas, que poderiam levá-los à estátua do Cristo Redentor ou ao mirante do Corcovado. No entanto, não estavam em busca de passeios turísticos, e sim de um reencontro espiritual. Por isso, Larissa acreditava que teriam mais sorte permanecendo no Alto da Boa Vista, onde a Floresta da Tijuca era mais selvagem e o poder podia se manifestar de forma mais pura.

Por mais diversos que fossem os caminhos existentes no parque, um mais lindo e aventureiro do que o outro, tinham decidido qual deles iriam cruzar.

Na praça próxima à entrada, pediram para o motorista voltar em uma hora. Ao passarem pelo portão do parque, Emily e Liam ficaram impressionados com a beleza natural do lugar. Os dois tinham estado em diversos lugares bonitos pelo mundo e moravam em países conhecidos por suas naturezas exuberantes. Entretanto, nada do que conheciam se comparava ao poder enraizado naquele conjunto verde. A magia que rondava aquela floresta era tão forte que Emily agora entendia por que os seres humanos tinham resolvido se redimir e consertar o problema que haviam criado. Ninguém podia destruir um santuário como aquele.

— Vocês conseguem ouvir nossos antepassados chamando nossos nomes? – questionou Larissa, abrindo os braços e rodopiando conforme subiam uma estrada de paralelepípedos.

Ela vestia uma roupa em estilo hippie chic cheia de franjas e usava óculos de sol em formato de coração.

Ela é mesmo uma figura, pensou Emily, observando-a.

Em todos os cantos havia árvores, galhos caídos, animais silvestres e pouca interferência do homem. Como já entardecia, havia poucas pessoas circulando pelo local, o que facilitava a conexão com o ambiente. Emily estava satisfeita por estar ali: Larissa dera uma ótima sugestão, afinal de contas.

— Este lugar transpira poder — comentou Liam.

Inesperadamente, o rapaz também abriu os braços e, tombando a cabeça, levantou a face em direção aos feixes de sol que conseguiam atravessar as copas das árvores.

Apesar da raiva que ainda sentia dele, a irlandesa não pôde deixar de observar como a cena era linda.

Havia certa entrega naquele movimento. Os braços definidos e abertos em sinal de redenção. A forma como o pouco sol que chegava em meio às árvores tocava o rosto pálido dele e refletia no loiro de seu cabelo. A serenidade em sua face trazendo toda a tranquilidade que ela gostaria de sentir. Aquilo tudo era lindo.

Ele era lindo.

Liam voltou à posição normal e fez o sinal da cruz, e Emily estranhou seu movimento. Não o imaginava fazendo aquilo, mas de certa maneira era algo que parecia combinar com toda a santidade ao redor.

— Meu pai me traz aqui desde pequena. Ele diz que meu avô achava que as fadas haviam obrigado os homens a reconstruir a floresta e, por isso, elas ainda moram nela. Tomam conta para que nunca mais ela seja destruída.

Emily nunca fora mística, mas uma coisa sempre lhe chamou a atenção. Dizia-se que as lendas sobre os Sídhes, o povo das fadas, haviam surgido na Irlanda. O mesmo acontecia com as lendas sobre

Leprechauns, e ela começava a se orgulhar disso: antes, aquilo para ela era apenas papo furado para distrair estrangeiros.

Considerava um pouco estranho que uma lenda assim houvesse atravessado continentes. Histórias sobre criaturas como aquelas existiam nas lendas de praticamente todos os países, afinal de contas. Naquele momento, perguntava-se se, além de Leprechauns como ela, as fadas daquelas histórias também poderiam ser reais. Ela não podia mais se dar ao luxo de ser descrente.

— Eu acho que o seu avô tinha razão — balbuciou Emily, começando a entrar na área verde sem se importar em sujar seu novo tênis. — Existe uma força mais forte aqui do que tudo o que eu já vi e, se nós Leprechauns a sentimos, sem dúvida as fadas podem sentir também.

Liam virou-se para encará-la.

No meio da mata, com os cabelos soltos ao vento e o longo vestido branco rendado, Emily poderia facilmente ser confundida com uma fada. Havia paixão nos olhos dele, e ela conseguiu identificar isso. Em um segundo o odiava e queria ser independente; no outro, o via fazendo algo doce e desejava beijar seus lábios. Repetia sempre os mesmos erros. Ou os mesmos acertos. No jogo do amor, era difícil saber a resposta certa.

— Eu vou apresentá-los para o meu pai — soltou Larissa, observando os dois. — Conversei com ele hoje, e ele concordou que está na hora de saberem mais sobre nosso povo. Mesmo sem seu poder, meu pai pode ajudar. Quem sabe ele até não faz uma ponte entre vocês e minha irmã. De repente ela sabe indicar novos caminhos, já que também é uma impostora. Mas antes eu queria que vocês andassem por essa mata, brincassem por essas árvores e se sentassem em uma pedra observando a mãe natureza. Ela pode dizer muito mais do que qualquer um de nós.

Os dois sorriram.

As palavras de Larissa eram livres e pareciam totalmente incoerentes com o comportamento que exibia perante a sociedade.

— Posso perguntar uma coisa? — questionou Emily, sem graça por saber que mais uma vez poderia magoar a outra.

— Já sei, você quer saber por que eu não sou sempre assim tão zen, né? Fiquem tranquilos, não estou nem um pouco *alterada*, se é que me entendem. A questão é que eu sei qual é meu papel em tudo isso, e eu não me sinto preparada para controlar um poder assim. Ele, para mim, é destrutivo. Vocês conhecem meus demônios, sabem com o que tenho que lidar. Posso parecer forte, mas não sou o bastante para lutar contra meus vícios, e toda essa sorte só me prejudica ainda mais.

— Mas nós podemos ajudar você com isso — argumentou Liam. — Você é uma garota tão bacana! Não tem por que jogar a vida fora dessa maneira. Nós sabemos como é estar no seu lugar.

E eles realmente sabiam.

— Eu li hoje sobre vocês na internet — revelou Larissa, para a surpresa deles. — Figurinhas carimbadas das redes sociais, um herdeiro das artes e uma herdeira da moda. Bem Leprechauns mesmo. Acho que teríamos nos dado muito bem em todas aquelas festas, principalmente nós duas, Emily. Vi várias fotos suas segurando garrafas de champanhe em cima de balcões. De certa maneira, fico feliz que esse impostor tenha passado pela vida de vocês.

Os dois ficaram completamente horrorizados com o comentário dela.

— Como você pode dizer uma coisa dessa? — questionou Emily, surpresa.

— Minha irmã me condenou a um coma, e por isso eu não tenho mais amor por ela. Ao mesmo tempo, se ela não tivesse agido assim, em algum momento a minha sorte acabaria, e meu fim seria certeiro. Não consigo negar que me sinto um pouco grata — confessou a brasileira, com a expressão triste. — O mesmo aconteceu com vocês. O impostor também lhes tirou muito, porém ele também devolveu uma parte de vocês que estava perdida. Vocês não se conheciam de verdade. Não sabiam o que queriam. Agora, podem descobrir o seu caminho, como um dia eu vou descobrir o meu.

As palavras eram duras, mas eles compreendiam a mensagem. Não era fácil reconhecer algo de bom na atitude de Aaron, contudo, não podiam deixar de ser gratos por realmente terem se tornado pessoas melhores em alguns aspectos.

— Nas dificuldades, encontramos a luz — sussurrou Emily, olhando para Larissa. A outra sorriu em retorno.

— Daqui a pouco o sol vai se pôr, e queria que estivessem aqui nesse momento. Vou deixá-los receber essa consagração do dia sozinhos, pois sinto que estão precisando conversar. Depois, o motorista de vocês pode nos levar ao encontro do meu pai. Vocês vão entender de onde vem a minha loucura.

Dizendo isso, Larissa se virou e voltou pelo mesmo caminho que tinham acabado de percorrer. Não tinham ido até cachoeiras nem feito trilhas, mas, entre aquelas árvores, podiam sentir tudo de que precisavam.

Emily entendia finalmente por que lhe parecera tão claro, em Paris, para onde deveriam ir. Recebera um chamado.

23

Estavam enfim completamente sozinhos em um lugar típico de cena romântica. Quem visse de longe acharia que aquela era alguma sessão de fotos de marca famosa e que o câmera devia estar escondido atrás de alguma pedra. As roupas claras destacavam-se no verde do ambiente, e os dois pares de olhos cor de esmeralda se encaravam.

— O que está acontecendo conosco, Liam? Não sei por que nossa relação mudou tanto. Queria que voltasse a ser como antes.

O rapaz franziu levemente a sobrancelha.

— Queria mesmo? No que me diz respeito, antes você nem falava comigo. Na verdade, ficava trancada em um escritório sem nem tomar banho, obcecada por encontrar um homem que só te fez mal.

— Que *nos* fez mal, Liam!

Ele se sentou em uma pedra, observando-a apoiar-se em uma árvore.

— Você está arrependida de ter me beijado, de ter passado aquela madrugada comigo? – questionou o rapaz olhando para uma flor jogada no chão, sem olhar para Emily.

— Essa é a grande questão: eu não te beijei! Eu retribuí o seu beijo! Assim como os toques, os gemidos e o sentimento que pensei ter sido recíproco naquele momento. Só que eu não sei por que fez aquilo, não sei quem você é. Você me beijou por vingança a Aaron, ou por não querer se assumir com Darren? Minha cabeça está confusa, e a última coisa que deveríamos estar fazendo agora é discutir relação no meio de uma floresta.

Cruzando os braços, a ruiva bufou, extravasando tudo o que sentira nas últimas horas. Esperava uma reação do rapaz, mas não a que veio em seguida.

Liam riu. Como ele sempre fazia quando ela se estressava. Ele riu com gosto e voltou a encará-la.

— Você está falando sério?

Emily estava cada vez mais confusa.

— Tudo o que eu falei é sério! Acha que é fácil estar no meio de tudo isso sem saber para onde correr? Eu acabei de ter meu coração arrancado do peito por um homem que finalmente resolvi amar, para descobrir a abominação que ele fez pelas minhas costas. E, quando pensei que nunca mais iria me envolver com alguém, fui ficar logo com o ex-namorado desse homem que, para piorar, parece que é o novo namorado do meu melhor amigo!

O riso se transformou em uma expressão de dúvida.

— Opa, calma aí! É a segunda vez que você diz algo assim, e não estou entendendo mais nada. Que obsessão é essa pelo Darren? Nós somos amigos, nada mais do que isso. Ele vive brincando e fazendo comentários, mas imaginei que isso fosse parte da personalidade dele.

Como já falei, só me apaixonei uma vez por um homem na vida, não sei como me portar quando percebo o interesse de outros caras. E assim que o Aaron me deixou eu não tive tempo para namorar, fui direto procurar quem poderia ser sua próxima vítima. Fui direto te procurar, Emily!

Liam fez uma pausa no discurso e percebeu que Emily baixava os olhos, parecendo envergonhada.

— Estou tentando consertar qualquer engano que possa ter cometido com Darren. Ele sabe que não tenho interesse nele, então não entendo por que você insiste nisso. E tem mais: eu não fui até o seu quarto porque estava querendo vingança do Aaron. Sim, adorei perceber que ele foi obrigado a sentir a nossa energia quando fizemos amor, mas fui até lá por saber que você devia estar abalada. Eu sei como esse idiota pode acabar com qualquer possibilidade de futuro, me vi assim quando terminamos, desejei até morrer. Mas hoje estou tentando fazer como a Larissa disse, e agradecer ao desgraçado, pois, se não fosse por ele, eu não teria te conhecido. Se não fosse por ele, não teria descoberto o que eu sinto só de te olhar.

Emily ficou muda.

Uma lágrima solitária escorreu por sua face enquanto o ambiente ao redor se tornava alaranjado. Aquele era o momento sagrado em que o sol se despedia e trazia a lua para abençoá-los.

Tudo parecia brilhar mais naquele tom crepuscular.

Liam levantou-se e caminhou até a garota apoiada na árvore. Ela o olhava assustada e ao mesmo tempo envolvida. O rapaz sabia que suas palavras haviam feito sentido e precisava finalizar de uma forma que não deixasse dúvidas de seu carinho.

— No meio de toda a turbulência da vida, eu te encontrei. E, se for preciso, viverei no caos só para poder ter você ao meu lado.

Ele não precisava dizer mais nada.

No momento em que o alaranjado desapareceu e o breu tomou conta das árvores, os lábios carnudos dela se encontraram com os dele em um beijo ansiado.

Uma explosão de energia voltou a dominá-los, fazendo o pulsar da natureza ao redor falar mais alto. Os sons das águas, dos animais, do balançar das folhas. Eles se beijaram como se precisassem daquela troca de energia para sobreviver, e quando abriram os olhos tiveram a confirmação: havia fadas naquele local.

Vagalumes iluminavam todo o espaço ao redor, tornando a cena muito mais feérica do que podiam imaginar. Sem dúvida eram um sinal de que o jogo mudava.

Depois de ferir o coração de ambos, Aaron unira aquelas duas almas e aqueles dois poderes. O elo mágico de Liam e Emily parecia cada vez mais forte do que o inimigo deles um dia poderia imaginar. Eles se entregavam àquele novo sentimento e se fortaleciam.

Juntos talvez tivessem forças o suficiente para descobrir o local secreto de Aaron e quem sabe resgatar aquele aglomerado de poderes.

Era hora de descobrir o que José Murillo Bonaventura sabia sobre os Leprechauns.

Depois, aprenderiam a reza utilizada por Bárbara. Iriam precisar dela para chegar ao objetivo final.

Pararam diante de um belo prédio localizado na região da Lagoa Rodrigo de Freitas, onde Larissa disse ser sua residência.

Enquanto subiam de elevador, Larissa comentou que, desde que Bárbara tomara o controle da empresa e saíra da casa deles, o pai não visitara mais seu antigo lugar de trabalho. Quando ele não estava em eventos sociais, se enfurnava no apartamento, resmungando sobre os dias de glória, de onde podia observar o Corcovado pela janela do home office.

— Ele diz se sentir um inválido porque a filha está no comando enquanto ele ainda está vivo — comentou um minuto antes de as portas se abrirem e os três entrarem. — Acho meio patético esse pensamento, mas o que eu posso fazer? Já nem me meto mais na vida desses dois. Só concordei em falar com ele porque acabei gostando de vocês dois.

A residência era enorme, ocupando todo um andar. Apesar de os Bonaventura serem conhecidos por não pouparem seu dinheiro e estarem sem sua sorte há um tempo, o padrão de vida não parecia haver mudado muito, e eles não davam a impressão de sofrerem tanto com os cortes financeiros. A filha mais velha devia ser bem generosa.

Por que o Aaron não foi simplesmente assim comigo? Ele precisava mesmo me tirar tudo?

Ao fundo, uma melodia de Bach tomava conta do ambiente.

— Pelo visto meu pai deve estar tocando piano para a nova namoradinha. Acho que o nome dessa é Mariana — sussurrou a garota, indicando para seguirem pela sala ao lado. — Fiquem tranquilos que ele vai expulsá-la rapidinho. Ele nunca deixa suas recreações ouvirem sobre o tipo de coisa que vamos conversar.

Os dois a acompanharam, admirando o local conforme atravessavam os cômodos. Dava para notar o bom gosto dos Bonaventura em termos de arte e arquitetura pela quantidade de peças e inovação nos ambientes. Quando se aproximaram da sala de música, perceberam um belíssimo piano de cauda branco destacando-se na sala de paredes escuras e com vista para a Lagoa.

— Vejo que gostaram do meu lindo Yamaha — comentou José Murillo ao notar os dois estrangeiros adentrando o local. — Este piano é herança de família. Meu avô mandou importar da casa de um grande pianista americano, e se não me engano é o único desse modelo no Brasil.

Pela forma pomposa com que falava, Emily percebeu o orgulho do homem ao ostentar suas posses. Estava acostumada com esse tipo de comportamento em seu meio social e sempre o achara entediante. Ao entrar no recinto e ver a peça, ela reconhecera de imediato o piano. Se não estava enganada, o pai de Fiona tinha um modelo parecido com o dos Bonaventura.

— Muito bonito! Ficou ainda mais impressionante da forma como foi posicionado aqui no ambiente, dando destaque à peça e transformando a paisagem natural em uma moldura. E devo dizer que o senhor toca divinamente — elogiou Emily aproximando-se do homem.

Diante dele, havia uma loira poderosa sentada em um pufe de couro negro, o vestido vermelho se derramava sobre o material. Ela parecia ter saído de um anúncio de perfume, e Emily entendia perfeitamente o rancor de Larissa ao falar da moça. As duas não deviam ter quase nenhuma diferença de idade. A irlandesa não conseguia imaginar o seu falecido pai namorando alguém jovem como ela. Aquilo lhe dava ânsias, e imaginava que em Larissa também.

— O Senhor está lá no céu, querida — brincou o homem, corado pela referência à sua idade, levantando-se e beijando de forma sensual a sua mão.

Ótimo! Outro velho babão! Estou conquistando a terceira idade.

Dava para notar pelo botox em seu rosto e pelo cabelo completamente tingido que idade era algo que o incomodava.

— Tem razão, José Murillo! É muito jovem para ser chamado de senhor. Muito obrigada por nos receber — corrigiu-se, tentando ganhar a afeição dele.

Emily estava sendo fuzilada pelo olhar de Mariana, a namorada, enquanto, por sua vez, Larissa fuzilava a mulher, esperando que percebesse sozinha que não era mais bem-vinda no apartamento.

Aquilo nunca aconteceria.

— Meu amorzinho, por que não vai até o shopping com o motorista comprar um vestido para jantarmos mais tarde? — sugeriu o homem em português para a jovem escultural, estendendo um cartão de crédito American Express para ela. Tudo o que Emily e Liam entenderam da conversa foi aquele gesto.

Emily notou com um olhar crítico o sorriso se abrir no rosto da loira, que nunca teria dormido com aquele homem se não fosse por dinheiro. Mas depois se lembrou dos diversos homens com quem dormira, por que havia dormido com eles, e sentiu-se envergonhada.

Em seguida, a namorada de José Murillo os deixou a sós, e puderam finalmente conversar. Liam e Emily não se aguentavam de curiosidade. Precisavam se certificar de que não haviam apenas perdido tempo no Brasil.

— Sentem-se aqui — disse Larissa levando-os para um espaço melhor, com vários sofás — Nossa empregada está preparando bebidas e aperitivos. Logo o mordomo vai trazê-los.

Cartão para compras da namorada, empregada doméstica à disposição e mordomo para servi-los: acho que Bárbara estava certa em tomar o controle. Se é assim com tudo controlado, imagine quando não era.

— Estava muito ansioso para conhecê-los — iniciou José Murillo ao sentar-se em um dos sofás, aproveitando para acender seu charuto cubano. — Não é todo dia que Leprechauns entram por nossas portas. Fiquei surpreso quando Larissa comentou sobre vocês e mais ainda de ver a minha caçulinha falando comigo depois de três meses sem me cumprimentar. Eu de início imaginei que deviam estar à procura da minha filha mais velha, só que minha querida Larissa já me inteirou sobre a jornada que estão percorrendo e me convenceu de que são boas pessoas.

Liam não parecia muito feliz com o discurso do homem, e muito menos com a fumaça do charuto naquele ambiente fechado. José estava sendo político demais para seu gosto. O rapaz não dissera uma palavra desde o momento em que entraram, o que não ajudava na comunicação e investigação.

— Agradecemos por ter nos dado essa chance — começou Emily, tentando seguir o combinado entre os dois. — Como Larissa deve ter comentado, este ano perdi a minha família para um Leprechaun impostor que também roubou meu toque de ouro. Ele já havia roubado o toque de Liam antes do meu.

Com a menção do nome, José Murillo passou a observar o rapaz.

— E esse Liam não fala inglês para nos dar a graça de sua voz?

A vermelhidão subiu pelo pescoço do rapaz, mas, sem querer atrapalhar os objetivos daquela reunião, resolveu tentar ser mais amigável e participar da conversa.

— Na verdade, eu sou britânico, senhor Bonaventura! Então inglês é praticamente o meu sobrenome. Estava apenas esperando a Emily falar um pouco sobre a nossa vinda. Como ela estava dizendo, tivemos esse homem em comum que roubou nossos poderes, e desde então foram poucos os momentos em que sentimos resquícios de sorte para tentar combatê-lo.

— Vocês só sentem quando estão juntos, e principalmente em momentos de intimidade — afirmou José Murillo abertamente, sem nenhum rodeio para revelar que sabia como tudo aquilo funcionava.

— Isso mesmo — confessou Emily, e Liam a encarou ao vê-la expor a intimidade deles. — E, como estamos sem nenhuma pista para localizar esse homem, achamos melhor procurar por alguém mais experiente para nos guiar em nossos próximos passos.

— Nos próximos passos da busca por esse impostor? — perguntou calmamente o empresário.

Emily sabia como aquilo soava, contudo, não se importava mais. Seu objetivo era vingança, e as pessoas teriam de entender.

— Exato! Queremos recuperar nossa força de volta e acabar com as chances dele de praticar qualquer novo tipo de crime. Um homem como Aaron não merece o dom que recebeu.

Liam teve medo de que José Murillo interpretasse as coisas da maneira errada. Não queria que o empresário se ofendesse com as palavras de Emily.

— E esse Aaron já feriu mais alguém além dos pombinhos?

Nenhum dos dois gostou de se ver definido como um casal. Não queriam escancarar a relação deles para as pessoas, até porque cerca de duas horas atrás nem tinham nada definido na questão amorosa. Na verdade, o processo de definição apenas se iniciava.

Ignorando a referência feita, Emily limitou-se a falar:

— Só temos confirmação de um caso, acontecido depois do roubo do meu poder. Uma francesa que aceitou dar o seu toque de ouro por livre e espontânea vontade.

José Murillo levantou uma sobrancelha, curioso.

— E como algo assim ocorreu?

Liam tomou a palavra para responder. Sabia o quanto aquela história machucava Emily e não queria fazê-la falar sobre o assunto mais do que o necessário.

— Essa francesa queria mais liberdade para comandar a própria fortuna, mas para isso precisava estar casada. Então ela trocou o seu poder por um casamento com Aaron.

José Murillo ficou pensativo, observando os círculos de fumaça do seu charuto desaparecerem no ar.

— Tantas formas de conseguir um casamento, e essa burra gasta um raríssimo poder só por isso — refletiu o homem, e os convidados concordaram com a cabeça. — Mas, pelo que vocês estão dizendo, imagino que existam outros casos ligados a esse rapaz. Mais vítimas feitas por ele. Ou por quem quer que o tenha instruído nessa cruzada.

Aquilo chamou a atenção de Emily.

— Não imagino que alguém o tenha instruído. Pelo que o Aaron me contou, antes de me encontrar ele só conheceu brevemente um Leprechaun, que foi quem lhe revelou seu legado. Depois, ele conheceu o Liam.

O homem sorriu com deboche para ela e se virou para a filha, que apenas observava a conversa meio entediada.

— Tão ingênuos! Tão perdidos ainda em nosso mundo de crueldade e injustiça.

Emily não compreendia o sarcasmo do brasileiro.

— Não acredita em mim?

Mas não foi José Murillo quem lhe respondeu, e sim Liam.

— Não podemos confiar em nada dito por Aaron. Para você, ele disse que eu era o grande impostor, lembra? E o nome dele provavelmente nem é esse, já que para a francesa era Allan. O José Murillo tem razão. Ainda estamos sendo ingênuos. Alguém pode ter lhe ensinado a fazer isso. Um Leprechaun com experiência em tomar o poder de outras pessoas. Talvez estejam até planejando juntos alguma empreitada maior.

Então ela percebeu...

Pelo que sabia, tudo o que Aaron lhe dissera era mentira. E ela continuava a acreditar em algumas delas.

24

José Murillo pareceu gostar mais de Liam após os argumentos do britânico. Até Larissa começou a prestar mais atenção na conversa deles.

— Sei que é difícil para mentes inocentes, que só veem unicórnios povoando o mundo, perceberem as crueldades que um Leprechaun pode fazer com outro. Mas vejam bem, desde sempre os humanos cometem o mesmo erro, e aqui estamos nós. Minha própria filha foi capaz de tirar um pedaço da minha alma. Da alma que deu a ela a oportunidade de não ser uma mera mortal. E olhem só como ela me retribuiu. Com a completa solidão em minha masmorra.

O drama feito pelo homem não parecia justificado. Ele não estava nem um pouco sozinho, e o apartamento onde morava estava longe de ser uma masmorra, porém, os dois conseguiam compreender um pouco de sua angústia.

— Pois bem, José Murillo! Essa é a nossa história. Revelamos o nosso objetivo. Existe algo que possa fazer por nós? Alguma coisa que possa nos ensinar? Não tivemos nenhuma instrução sobre o que é ser um Leprechaun. Tudo o que aprendemos foi com o próprio impostor e pelo pouco que encontramos na internet. Viemos ao Brasil em busca de uma luz.

José Murillo se levantou, ainda fumando o seu charuto e observando os dois forasteiros em sua sala. Ele não sabia até que ponto a história dos dois era verdadeira, nem se tinham algum golpe escondido embaixo das mangas, porém seu instinto dizia que deveria confiar neles, e sabia a forma mais fácil de ajudá-los e também de se ajudar.

— Larissa, minha preciosidade! Acredito que seja hora de apresentá-los ao nosso querido Amit.

A garota arregalou os olhos com a declaração, encarando o pai com desespero e deixando os outros dois preocupados.

— Pai, você tem certeza? Não acha melhor conversarmos? Não achei que falaria sobre isso com eles. Pensei que fosse só dar umas dicas.

Liam franziu a testa e cruzou os braços, chateado pelo conteúdo da conversa entre pai e filha. Não sabia quem ou o que era Amit. Também não gostava de ver que Larissa se achava no direito de regular o que eles podiam ou não saber. De repente, tudo começava a se tornar suspeito.

— Minha filha, Amit é a pessoa perfeita para ajudá-los. Esse é o departamento dele. Sem contar que está na hora desses dois serem reconhecidos. Ainda mais pelo histórico que acabaram de me contar. Imagine como ele ficará feliz conosco. Talvez até ajude no caso que abri contra a sua irmã.

O britânico virou na mesma hora para Emily. A garota também estava claramente assustada com a conversa. José Murillo parecia ignorar a presença deles, pois falava tudo aquilo com naturalidade.

Haviam entendido que Amit era uma pessoa e que ele trabalhava para alguma espécie de departamento, mas não tinham intenção alguma de serem moeda de troca para a família Bonaventura em algo que não compreendiam. Com o qual talvez pudessem não concordar. A palavra "reconhecidos" havia ligado um alerta na cabeça dos dois, e, com uma troca de olhares, concordaram que precisavam arrumar um jeito de fugir daquele apartamento.

Como o próprio brasileiro havia comentado, eles eram muito ingênuos, e mais uma vez pareciam ter caído em uma cilada. E talvez em uma ainda pior, porque, por aquela conversa, Amit poderia ser algum assassino de aluguel.

Fomos muito idiotas, pensou Emily procurando ao redor por objetos que pudessem usar como armas.

— Mas será que não é melhor os apresentarmos para Margareth? Gosto mais dela! É mais tranquila.

Tranquila. O que isso quer dizer? Será que com ela a morte é menos dolorosa?

O homem continuava a caminhar pela sala. Para a infelicidade dos dois, ele não seguia um padrão de que pudessem se aproveitar para escapar quando José Murillo se distanciasse.

Larissa percebeu o desespero na face dos dois, mas, quando se virou para alertar o pai, Liam já pegara o castiçal ao seu lado.

Os Bonaventura não entendiam a atitude do rapaz, que pulara de repente em posição de ataque, com a base do objeto levantada, pronta para ser utilizada. Emily aproveitou o movimento e agarrou o vaso ao seu lado, montando a guarda aprendida nas semanas de treinamento.

— Posso saber que palhaçada é essa na minha casa? – perguntou o patriarca, irritado com a atitude dos dois visitantes.

Ouvindo a voz alterada do patrão, o mordomo percebeu que uma confusão se iniciava e foi ao socorro dele.

— Você! – exclamou Liam em direção ao mordomo. – Fique onde está! Não queremos ter que partir para a violência.

Larissa parecia prestes a rir, algo que não combinava com a situação.

— Vocês fumaram alguma coisa na floresta quando eu saí? – perguntou a garota. – Que maluquice é essa de usar a nossa decoração caríssima contra a gente?

Emily hesitou um pouco ao ouvi-la, porém, Liam não prestou atenção em uma palavra. Desde que eles começaram a ficar esquisitos, o britânico se preparara para o ataque.

— Vocês devem ter deixado a sorte queimar os seus neurônios para discutirem o plano de nos aniquilar tão abertamente assim – pronunciou Liam empunhando ainda mais alto o castiçal em direção a José Murillo.

O homem via raiva nos olhos do rapaz e começava a entender o mal-entendido.

— Calma, meu amigo! Você não entendeu. Não queremos machucá-los. Só queremos apresentá-los para pessoas que podem ajudar.

Emily gostaria de acreditar nas palavras do brasileiro, mas sentia medo. Se não atacassem naquele momento, poderiam perder a oportunidade de fugir.

— Liam, vamos embora! – disse Emily, começando a dar pequenos passos para o lado, ainda em posição de luta, com o vaso preparado para ser arremessado a qualquer segundo.

— Amiga, por que estão estressados? – voltou a perguntar Larissa olhando para os dois sem entender nada. – Nós só estamos tentando ajudar. Se quiserem ir embora, tudo bem, mas não sei por que estão agindo assim. Fiz tudo o que pediram.

— Você é irlandesa, mas veio procurar no nosso país informações sobre a principal lenda do seu – argumentou José Murillo. – Se não estivesse seguindo sua intuição, como acha que chegaria até aqui?

Naquele ponto ele tinha razão. Ainda não compreendia totalmente por que viajara até a América Latina. Tudo era uma grande incógnita, mas não podia negar que a conversa deles havia sido muito estranha.

— Quem são Amit e Margareth? Por que eles podem nos ajudar? — questionou Emily sem voltar ao seu lugar.

Liam continuava em posição para o caso de a resposta não os agradar.

— Ok! Eu vou explicar. Que estrangeiros exagerados esses que você foi me arrumar, hein, Larissa? — começou a dizer o homem, e sentou-se, esperando que assim os convidados voltassem ao clima de paz. — Vocês me pediram ajuda, e eu quero ajudar. A moeda de troca que mencionei e deve tê-los assustado é que as pessoas que podem realmente colaborar com o caso de vocês não andam exatamente felizes comigo.

— E por que não? — interrompeu Liam, preocupado.

O homem mais uma vez riu deles.

— Eu sou um milionário acostumado com festas, viagens e mulheres bonitas. Minha preocupação sempre foi com a minha empresa, para que ela pudesse continuar me mantendo nesse padrão de vida maravilhoso. Eu adorava ser um Leprechaun completo. Ninguém conseguia dizer não para mim enquanto eu reinava em meu poder. Mas, agora que ele foi roubado, tenho perdido status. Cada dia mais. Acontece que essas pessoas sabem da minha situação e da atitude da minha filha, porém resolveram não se envolver, e é obrigação delas lidar com isso.

Emily bufou, ainda sem entender por completo do que ele estava falando.

— José Murillo, por favor, diga logo quem são essas pessoas ou nos deixe ir embora, pois estou cansada de ouvir que sua vida é trágica. Meus pais foram assassinados para que alguém pudesse tomar o poder deles. Você continua tocando o seu Yamaha, bebendo vinhos importados, mesmo depois de ter perdido o seu poder. Não sinto nenhuma empatia pelo seu drama.

O discurso fez com que o homem sempre sarcástico ficasse sério e compenetrado. Estava na hora deles entenderem tudo.

— Amit e Margareth são chefes de departamento de uma organização que vocês precisam conhecer. Hoje saberão sobre a Trindade Leprechaun.

Ao som daquele nome, os pelos dos braços de Liam e Emily se arrepiaram, e um pulsar foi sentido por todos. Foi quase como se um desfibrilador tivesse sido posto no peitoral dos quatro seres mágicos presentes na sala. O mordomo continuava por perto, ainda olhando para os patrões, desesperado, sem saber como ajudar.

— Fiquem tranquilos: os criados aqui de casa não sabem falar inglês. É uma exigência nossa, por conta dos assuntos tratados aqui — disse Larissa ao se recuperar, percebendo que Emily agora encarava o homem com medo da reação dele ao ouvir tantas vezes as palavras "poder" e "Leprechaun".

— Eu não tenho mais como ficar tranquila com nada — argumentou a ruiva olhando para a brasileira e com vontade de chorar, mas se segurando. — O que faz essa Trindade Leprechaun?

Foi a vez de Larissa se sentar e acompanhar o pai na explicação. Não se importavam mais de os visitantes estarem armados rusticamente e prontos para o ataque. Começavam a achar a atitude deles apenas idiota.

— Nós costumamos chamá-la de TL para não atrair tanta atenção — começou a explicar José Murillo. — Ela existe há centenas de anos, desde o primeiro grupo de Leprechauns que começaram a se conectar. Quando nossa raça percebeu que havia um padrão nessas ligações, a nossa história se iniciou, e eles precisavam preservá-la. Para que isso fosse organizado, criaram departamentos e nomearam pessoas responsáveis por eles. Amit Chakrabarti é um Leprechaun indiano e hoje chefia a comissão perseguidora.

— E o que isso quer dizer? – interrompeu Emily, baixando a guarda, mas ainda não se acomodando.

— Significa que ele é responsável por catalogar e acompanhar os casos de pessoas que tiveram poderes roubados. Ele tem um grupo de Leprechauns que procuram o impostor criminoso. O Amit é quase como se fosse a polícia de nossa raça. Ele é o grande chefão quando pensamos em tudo o que a TL faz.

Larissa bufou, revirando os olhos para o pai.

— Viu só? Amit é um babaca! Ele só está interessado em correr atrás dos impostores, e não em explicar sobre o legado. Sem contar que, na hora de fazer a *nossa* impostora pagar, ele não deu a mínima.

Confuso, Liam resolveu se sentar, mas ainda mantinha o castiçal em mãos.

— Mas, se esse Amit é tão durão como estão falando, por que ele não puniu a sua filha mais velha? – questionou o rapaz.

Foi a vez de José Murillo bufar e acender outro charuto. Não sem antes fazer os convidados novamente ficarem aflitos, seguindo cada movimento dele.

— A questão é que sempre dei um pouco de problema para a TL. Eles gostam de manter um *low profile*, sabe? Odeiam quando os Leprechauns começam a chamar muita atenção para si. Tiveram uma crise grande quando a internet e as redes sociais ganharam espaço, pois evidências de pessoas como nós começaram a crescer. E a Margareth Griffin, chefe da comissão central, andou se estressando um pouco com as minhas aparições e discursos. Ela realmente sabe muito sobre a nossa história, mas estou cansado de levar bronca daquela senhora.

Larissa riu com o comentário.

— Ela é britânica como você, Liam! Fico surpresa por ela nunca tê-lo procurado. A Margareth é uma fofa, ao contrário do que meu pai diz, e sabe tudo sobre a nossa história. Coordena o que cada família contribui dentro da organização e no mundo, cada área em que os Leprechauns atuam. Acredito que ela possa dar uma luz para vocês. Talvez até saiba informações da sua linhagem.

— E tem também o Lachlan Johnson. Ele é australiano e cuida da comissão reguladora. Na verdade, é o responsável pelos infortúnios de vocês, pois ele já deveria ter cadastrado as suas famílias nos sistemas.

Liam e Emily estavam assustados. Eram muitas informações para absorver. Aquilo parecia louco demais, no entanto, inventar tudo naquele momento demandaria uma criatividade que não achavam que os dois possuíssem.

Será mesmo possível que exista uma organização de Leprechauns? Uma sociedade secreta capaz de controlar o toque de ouro presente no mundo humano?

— Como vamos saber se não estão mentindo e que isso é uma armadilha? – perguntou Emily, fuzilando os dois com os olhos.

Tanto o pai quanto a filha riram. Para eles, toda aquela confusão era um divertido teatro. Era um pouco ofensivo ver seus convidados os ameaçarem daquela forma, mas compreendiam a excentricidade dos dois. E de fato tinham falado de uma maneira que poderia levar a uma péssima interpretação.

— Foram vocês que nos procuraram! Não precisamos de vocês! Se ainda tivessem os seus toques de ouro, teriam mais motivos para ficarem desesperados como estão, mas agora eu não entendo todo esse medinho. Como podem ver, dinheiro não nos falta. Bárbara tem nos provido. Amit só não a condenou por ter percebido isso. Ele diz que ela não fez nada com má intenção, e que no fim foi bom para a organização. Diz ele que foi melhor para a nossa família também, mas eu discordo.

— Em resumo, é assim que podemos ajudar. Realmente, apresentá-los para a TL nos trará a moral de que estamos precisando. Depois que fomos privados de nossa sorte, até das reuniões anuais nos cortaram. Eu adorava ir para Davos na época do Fórum Econômico. Eles davam as melhores festas. Lá conhecia altos Leprechauns gatinhos e, como vocês bem devem saber, o sexo entre a nossa raça é maravilhoso.

Emily corou com o comentário. Liam ficou chocado de ver a garota falar aquilo na frente do pai, mas José Murillo não parecia constrangido.

— Ela tem razão. Se ainda não experimentaram, aproveitem. Mas algo me diz que o impostor de vocês já andou mostrando esse tipo de informação.

Aquilo fez Emily relembrar de como se sentia quando Aaron percorria o dedo por sua coluna, fazendo-a derreter loucamente, ou quando faziam amor como se estivessem buscando por estrelas. Havia uma corrente elétrica que os conectava, e aquilo era diferente de qualquer sexo que experimentara antes. Larissa tinha razão ao dizer que o relacionamento entre um Leprechaun e um mortal não era a mesma coisa. Pensava se era por isso que nunca se satisfazia com os rapazes e garotas com quem dormia, buscando sempre por mais e mais.

Mas então se lembrou do amanhecer com Liam, e de como tudo fora ainda mais intenso, mais apaixonado, mágico, a ponto de ser transmitido para o próprio Aaron a possivelmente milhares de quilômetros de distância.

Olhou para Liam e viu que ele estava pensando a mesma coisa. Os dois sabiam que a conexão entre eles era indescritível. Emily se perguntou por um instante se ele também recordava a ligação que tivera com Aaron no passado. Pensar naquilo ainda era difícil para ela.

Será que essa organização realmente existe e pode nos ajudar?

Emily começava a acreditar que sim.

25

Liam e Emily resolveram tirar o final do dia para pensar em tudo que havia sido dito naquele encontro. José Murillo e Larissa não se opuseram. A brasileira até chegou a perguntar se eles queriam ir a uma festa mais para o começo da madrugada, porém os dois não tinham mais energia.

A ida à Floresta da Tijuca, o confronto dos sentimentos deles e depois a revelação de que havia uma sociedade secreta destinada a preservar o anonimato dos Leprechauns eram muitas informações para considerar. E nada daquilo incluía necessariamente as questões com Aaron. Não sabiam qual decisão tomar e muito menos se levariam a atração que sentiam um pelo outro para frente. Havia horas que se olhavam como se o destino falasse que deveriam ficar juntos, mas em outros momentos pareciam completos estranhos.

Nunca vou me acostumar com Liam ao meu lado, pensou Emily, observando a cidade iluminada pela gigante lua prateada.

Passaram o caminho todo até o hotel sem se falar. Cogitavam se realmente deveriam ir conhecer aquelas pessoas que diziam organizar a raça deles. Na verdade, sabiam que não tinham mais nada a perder. Haviam deixado as vidas passadas para trás e não conseguiriam voltar a ser os jovens milionários e despreocupados de antes. Além disso, não podiam garantir que, sem ajuda, teriam novamente um resquício de sorte, e tudo poderia ir por água abaixo.

Talvez nunca encontrassem Aaron ou descobrissem sobre o que são capazes de fazer.

Chegando ao hotel, receberam a informação de que deviam procurar Darren em seu quarto. O recepcionista não parecia muito animado ao dar o recado, e Emily ficou preocupada. Seu celular estivera ligado o dia inteiro, e não entendia por que o amigo não tinha apenas lhe telefonado ou mandado uma mensagem. Se precisava falar com ela, sabia como contatá-la. E também como contatar Liam.

— Não fale nada sobre a gente – disse Emily, aflita, para o britânico, dentro do elevador, finalmente quebrando o silêncio.

Liam não gostou nada de ouvir isso e fechou na mesma hora a expressão.

— Ok! Não há mesmo nada para falar.

A resposta ríspida pegou-a despreparada. Percebia que seu pedido soara como uma grosseria, mas eram tantos problemas e dilemas que não chegou a pensar antes de falar. Odiava ter de mentir para Darren.

— Só por enquanto – completou a jovem, levantando o olhar para encontrar o dele.

Liam segurou a troca por alguns segundos sem mudar a expressão, porém, quando o elevador se abriu, Emily pôde notar o pequeno sorriso que se formava em seus lábios.

Como fomos gostar tanto um do outro?, pensou enquanto caminhava até o quarto do amigo, culpando-se porque havia algumas horas beijara o homem que ele tanto queria.

Para a sua surpresa, um som alto saía do quarto de Darren, e ela revirou os olhos ao perceber que ele novamente devia ter chegado ao hotel alterado.

— Todo esse barulho está vindo do quarto dele? — questionou Liam, preocupado.

Darren sabia ser bem maluco, mas o britânico sempre o vira como um rapaz bom e preocupado com o bem-estar de sua amiga, que era quase como uma irmã. Sentia que a pressão e as responsabilidades na busca por Aaron começavam a sobrecarregá-lo. Não era normal encontrá-lo causando problemas.

— Infelizmente, sim! Parece que o novo hobby dele é perturbar os vizinhos. Quando ele chegou da festa estava assim também, mas eu tinha entendido que ele sairia para fazer passeios esta tarde. Não sei por que está tocando esse som todo. Achei que iria apenas fazer as unhas e voltar para cá para descansar.

Já diante da porta, viram uma senhora sair do quarto da frente com expressão de poucos amigos. Ela suspirou observando os dois, provavelmente achando que eram mais dois delinquentes para a festa, e seguiu seu caminho em direção ao elevador.

— Melhor acabarmos com essa festinha particular antes que seja tarde e o hotel comece a se irritar — sugeriu Liam batendo na porta algumas vezes para chamar Darren.

Para maior surpresa dos dois, escutaram outras vozes saindo do cômodo, então um rapaz abriu a porta apenas de cueca vermelha, convidando-os para entrar sem nem se apresentar.

— Mas que merda é essa? — perguntou Emily para si mesma em voz alta, não acreditando no que via.

O quarto estava de cabeça para baixo. Havia pelo menos vinte pessoas no cômodo, algumas vestidas, outras, nem tanto. Liam e Emily tinham frequentado muitas festas em quartos de hotéis, e a maioria alcançava níveis definitivamente piores do que aquele, mas novamente não compreendiam a atitude do rapaz. Muito menos o fato de ele ter deixado recado para que o procurassem quando eles subissem. Darren sabia que a amiga não estava mais naquele clima, e Liam seguia a mesma tendência.

Naquele dia, os dois haviam saído para visitar uma floresta sagrada. Era de se esperar que o amigo não quisesse quebrar a energia positiva que supostamente deviam estar sentindo.

— Vou procurá-lo no quarto — avisou Liam, tentando se esquivar das pessoas que conversavam na sala.

Todos continuavam a conversar, beber e dançar, quase indiferentes à presença deles. Eram apenas um casal muito bonito que decidira se juntar ao grupo. Atraíram olhares, porém ninguém se aproximava.

Emily concordou com a cabeça e deixou o britânico seguir em frente enquanto observava as pessoas ao seu redor. Por mais que estivesse agindo mal com Darren, ele ainda não tinha ideia de seu relacionamento com Liam. Por que ele iria querer atrapalhar seus planos daquele jeito? Ou até feri-la? Vê-lo festejando, curtindo a vida e bebendo só fazia com que ela se lembrasse de tudo o que Aaron lhe tirara. Darren sabia disso.

Ao fundo, Emily viu Tatiana sentada no colo do rapaz que abrira a porta de cueca. Pela forma como gesticulava e falava alto em português, ela parecia ter bebido bastante.

Como Liam não voltava, resolveu perguntar para ela o paradeiro do amigo. Queria encontrá-lo logo para terminarem com aquela festa. Emily sentia que precisava dormir antes de realmente decidir se iria se apresentar para a organização que controlava os Leprechauns.

Afinal, aquilo tudo parecia muito arriscado.

— Oi! Tatiana, né? Sabe onde está o Darren?

Demorou um pouco para a garota entender que Emily era a amiga de Darren que ela conhecera na noite anterior. Ela estava distraída demais com os amassos do rapaz de cueca vermelha e a música alta.

— Festa incrível, não é? Darren já dançou até música irlandesa aqui pra gente! Viu as nossas unhas, que arraso que ficaram?

Tatiana gesticulava os dedos perto do rosto de Emily para mostrar as unhas bem-feitas pintadas de verde, provavelmente em homenagem ao novo amigo.

— Preciso encontrar o meu amigo! Onde ele está? — cortou Emily. Não queria ser grossa, mas sentia que não conseguiria tirar muitas informações da outra garota.

A jovem hesitou ao notar a expressão emburrada da ruiva e apontou para a porta fechada do banheiro.

No mesmo instante, Liam voltava do quarto, inquieto, parecendo não ter encontrado Darren.

— Acho que ele não está aqui no quarto. Parece que deixou essas pessoas aqui e foi para outro lugar – concluiu.

Emily não se convenceu. Sabia que o amigo poderia ter ido para o quarto dela e até estar apagado em sua cama por conta da bebida, mas algo lhe dizia que a indicação da garota estava certa. Darren devia estar preso dentro do banheiro.

Temeu pela sua saúde.

— Venha aqui comigo – indicou, seguindo para a porta fechada.

Bateu uma vez, esperando por alguma resposta. Depois, bateu a segunda vez para garantir que mantivera a educação. Na terceira vez, Emily fez questão de mexer no trinco para tentar abrir a porta. As lembranças do episódio com o barbicha invadiam sua mente, e torcia para que o amigo não estivesse em apuros.

Para a surpresa deles, ele não estava.

Na verdade, talvez até estivesse, mas, da forma como viram a situação, não parecia que Darren não a estava aproveitando.

Ele estava se agarrando com um rapaz malhado e, no momento, os dois estavam completamente nus.

— Não acredito! Fecha essa porta, Emily! — exclamou Liam, parecendo atordoado.

Em seguida, ele saiu como um furacão da festa, batendo a porta do quarto ao deixar o local, sem esperar por Emily.

Ela sentia-se dividida sobre o que deveria fazer. Sabia que Liam precisava de alguém, mas, ao mesmo tempo, temia pelo bem-estar do melhor amigo. Se ele estava fazendo sexo em uma festa, no banheiro e sem trancar a porta, certamente não estava em seu melhor julgamento.

Ninguém mais na festa parecia ter percebido o mal-estar. Todos continuavam a beber e a curtir o som alto.

Como Darren apesar de tudo não saía do banheiro, a garota decidiu tomar uma atitude. Zangada, caminhou até o celular conectado à caixa de som e o desligou, sem se importar com os protestos.

— Quem cortou o nosso barato? — perguntou Tatiana em português para a festa, percebendo um instante depois que a irlandesa estava com o celular na mão. — Ah, ruiva! Coloca a música de volta! Deixa de ser chata! — gritou para Emily, trocando o idioma para o inglês.

— Todo mundo para fora! Agora! — respondeu ela, lançando seu olhar raivoso para quem fingisse não a ouvir.

Uma vaia coletiva tomou conta do ambiente, e ela não conseguiu evitar de se sentir mal por estar bancando a carrasca. Nunca pensara que algum dia seria a pessoa a acabar com uma festa, mas era inevitável.

Darren estava agindo como um completo irresponsável, e precisava tomar conta do amigo como ele já fizera tantas vezes por ela. Depois se preocuparia em entender por que Liam saíra de forma tão violenta. Claro que encontrar Darren no meio de um ato sexual era constrangedor, mas a cena para o britânico deveria ser até mais corriqueira do que era para ela. Emily se questionava se Liam havia sido completamente sincero com ela sobre sua relação com Darren. Se aquela tivesse sido uma reação de ciúmes, o coração dela seria outra vez partido antes mesmo de ser completamente restaurado.

— Credo! Bem que o Darren disse que você consegue ser insuportável — comentou Tatiana, sendo arrastada por dois jovens para fora do quarto.

Como assim ele disse isso?, pensou Emily, tentando não demonstrar à garota que ficara chateada com o suposto comentário. *Será que o Darren anda falando mal de mim?*

Com certa dificuldade, conseguiu tirar todas as pessoas de dentro do quarto, restando apenas o inconveniente de que Darren ainda não havia saído do banheiro.

Será que ele está com vergonha ou aconteceu alguma coisa grave?

Não queria abrir novamente a porta. Ao mesmo tempo, não tirava da cabeça a forma como Liam deixara o quarto. Preocupava-se com ele. Na dúvida e sem paciência, começou a esmurrar a porta.

— Darren, é Emily! A festa acabou! Saia agora do banheiro, eu preciso falar com você! É sério!

A porta continuava fechada. Ela começou a se irritar mais ainda.

— Qual o seu problema, Darren? Não estou nem aí se esse cara vai sair pelado aqui, mas preciso saber se você está bem!

Mais alguns segundos se passaram. Então ela ouviu...

Um gemido.

Alto.

Percebeu que o garoto com quem Darren estava tinha chegado ao ápice, e ele não se preocupava nem um pouco em ser discreto.

Aquilo foi a gota d'água para ela.

— Eu estou aqui preocupada, e você ainda está fazendo isso? Ficou louco, Darren? Você nunca foi assim! Que baixaria é essa?

Emily espumava de raiva, tremendo sem conseguir se controlar. A sua vontade era sair daquele quarto e nunca mais olhar na cara dele. Ouviu a pia do banheiro ser aberta e continuou esperando Darren sair do banheiro. Quando ele finalmente saiu, nem tentou fingir que estava arrependido.

— O que foi, Emily? Por que está fazendo esse escândalo todo?

O rapaz que estava com ele continuava dentro do banheiro.

— Por que *eu* estou fazendo um escândalo? Você é quem está transando com um desconhecido de porta aberta, em uma festa absurda em pleno hotel, quando devíamos estar te contando tudo que aprendemos hoje.

Darren revirou os olhos. Isso fez Emily ficar ainda mais descontrolada.

— E quem disse que eu quero saber o que vocês aprenderam hoje? Estou cansado disso! Essa viagem me fez bem. Me fez ver que ainda sou jovem e tenho muito o que fazer da vida. Antes eu estudava em uma das melhores instituições, era requisitado para todas as festas e me envolvia com os rapazes mais lindos da cidade. Tinha o apoio da minha família e a companhia de uma pessoa que considerava maior do que isso. — A última frase foi dita olhando nos olhos dela. — Agora, fiquei resumido a um escudeiro que não acrescenta em nada, em uma busca por um rapaz que devia mesmo era ser entregue às autoridades. Ainda por cima preciso ficar lidando só com coisas negativas e com um outro lado seu que eu não conhecia.

Emily passara do ponto de raiva e começava a deixar as lágrimas escorrerem pelo rosto.

— Do que está falando, Darren? Somos irmãos! Sempre estivemos um do lado do outro. Você está me abandonando?

Darren, antes indiferente ao caos que ela causava, começou a chorar também. O rapaz dentro do banheiro saiu de mansinho e deixou o quarto, tentando não atrapalhar ou se envolver na briga. Talvez achasse que Emily fosse alguma namorada revoltada por estar sendo traída.

— Éramos mesmo irmãos! Eu fiquei do seu lado todo esse tempo! Em todos esses anos em que precisei me preocupar com o seu bem-estar e suas necessidades, e depois quando se apaixonou como uma idiota pelo primeiro babaca que te fez sentir diferente, quando seus pais foram assassinados e em todos os meses que ficou largada naquela mansão parecendo ter sido enterrada viva. Eu fiquei lá! Eu estava lá, Emily, e ainda estou aqui! Mas claro que isso não importa. Você não está preocupada com o que o pobre Darren pensa. Ele é só o seu animalzinho de estimação, não é?

Emily não conseguia compreender de onde tanta raiva havia surgido. Sabia que ele tinha alguma razão em achá-la insuportável e percebia o quanto trouxera de dor para alguém que amava tanto. Mas havia uma dose extra de raiva naquele discurso, e estava esperando o momento em que ele finalmente fosse revelar sua real motivação para tanta revolta. Conhecia-o bem o suficiente para saber que havia mais naquela história.

— Você sabe que para mim você é muito mais do que meu escudeiro. Você é essencial na minha vida. Tenho errado, e muito, no último ano. Provavelmente nos últimos anos, pelo que está me dizendo. Só que eu sempre quis seu bem. Sempre quis te ver se divertindo. Fico feliz que tenha reencontrado esse sentimento de liberdade e felicidade neste país que sabe ser tão alegre mesmo em momentos difíceis. Mas não compreendo por que está sendo cruel desse jeito. Você tem agido feito um louco ultimamente, está dando uma festa dessas quando deveríamos tentar passar despercebidos, e agora preferiu ficar dentro de um banheiro num momento desses, fazendo sei lá o que com um rapaz de quinta categoria, em vez de mostrar que estava bem para a pessoa que mais te amou na vida.

Aquele parecia ser o ponto final.

O momento em que todas as cartas estavam na mesa para serem discutidas.

— A pessoa que mais me amou? Você lá sabe o que é amar, Emily? De repente deixou de ser a puta da cidade para ser a responsável pela morte dos pais por conta de uma paixonite, e agora é a garota que dorme com o ex do babaca que a enganou, por quem o seu suposto irmão está apaixonado!

Foram muitas bombas uma atrás da outra.

Palavras e frases que Emily nunca esperava ouvir da boca dele.

Como ele ficou sabendo? Por que fui burra de pensar que poderia esconder algo assim?

As lágrimas não tinham mais controle. A voz ficara engasgada. Havia borrões em sua visão, e temia começar a passar mal.

O silêncio dela disse tudo que ele precisava saber.

— Surpresa de ouvir essas verdades? — continuou Darren, extravasando. — Eu fui ao quarto de Liam depois que nos falamos de manhã.

Estava tentando criar coragem de me declarar para ele e estabelecer a relação que realmente imaginava que estava acontecendo.

O choro continuava. Mudo. Emily não conseguia acreditar que Liam não compartilhara com ela aquela informação.

Por isso ele estava preocupado quando eu disse que Darren não ia nos acompanhar, pensava, vendo a face dura e o olhar distante do amigo.

— Por que ele me enganou, sabe? Ficava de conversinha, olhares, ria das minhas piadas, me elogiava, e sabia claramente que eu estava interessado — dizia Darren, mostrando muita dificuldade em não deixar tremer a voz. — Liam me deixou entrar no quarto quando fui até lá, e estava preocupado por eu estar voltando aquele horário. Fez um chá para que eu relaxasse e ficamos sentados na cama dele conversando sobre os assuntos triviais de sempre. Nós riamos, e tudo estava perfeito. Mas eu o beijei...

Aquela declaração fez Emily perder o chão.

Se antes sentia-se mal, naquele momento descobriu o que era adoecer de vergonha e tristeza. Não podia acreditar que aquilo havia acontecido.

— Mas ele gentilmente me afastou — resmungou Darren. Emily viu que até no momento de rejeição Liam havia sido especial com ele. — Disse que eu podia ter interpretado algo errado. Que gostava muito de mim como amigo e não tinha intenção de ter algo mais. Ainda revelou que ele estava apaixonado por outra pessoa e que esperava que eu ficasse feliz por ele, pois desde Aaron ele não se sentia em paz por achar que não era capaz de se apaixonar outra vez. Juntar dois mais dois foi fácil. Só não sei ainda há quanto tempo você me trai.

— Eu... Eu não queria te machucar! — exclamou, irritada com Liam por ter escondido dela aquela informação.

As palavras dela eram verdadeiras. Darren tinha consciência disso. Mas a traição falava muito mais alto do que qualquer desculpa.

— Você nunca quer machucar, Emily! Nunca! Esse é o seu problema. Porque você machuca, destrói e até mata. Você é e sempre foi egoísta. Nunca pensou em ninguém além de si mesma. E agora eu não vou mais ficar ao seu lado para dizer que está tudo bem. Que as coisas horríveis que você faz vão ser perdoadas. Você vai perder o babaca que te tratava como uma rainha. Ainda bem que já achou outro para me substituir no cargo.

Ela não sabia o que fazer. Não queria que Darren se fosse. Entretanto, não sabia como impedi-lo de ir, como convencê-lo de que aquilo tudo era um erro.

Vendo Emily perdida sem saber o que falar, Darren afastou-se e começou a fazer sua mala. Aquela conversa final, ela percebeu, o havia convencido a deixá-la.

— Não me deixe, Darren! Eu te amo!

Aquilo era o máximo que conseguia dizer, tomada por uma angústia que consumia sua alma.

O rapaz tacava tudo dentro da mala e das sacolas que encontrava pela frente. Ela não compreendia nem o que ele iria fazer, pois tinham o quarto pago por mais alguns dias. Será que ele iria voltar para a Irlanda? Ou ficaria no Brasil curtindo com as novas amigas? Seria capaz de realmente deixá-la?

Colocando-se no lugar dele, Emily imaginou que faria a mesma coisa. Não suportaria ver uma pessoa que amasse ao lado de alguém que a rejeitara.

Não queria perder a pessoa mais importante da sua vida, porém, entendia a dimensão de sua traição. Achava que Liam não havia sido direto com ele em nenhum momento sobre um interesse amoroso e que Darren se insinuara para o rapaz mais como uma brincadeira do que algo sério, mas deveria ter respeitado ou ao menos conversado com o melhor amigo antes de qualquer coisa.

Rezava para todos os deuses que conhecera na sua vida para que um dia Darren fosse capaz de perdoá-la. Mas entendia que precisava deixá-lo partir para não acabar com a chance de uma possível reaproximação no futuro.

Um dia se redimiria com ele.

Um dia teria a sua família de volta.

26.

Por três dias ela não deixou o quarto. Alimentava-se apenas porque Liam descobriu que Darren havia feito o *check-out* naquela noite e, preocupado, pediu para enviarem refeições no quarto dela todos os dias. Tentara descobrir como ela estava, mas Emily se recusava a recebê-lo. Algo grave acontecera. De vez em quando, ele colava a orelha atrás da porta dela para ouvir seus movimentos. Preocupava-se com sua saúde, mas sabia que estava viva, pois ainda conseguia sentir bem no fundo de sua alma a energia vital dela.

Liam também evitou sair do hotel nesse período. Estava chateado por Darren tê-los deixado e não fazia ideia do que tinha acontecido. Só podia imaginar que alguma briga se instalara e se perguntar se o incidente anterior entre eles teria sido um dos motivos para isso.

Larissa procurou os dois, preocupada pela falta de retorno. Se os estrangeiros tivessem deixado o Brasil depois de descobrirem sobre a Trindade Leprechaun, odiaria ter que reportá-los como fugitivos.

Liam tentou lhe explicar os problemas pelos quais estavam passando, mas ele mesmo desconhecia os detalhes. Larissa tentou ver se Emily a atendia em pessoa, já que por telefone apenas ignorava as ligações, mas também não teve retorno.

Foram três dias de puro silêncio.

Até o staff do hotel já começava a se preocupar. Tudo estava pago, e as bandejas de comida saíam vazias do quarto, mas até aquele momento ninguém sequer havia sido autorizado a limpar o cômodo. Começaram a demonstrar para Liam o temor de que a hóspede tomasse uma decisão drástica. Um hotel daquele porte não gostaria de ter sua reputação manchada por uma ocorrência daquela.

Mas Emily não tinha a intenção de se machucar.

O suicídio seria um caminho fácil demais. Individualista demais. Se tentasse qualquer coisa contra si, Darren não conseguiria viver com a culpa que consequentemente sentiria. Não queria ter aquele tipo de responsabilidade. Já tinha o sangue de seus pais nas mãos. Não podia deixar que suas decisões mais uma vez definissem o destino de outras pessoas.

Durante aqueles dias que tirou para ficar quieta na cama e no escuro, aproveitou para checar as redes sociais do amigo que a deixara. Não sabia se ele se sentia mesmo daquela forma, mas, desde que Darren deixara o hotel, suas postagens mostravam felicidade. Pelo que Emily conseguiu investigar, ele estava hospedado no belíssimo apartamento de Tatiana no bairro de Ipanema, e juntos eles faziam diversas atividades interessantes. Ele não parecia perdido, muito menos arrasado.

Emily teve um misto de sentimentos ao ver aquelas fotos e informações. Misturados à raiva e à tristeza, sentia um pouco de felicidade e alívio por ver que o amigo pelo menos trilhava o seu caminho.

Um dia recomeçaria, e ele estaria ao seu lado.

Precisava acreditar naquilo.

Tomando coragem de enfrentar a vida, ela resolveu retomar o controle de seus próximos passos. Pensara muito e fizera planos, e tudo levava à mesma conclusão: precisava encontrar os responsáveis pela organização Trindade Leprechaun e, junto com eles, ir atrás de Aaron para acabar de vez com as pendências que tinha com ele.

Emily bateu na porta do quarto de Liam aproximadamente às nove horas da noite, torcendo para encontrá-lo. Não tivera contato com ele nos seus últimos três dias de clausura, mas sabia que o britânico não a havia deixado como Darren. Ouvira várias vezes os movimentos dele por trás de sua porta. Ainda estava furiosa com ele, mas não conseguira evitar achar fofa a sua preocupação. Na segunda batida, ouviu o barulho de uma pessoa correndo para atender, e logo o rapaz abriu a porta esbaforido. Arregalou os olhos de surpresa ao vê-la. Emily estava de banho tomado, vestida com discrição e não tinha o rosto inchado de choro como ele imaginara que teria.

— Podemos conversar? – perguntou ela com a voz neutra, sem indicar para o outro o que estava por vir.

Aquela era a pergunta que ele mais esperava ouvir nos últimos dias, e nem importava se ela estivesse chateada com ele. Ver Emily de volta o fazia esquecer toda a angústia das noites anteriores.

— É claro que sim – respondeu o rapaz, deixando-a entrar pela primeira vez em seu quarto. – Desculpe a bagunça! Não sabia que teria visita. Não saí muito do quarto ultimamente e acabei não me preocupando com organização.

Emily o compreendia. Acabara de ligar para a recepção pedindo que alguém desse um jeito no seu quarto, que sem dúvida estava mil vezes pior. O recepcionista parecera muito aliviado com sua ligação, e ela entendera que já devia ser motivo de comentários no hotel.

Nenhum dos dois sabia como iniciar aquela conversa, constrangidos. Muito tinha acontecido e pouco fora conversado.

Liam sentia vontade de beijá-la, mas sabia que poderia acabar afastando-a. Morria de medo de que aquela briga dos dois tivesse alguma relação com o fato de que havia rejeitado o interesse do rapaz. Não queria ser o responsável pelo término da amizade entre Darren e Emily. Quando chegara na mansão dos O'Connell, preocupado com o bem-estar da herdeira, encontrara Darren aflito com o paradeiro desconhecido da amiga. Ainda podia sentir o desespero do rapaz por não saber onde ela estava. Desde então, com o convívio, chegara até a invejar a conexão entre os dois, que superava mesmo os tempos mais difíceis, e se perguntava com frequência se algum dia seria capaz de ter uma relação de companheirismo como aquela.

— O que aconteceu, Emmy? — perguntou Liam, quebrando o silêncio — Estou preocupado! Tentei contato com o Darren, mas ele não atende as minhas ligações. Peguei o carro com o motorista no primeiro dia e saí em busca do prédio onde ele parece estar, mas não encontrei. Por que vocês brigaram? Por que ele deixou o hotel? Estou odiando ficar no limbo.

Todas as perguntas davam um nó na mente dela e também em seu coração. A verdade era que não sabia se conseguiria viver sem o melhor amigo. Precisava tentar, pelo próprio bem de Darren, mas cada dia estava sendo mais difícil. Relembrava as palavras duras e cruéis que ouvira dele, assim como os momentos em que ela sabia que o estivera machucando. A ferida ainda era muito nova e estava exposta. Precisaria de tempo para que as coisas melhorassem e a dor cicatrizasse.

— Ele sabe, Liam! Ele conseguiu deduzir tudo.

Foi o máximo que ela conseguiu dizer, ainda sentindo a tristeza em cada fibra do corpo.

— Você contou sobre o nosso envolvimento para ele? — questionou o rapaz, e Emily ficou com ainda mais raiva por sua inocência ou idiotice, tomando coragem de desentalar tudo o que estava engasgado.

— Não, Liam! Eu não contei nada! Você que disse tudo sem nem perceber. Ou pode até ter percebido e preferiu evitar a bala que voaria em sua direção — respondeu ela com rispidez. — Darren me contou que ele te procurou. Ele falou do beijo!

Os olhos de Liam se arregalaram de pânico. Chegara a pensar nessa possibilidade, mas temia receber essa confirmação.

— Não aconteceu nada entre nós! Eu o interrompi, juro! Expliquei que havia algum engano. Eu adoro o Darren, mas sei que te amo, Emmy!

Era a segunda vez que escutava Liam falar aquelas palavras. Na primeira, Emily não sabia se a intenção era mesmo aquela. Agora estava certa de que vinha do coração. Mas, em vez de se sentir feliz e apaixonada, a garota ficou ainda mais irritada com o discurso.

Será que ele é tão inocente que não percebe as burradas que fez?

— Eu não estou preocupada com esse beijo, Liam! Estou revoltada pelo fato de você não ter me contado o que aconteceu. Darren para mim é família. A minha única família viva. E agora ele não quer mais olhar na minha cara. Era óbvio que ele entenderia que estamos juntos. Você deixou mais do que claro. Só fico me perguntando se era isso mesmo que você queria.

Pela forma como Liam respirava, era visível a irritação do rapaz, somada à frustração por não ter recebido uma resposta positiva após sua declaração.

— É claro que a minha atitude não foi intencional. Eu nem sei bem como tudo aconteceu. Não esperava que ele fosse me beijar do nada.

Ele nunca havia tentado algo assim comigo. Fiz o que meu coração mandou e errei. Talvez ele não seja o meu melhor conselheiro. Parece que segui-lo ultimamente só tem sido prejudicial. Você tem deixado isso claro.

Ela entendia o que ele queria dizer, e o pior era saber que a pessoa de quem gostava sofria.

— Eu estou confusa, Liam! Estou sofrendo – confessou.

Deixando-se vulnerável, a garota começou a chorar sentada na cama. Sentia-se ainda muito esgotada para continuar. Recompor-se após as revelações de Aaron tinha sido uma tarefa muito difícil, e sentia estar perdendo a força de sua recuperação a cada dia.

Liam não conseguiu ficar indiferente ao ver a mulher que amava triste daquela forma.

— Nós vamos conseguir superar tudo isso, meu amor! Sei que vamos. Darren um dia vai entender, e o teremos de volta.

Emily queria acreditar naquilo, mas temia ser enganada de novo.

— Você tem me chamado de *amor* – sussurrou ela com o olhar baixo.

Liam fez questão de levantar o queixo dela para que o olhasse.

— Porque é como eu me sinto...

Acordaram juntos na mesma cama, abraçados como se o mundo estivesse nos eixos e só tivessem que acordar para mais um dia de trabalho.

Obviamente, não era o caso.

Tinham se amado outra vez, e, durante as trocas de carinho, sentiram a energia que tanto lhes fazia falta dominar seus corpos. Tentaram segurar aquela sensação dentro deles ao máximo, até não aguentarem e explodirem em emoção.

Aquela conjunção de corpos os recarregava, entretanto precisavam agir se quisessem um dia ter de volta aquela plenitude. Não poder mais contar com a sorte os afetava mais do que podiam imaginar. E a perda de Darren fazia crescer a vontade de vingança que Emily carregava no peito.

Será que se eu ainda tivesse meu poder Darren estaria comigo? Eu conseguiria reverter a situação?

Ela nunca saberia responder aquilo.

Concordaram que o próximo passo seria procurar os Bonaventura mais uma vez e seguir com a ideia de serem apresentados para a tal Trindade Leprechaun. Emily começava a ansiar por uma mudança de paisagem. Quase não conhecera o Rio de Janeiro e esperava que um dia o melhor amigo pudesse lhe mostrar cada canto divertido que havia visitado, mas ficar naquela cidade não agregava mais à sua busca pelo impostor.

— Está pronta? Depois que tomarmos essa decisão, não haverá mais volta.

Emily estava. De nada adiantava ser um Leprechaun sem poderes. Se precisava se expor para conseguir o que queria, então revelaria a sua identidade para a organização.

Quando chegaram ao apartamento dos Bonaventura, parecia que estavam sendo esperados. Larissa estava em casa, e José Murillo tinha tudo pronto para o próximo passo.

— Espero que esteja se sentindo melhor, senhorita O'Connell — disse o milionário, mostrando mais formalidade do que no encontro anterior. — Sei que deve estar lidando com muitas coisas e não é fácil o tipo de vida que levamos, mas pense nisso como a sua oportunidade de recuperar o seu poder. Nada é mais importante do que isso.

Ela compreendeu o que ele queria dizer, mas ainda conseguia listar algumas coisas que considerava mais relevantes para ela do que sua sorte. Em momentos como aquele, via o quanto tinha mudado desde que identificara o seu legado.

— Estou bem, José Murillo! Muito obrigada por perguntar.

Liam notou o quanto o homem ficara feliz de ver que a jovem se lembrara de não o chamar de senhor. Aproveitando para cortar as asas dele que começavam a se abrir, o rapaz perguntou:

— Qual será o nosso próximo passo? Precisamos ir para a Índia ou para a Inglaterra a fim de entrar em contato com esses organizadores?

Larissa riu involuntariamente ao fundo. Percebendo a expressão de Liam se fechar, ela voltou a ficar séria.

— A Trindade Leprechaun é uma organização como todas as outras. Tem uma sede onde cada integrante dela trabalha e se reúne. Nós só precisamos ligar para as pessoas responsáveis e indicá-los para que eles os recebam.

— Vocês não vão conosco? — questionou Emily desconfiada, porém logo notou que a vermelhidão subia pelo pescoço do homem.

— Ele bem que queria — respondeu Larissa no lugar do pai. — Mas fomos expulsos da sede da última vez que estivemos lá. Ainda estávamos descontentes com o roubo feito pela minha irmã. Meu pai tinha acabado de perder um contrato que lhe renderia 15 milhões de reais. Não foi a nossa melhor época.

— Então onde fica essa organização? — perguntou Liam, curioso, querendo tirar o foco deles.

José Murillo sorriu.

— No lugar onde tudo acontece. Onde toda a mídia e indústria está. É claro que uma organização como a TL estaria localizada em Los Angeles.

Foi a vez de Liam rir.

— Nesse caso, acho que faria mais sentido se fosse em Nova York.

O brasileiro continuava a sorrir.

— Nenhum lugar do mundo consegue apagar o brilho de Hollywood. Mesmo que todo esse poder seja fruto de uma ilusão, para qualquer Leprechaun a possibilidade de estar próximo à energia que essa cidade transmite não tem preço.

Liam e Emily se entreolharam em um momento de reafirmação.

— Pode ligar para Los Angeles. Avise que vamos embarcar hoje mesmo. Queremos fazer parte dessa Trindade.

Larissa se levantou de onde estava sentada, aplaudindo-os.

— Não se esqueçam de dizer como foram bem recebidos pelos seus brasileiros favoritos, ok? – pediu ela, brincando.

Emily riu. Larissa era completamente maluca e precisava se cuidar em alguns aspectos, mas não deixava de ser uma garota engraçada. Sabia que no fundo ela apenas queria o bem das pessoas.

— É claro que vou falar de vocês. Na verdade, temos realmente que agradecer o que fizeram por nós. Nunca teríamos descoberto que existe uma organização se não fosse por vocês. Isso mudará tudo pra gente. Nunca esquecerei. Obrigada mesmo.

José Murillo levou a mão ao coração, mostrando-se emocionado.

— Foi um prazer ajudá-los, e espero que possam voltar ao Brasil para relaxarmos em minha casa em Angra dos Reis. Voltem assim que acabarem com o impostor de vocês. Tenho certeza de que será um recomeço, e brindaremos a essa vitória em minha lancha.

Imaginar aquela cena era bom.

Emily também esperava que fosse possível.

RELATÓRIO TL   N° 1.211.000.040.743.453

Para a excelentíssima Comissão Perseguidora

Assunto:
  RELATÓRIO DE ROUBO
  • *Indivíduo não cadastrado* •

Duas famílias não cadastradas em nosso sistema foram descobertas por uma família Leprechaun brasileira. Os dois representantes dessas famílias encontradas tiveram seus poderes roubados pelo mesmo indivíduo não cadastrado. Relataram que ele também fez mais uma vítima.

Localização da vítima:
  Rio de Janeiro – Brasil

Histórico: a família Bonaventura relatou que foi procurada por dois jovens Leprechauns que buscavam conhecimento sobre o legado. O patriarca, José Murillo, explicou sobre o trabalho da TL e os encaminhou para a nossa organização.

Status: indivíduos identificados como Emily O'Connell e Liam Barnett estão em trânsito para Los Angeles.

Acontecimento: segundo relatos, os dois se relacionaram com um impostor que tomou seus poderes. Os indivíduos vão detalhar os acontecimentos assim que chegarem.

Ação: levantando dados sobre cada família.

27

Voltaram para o hotel de luxo com o intuito de fazerem o *check-out* e partirem para o aeroporto internacional. No trajeto do apartamento dos Bonaventura para lá, Emily conseguira duas passagens de primeira classe direto para Los Angeles, e teriam longas horas de viagem pela frente. Pretendia rascunhar no percurso tudo o que havia acontecido com eles no último ano, para entregar aos responsáveis dos departamentos. Queria que aquela experiência fosse a mais proveitosa possível. Passaram-se vários dias desde a sua conversa com Aaron ao telefone, e não queria perder mais tempo. Precisava encontrá-lo para acabar com tudo aquilo, e quem sabe seguir com a sua vida.

Ao chegarem, combinaram de se encontrar em uma hora na recepção.

No quarto felizmente arrumado, Emily começou a juntar tudo o que pendurara no armário ao longo daqueles dias de hospedagem. Ao guardar as novas peças de roupa na mala, foi impossível não se lembrar do melhor amigo e de sua felicidade ao fazer compras no Brasil.

A saudade bateu tão forte que resolveu verificar as redes sociais dele. Sentia-se extremamente mal por deixar o país sem ele. Parecia que abandonava uma parte de si.

Por que você não está aqui comigo?, se questionou, sabendo que a culpa de tudo aquilo era na verdade dela.

Pelos diversos posts, entendeu que Darren continuava no Rio de Janeiro e até postara um vídeo dançando em uma festa gay muito agitada na noite anterior. Não conseguiu deixar de sorrir por ele.

Pelo menos continua a se divertir.

Viu também que ele postara uma foto havia apenas uma hora tomando água de coco na praia da Barra da Tijuca. Teve vontade de ir até lá e pedir para que fosse com eles aos Estados Unidos. Sabia o quanto Darren amava visitar Los Angeles. Tinham muitos conhecidos na cidade e adoravam as festas que costumavam frequentar. As histórias das férias deles na terra do Tio Sam paravam sempre nos tabloides irlandeses. Também tinham juntos uma lista de restaurantes favoritos onde ela não conseguia se imaginar entrando sem o companheiro de viagens.

Sentia-se triste, porém, esperançosa. Em um momento de loucura e nostalgia, resolveu ligar para ele e implorar o seu perdão. Sentia que amava Liam e queria ficar com ele, mas não podia deixar de tentar reaver aquela amizade.

Para a sua surpresa, o telefone não completou a ligação.

Eu não acredito nisso. Será que ele bloqueou meu número?

Com vontade de chorar e o coração doendo, colocou a última peça dentro da mala. Era o vestido que usara no evento em Paris, onde sentira a conexão com Liam ao segurarem o trevo juntos. Onde o seu coração começou a perceber a importância do rapaz em sua vida.

Poderia ligar para Darren de outro número, ou talvez do próprio hotel, mas aquela atitude dele deixara tudo muito claro. Ela o conhecia bem. Havia alguns anos ele tinha feito a mesma coisa com Aoife, e por uma briga bem menor do que aquela. Decidiu deixar Darren em paz, sabia que ele precisava de algum tempo. Pouco adiantaria tê-lo ao lado se no fundo sabia que não teria tempo para curtir os *brunchs* do Soho House com ele, ou o pôr do sol de Santa Mônica.

Eu ainda vou te procurar, e nós vamos conversar de verdade, prometeu-se mais uma vez.

Naquele momento, o telefone de seu quarto tocou. Emily teve um sobressalto, pois ainda não havia completado a uma hora combinada e era muito raro alguém ligar da recepção. Adoraria que fosse Darren ligando, mas duvidava muito dessa possibilidade. Era mais provável que fosse Larissa, informando algum problema no encontro com a organização ou algo parecido.

Atendeu a ligação, receosa, e para a sua surpresa soube que uma pessoa a esperava no saguão.

Bárbara Bonaventura queria vê-la.

Era a última coisa que imaginava.

Ficou em dúvida do que fazer com a novidade, se devia ligar para o quarto de Liam ou não. Achava que a jovem poderia querer falar apenas com ela, mas não sabia qual a intenção de Bárbara.

— Peça que ela suba ao meu quarto, por gentileza – instruiu Emily ao telefone.

O rapaz da recepção confirmou que ela estava subindo, e Emily correu para terminar de se preparar para a viagem. Não sabia quanto tempo Bárbara tomaria e não podia enrolar no hotel, pois poderiam ficar parados no trânsito.

Trocou a roupa por uma mais confortável, não ligando mais para o fato de que antes se embelezaria toda para voar. Em outra época, também nunca encontraria uma milionária como Bárbara vestida daquela forma, mas agora pouco se importava com as convenções que antes costumavam lhe tomar todo o tempo.

Ouviu uma batida na porta instantes depois, assim que jogara os produtos de beleza na mala e a fechara. Pelo menos, se o papo se estendesse, já estaria com todas as suas coisas organizadas.

Atendeu a porta e encontrou uma versão mais magra e bem mais sofisticada de Larissa.

— Olá! Peço mil desculpas pelo incômodo. Meu nome é Bárbara Bonaventura e fiquei sabendo de sua partida hoje. Achei que precisava vir até aqui o quanto antes.

As perguntas se sucederam na mente de Emily, que não entendia como Bárbara sequer sabia sobre ela.

— Pode entrar. Fique à vontade – disse, tentando ser cortês. – Como sabe sobre mim e sobre minha partida? Pelo que eu sei, você não é mais muito próxima da sua família.

Bárbara tinha uma aparência imponente sentada na poltrona da sala. Sua desenvoltura era pomposa como a de seu pai, e ficou claro em sua expressão que ela não gostava nem um pouco da forma como fora interpelada.

— Realmente, não temos conversado muito. Na verdade, não ouvia a voz da minha irmã há meses. Só que esses dias ela me ligou e falou brevemente sobre você e seu amigo. Antes mesmo de falar com o meu pai. Por conta de nosso histórico parecido, ela achou que seria bom conversarmos.

Emily não tinha a intenção de ser grossa com a outra, mas ouvir aquilo a deixava irritada.

— Me perdoe, Bárbara! Não conheço você e sei pouco sobre a sua família. Serei eternamente grata a eles por toda a ajuda que me deram. Mas nossos históricos não são parecidos. Na verdade, são opostos.

Bárbara continuava séria, revelando pouco na expressão, porém, a irlandesa notou um pequeno tremor em sua pálpebra quando ouviu aquilo.

— Compreendo a sua visão dos acontecimentos, e por isso mesmo estou aqui. Larissa me ligou outra vez hoje e avisou que vocês estão indo se apresentar para a TL. Eu tenho colaborado com a organização há um bom tempo e estimo muito o trabalho que é feito lá. Acho que vocês vão encontrar muitas respostas em Los Angeles, mas acredito que eles não vão poder te oferecer justamente a que você mais deseja.

Emily estava cada vez mais confusa e irritada com o discurso da mulher.

— Bárbara, se você veio tentar me desanimar, pode desistir. Já estou indo para o aeroporto e pretendo aprender o máximo possível para atingir os meus objetivos.

O maxilar travado, a respiração pesada e a energia carregada de Bárbara mostravam claramente o quanto ela se zangara com aquela afronta. Emily precisava se lembrar que quem tinha poder naquele quarto era Bárbara, não ela. Algo grave poderia acontecer.

— Vim fazer o contrário, na verdade. Vim te dar uma solução final. A Larissa nunca mais me procurou, nem mesmo para pedir dinheiro. Mas, se ela fez questão de ligar duas vezes em seu nome, é porque algo precisa ser feito.

Bárbara estendeu um envelope lacrado para a irlandesa.

— Não abra agora. Deixe para focar nisso no momento certo, e eu espero do fundo do coração que você reflita muito antes de usar o conteúdo dessa carta. Nela encontrará o que fiz para conseguir tomar o poder de minha família. O segredo de como encontrei o pote de ouro de outro Leprechaun e tomei posse dele. Agora você tem a sua cartada final. Pode seguir até o final do arco-íris.

O coração de Emily pulou em seu peito. Ela ficou quase sem respirar. Era quase inacreditável que Bárbara Bonaventura realmente havia ido até seu hotel para lhe passar aquela informação tão preciosa.

— Não sei o que dizer – respondeu Emily, ainda em choque, olhando para o papel com os dedos coçando de vontade de abri-lo.

— Apenas me prometa que vai usar o conteúdo dessa carta com muito cuidado. Posso parecer um monstro, mas realmente fiz o que fiz por amor, e não dinheiro. Você conheceu meu pai e a Lari. Eles não são controlados, e o poder pode ser fatal quando se falta controle.

Emily compreendia.

— Prometo usar com cautela. Para mim, existe apenas uma pessoa neste mundo que merece o conteúdo dessa carta.

Bárbara soltou uma longa expiração. Ambas se olharam, e na intensidade daquele olhar concordaram que aquilo seria para melhor.

Aaron iria pagar...

Ela agora sabia como.

28.

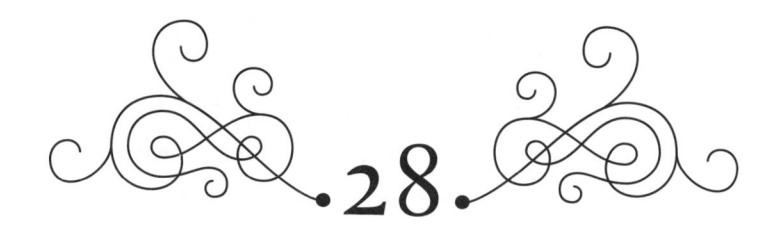

O encontro com Bárbara havia sido curto, mas eficiente. Agora, tudo indicava que realmente descobriria como possuir o poder de outro Leprechaun. Antes, por mais que falasse de roubar o poder de Aaron e recuperar o próprio, Emily sabia que essa era uma possibilidade remota, pois, além de descobrir o final do arco-íris dele, ela teria que encontrar uma forma de fazer isso.

E agora a possibilidade era palpável.

Decidiu não revelar o encontro com a CEO para Liam. Se Bárbara quisesse falar com ele, teria pedido para chamá-lo. Algo dentro dela dizia que era melhor guardar aquela informação, e era melhor ouvir sua intuição. Sentia que quando acreditava em si mesma as coisas davam mais certo. Também não ligou para Larissa para agradecer. Não sabia se Bárbara havia avisado para a irmã que iria encontrá-la e podia imaginar que Larissa e José Murillo amariam saber o conteúdo daquele envelope.

Guardaria a informação para si, e a usaria no momento oportuno.

Desceu para o saguão com uns cinco minutos de atraso, e Liam a esperava, pronto para viajar. Mesmo com tudo o que acontecia ele parecia sereno. A forma como a olhava fez com que Emily se aproximasse, dando-lhe um beijo carinhoso. Ao vê-la, o motorista colocou a bagagem deles dentro do carro e partiram para o aeroporto internacional Antônio Carlos Jobim, mais conhecido como Galeão. No trajeto, o rapaz notou que Emily checava o celular de cinco em cinco minutos, um tanto apreensiva. Percebia que para ela devia ser difícil deixar o país sabendo que o melhor amigo ficava, ainda por cima estando tão chateado. Liam se sentia mal por ser a causa do rompimento deles, mas não conseguia resistir à mulher ao seu lado.

Emily estava séria, com a cascata de cabelos ruivos cobrindo a lateral do rosto fino. Apertava os dedos em um toque nervoso que ele conhecia bem. Não se controlando, Liam aproveitou o momento e sossegou as mãos dela ao colocar a sua por cima, tentando confortá-la. Emily se virou para admirá-lo e retribuiu o carinho. Ela sabia o quanto ele queria o seu bem. Estava feliz por pelo menos tê-lo ao seu lado naquela nova etapa.

Encontrar a Trindade Leprechaun sozinha seria muito mais difícil.

— A sorte estará em nosso caminho — comentou ele baixinho ainda a observando e com vontade de beijá-la mais uma vez, mas se controlando. Precisava primeiro entender o que se passava na mente dela.

Emily deu um sorriso tímido e voltou a atenção para a paisagem da cidade que ficava para trás como um lindo sonho com trechos de pesadelos. Precisava sugar o máximo de energia possível que aquele país e cultura podiam lhe oferecer.

Não sabia como seria a recepção para eles quando chegassem à sede da organização, então tentavam se preparar para tudo. Conviver com Leprechauns era algo relativamente novo para os dois: até agora, tinham conhecido apenas uma francesa que abandonara seu poder sem olhar para trás e uma família que perdera tudo porque a filha mais velha decidira ser a responsável entre eles. Sem contar o maluco que os enganara, manipulara e ferira a um ponto inimaginável. Se não conhecessem um ao outro, acreditariam que a essência de um Leprechaun era apenas ruim.

Ou talvez só não quisessem admitir que era assim.

Embarcaram no fim do dia com destino ao aeroporto internacional de Los Angeles, e no dia seguinte estavam na cidade onde a magia do cinema acontecia. Toda vez que Emily saía do desembarque do LAX, sentia-se revigorada, mesmo depois das longas e cansativas horas dentro da aeronave. Agora entendia por quê: naquela cidade, os Leprechauns se sentiam bem. A atmosfera era perfeita para eles se conectarem. Ela sempre achara que fosse por causa das festas nas mansões de atores *teens* musculosos, mas agora via que esse era apenas o julgamento de sua mente fútil.

Apesar de se sentir tão bem, não se permitiu baixar a guarda. Seguiram direto até o endereço que José Murillo indicara ser o da sede. O prédio ficava às margens da grande Los Angeles, num local chamado Studio City. Muitos estúdios renomados de cinema localizavam-se naquela região. Ela achou o endereço conveniente para a TL, sabendo que Leprechauns poderiam usar a indústria como desculpa para ir até lá. Afinal, a Warner Bros e a Universal Studios ficavam a apenas dez minutos da organização.

O plano deles era entrar na TL e ir direto falar com Margareth Griffin e Amit Chakrabarti. Queriam fazer isso naquele dia mesmo.

Não perderiam mais um segundo.

Atravessaram a cidade de Los Angeles e cerca de quarenta minutos depois passaram pela placa "Bem-vindos a Studio City". Algumas ruas depois, avistaram o edifício. Não era alto, seguia o padrão dos prédios nos arredores, porém podia ser considerado charmoso. Todo exterior era espelhado, com plantas bem cuidadas na entrada. Em cada detalhe no interior, Emily notava o bom gosto da decoração.

O pessoal aqui gosta mesmo de ostentar, pensou lembrando que isso era natural para um grupo que nascera com o dom da sorte.

Parando de observar os detalhes materiais, permitiu-se olhar para as pessoas ao redor. Havia dois seguranças uniformizados guardando a sessão principal do saguão, e avistou outros dois ao fundo. O prédio era tão bem guardado que parecia que estavam entrando no cofre central de um banco.

— No que posso ajudá-los? — questionou a recepcionista, que tinha um trevo *shamrock* tatuado na parte interna do pulso, parecendo um pouco desconfiada dos visitantes desconhecidos.

Liam lançou um último olhar para Emily. Ainda teriam alguma chance se fugissem naquele momento. Mas tinham chegado longe demais para desistir. Emily respirou fundo e disse em seguida:

— Emily O'Connell e Liam Barnett se apresentando. Viemos falar com os responsáveis pela organização. Acredito que estejam nos aguardando para uma reunião. Meu contato é José Murillo Bonaventura, do Brasil. Você pode confirmar com seus superiores.

No crachá da mulher, havia uma foto dela e o nome "Lily" em letras maiúsculas. Ela digitou algumas coisas em seu sistema e logo em seguida soltou um sorriso.

— Perfeito, senhorita O'Connell e senhor Barnett! Bem-vindos à TL! Nossos líderes estão esperando-os no salão de ideias. Richard vai ajudá-los a se localizarem pela propriedade. Tenham um bom dia, e que o ouro brilhe em seu futuro.

A forma como a mulher disse aquele jargão pareceu-lhes um tanto cômica. Emily teria rido se ainda fosse a mesma pessoa que era um ano atrás, mas preferiu ficar quieta. Entendia a diferença entre as crenças das pessoas. Um garoto que deveria ter cerca de dezesseis anos apareceu de surpresa na frente deles, se teletransportando de um jeito um tanto mágico, como os Leprechauns das lendas que ela escutava quando pequena.

Será que isso é realmente possível, ou eu só não o vi chegar? Eles conseguiriam me ensinar a me teletransportar? Será que é assim que Aaron consegue estar em tantos países diferentes, ou ele apenas pega um voo comercial ou privado como temos feito?

Tinha vontade de perguntar tudo aquilo para o adolescente que os guiava, mas se sentia constrangida em pedir informações para um rapaz mais novo que ela e preferiu esperar para descobrir na conversa com os membros daquele lugar.

Richard os levou primeiro a uma área com quartos de hóspedes. O espaço parecia um hotel, e os dois ficaram surpresos com o padrão de hospitalidade. O guia indicou que deixassem suas malas em uma saleta enquanto prosseguiam com a visita. Poderiam ficar hospedados ali. Emily e Liam nunca poderiam ter imaginado algo assim e ficaram empolgados com a oportunidade de dormir no local onde tudo sobre a raça deles acontecia. Partiram depois para o que chamavam de salão de ideias. Os corredores eram um tanto estreitos, todos com quadros em pintura a óleo de pessoas que Emily não conseguiu identificar. Acreditava que poderiam ser Leprechauns importantes, mas nunca pensara que fossem capazes de se expor daquela maneira. Também via pequenos símbolos pretos desenhados nas paredes e alguns trevos espalhados pelas áreas brancas. Em lugar algum leu a palavra Leprechaun, porém eles também não pareciam se esforçar muito para esconder a relação com a terminologia.

— A senhora Griffin e o senhor Chakrabarti estão aguardando, assim como o senhor Johnson. Eles já sabem que foram acomodados na sede. Ficarei aqui fora esperando para quando estiverem prontos. Se precisarem de alguma coisa, é só me avisar. Estarei a serviço de vocês nos próximos dias e gostaria de proporcionar-lhes a estadia mais confortável possível.

— Você não precisa nos esperar aqui — avisou Emily.

— Não se preocupe. Faz parte do meu trabalho. Estou aqui para o que precisarem. Minha função na TL é acompanhar os novos hóspedes e guiá-los nas nossas dependências.

Emily se perguntou se muitos Leprechauns viajavam para Los Angeles e ficavam como hóspedes ali. Sentia um pouco de dó do jovem que teria que ficar do outro lado da porta, entediado, esperando-os quando não havia nenhuma necessidade disso.

Os dois finalmente entraram na área do salão de ideias, e a primeira coisa que viram foi uma longa mesa de madeira talhada. Nela havia diversos símbolos do legado deles e desenhos de animais sagrados, assim como cadeiras para pelo menos vinte convidados. Em uma das pontas, na mais distante, os organizadores estavam sentados tomando o que parecia ser chá.

De início não se importaram com o fato de que os convidados haviam chegado, mas, conforme se aproximavam, o trio se levantou e os recebeu.

— Bem-vindos a nossa família, queridos Leprechauns! Sejam muito bem-vindos a nossa Trindade — anunciou a única mulher do grupo, que acreditaram ser Margareth.

Um homem de pele morena e traços grossos adiantou-se para cumprimentá-los, revelando um inglês de forte sotaque.

— Estávamos muito ansiosos para conhecê-los! Esperamos que agora sintam-se em casa, pois nenhum mal vai lhes acontecer enquanto estiverem conosco. Aqui, vocês estão acolhidos entre amigos.

Pelo discurso e pela voz, deduziram que aquele deveria ser Amit.

Entre amigos ou em família?, pensava Emily, notando os discursos ensaiados dos membros.

Pelas expressões de Liam, ela percebia que o rapaz também achava aquelas manifestações muito teatrais e um tanto esquisitas. Começava a sentir certo desconforto, uma leve sensação de que talvez tivessem entrado em uma grande enrascada. No entanto, os dois tiveram a mesma sensação na casa dos Bonaventura e tinham sobrevivido àquela experiência. Talvez aquelas fossem apenas figuras excêntricas.

Como todos os Leprechauns que haviam cruzado seus caminhos.

Eu nunca fui muito normal mesmo, pensou ela, relembrando o seu passado enquanto Lachlan se apresentava. *Nem meus pais eram normais, se eu os comparasse com outras pessoas.*

Margareth pediu para que se sentassem. Havia diversos tipos de comida dispostos na mesa à frente deles, assim como sucos e bebidas quentes. De início, Emily ficou receosa de tocar em qualquer coisa, porém, notando que os homens não faziam nenhuma cerimônia e pegavam um pouco de tudo, ela decidiu se servir. Não podia ficar fraca outra vez, e aquele dia já estava longo.

— Preparei um documento para vocês lerem quando puderem — explicou Emily para o grupo assim que todos se acomodaram. — É um resumo do que aconteceu comigo e com a minha família, e um relato também do caso do Liam. No fim, acrescentei informações sobre a outra vítima de nosso impostor. Minha maior esperança é que consigam me ajudar.

Os três a observavam com atenção, como se estivessem lendo a alma dela e julgando cada fibra de energia do seu corpo.

— Vamos ler o documento, senhorita O'Connell! Muito obrigada! — disse Margareth da forma pomposa que parecia ser parte de sua personalidade.

— Podem nos chamar apenas de Emily e Liam. Não precisamos de cerimônia. Viemos atrás de verdades e gostaríamos de entender por que essa organização nunca nos localizou, se a função de vocês é essa.

A postura dos três mudou com a acusação dela. Emily percebeu que Liam se empertigou na cadeira, e Amit se alinhou. Já Lachlan olhou de rabo de olho para Margareth, esperando uma deixa.

— Claro, Emily! O que preferir. Entendemos a sua posição. Devemos confessar que desde ontem, com a ligação do senhor Bonaventura, movimentamos diversas pessoas de diferentes departamentos para tentar entender o que aconteceu com seu caso. Aliás, em ambos os casos. Amit vai lhe explicar o que conseguimos encontrar, já que o departamento dele é responsável por protocolar os roubos de poderes. Infelizmente casos assim têm ocorrido muito mais do que antigamente, e eles têm nos tomado muito tempo.

— Margareth tem razão. Desde que nossos fundadores começaram com essa organização, nunca houve tantos casos de roubo de sorte como na última década. A corrida por poder tem gerado ansiedade, e pessoas com um misto de desespero e ganância têm a tendência de cometer erros assim – explicou Amit.

— *Monstruosidades* assim, você quis dizer – corrigiu Liam.

O indiano ficou desconcertado, mas manteve a compostura.

— Em muitos casos as ações são realmente monstruosas, mas nem sempre o roubo de um poder é negativo. Vocês conheceram um excelente exemplo disso com a família Bonaventura. José Murillo sempre foi um grande problema para a comunidade, pela forma como ele se portava perante a mídia, expunha o seu patrimônio e educava as filhas. Nunca tivemos um caso de poder relacionado ao alcoolismo como no caso da filha mais nova dele. A menina usava a sorte para basicamente não morrer todas as noites por conta de seus exageros. Nós da organização não consideramos isso ético. Não aceitamos que o destino de uma raça evoluída como a nossa seja esse — explicou o homem.

Pela primeira vez, Emily notou Liam balançar afirmativamente a cabeça, concordando com o que tinha sido dito.

— Então somos uma raça evoluída? — questionou Emily tentando entender como funcionava a mente deles em relação às suas habilidades.

— Comprovamos em estudo que sim — respondeu Lachlan, o mais quieto do trio. — A nossa habilidade de jogar com a sorte, manipular situações, nos movimentar pelos lugares e perceber oportunidades nos faz usar uma parte maior do cérebro. Se um dia vocês fossem examinados por um especialista, provavelmente o matariam de susto. Aliás, temos o maquinário para isso se houver interesse. Tivemos grandes avanços nas pesquisas sobre a nossa linhagem baseados em estudos de nossos cérebros.

Emily torceu o nariz para a sugestão. Não consideraria ter seu cérebro estudado por aquelas pessoas. Ainda não os conhecia bem o suficiente.

— E depois que vocês ficaram sabendo sobre nós, foram em busca do responsável por não nos localizar? — questionou Emily mais uma vez, quase os obrigando a dar uma resposta.

Naquele momento, Amit riu.

— Se fôssemos apontar um culpado, imagino que seria eu, pois sou o chefe do departamento responsável pelos roubos. Mas todos nós teríamos culpa, pois, antes mesmo da questão do furto, a família de vocês já deveria ter sido localizada. O problema é que somos cerca de setecentos funcionários para cuidar de quase vinte mil indivíduos já localizados com o sangue Leprechaun.

— Então não sabiam sobre a nossa família nem sobre os furtos por falta de funcionários? — indagou Liam, sarcástico.

Margareth não gostava de como a conversa estava sendo conduzida e preferia recomeçar tudo do zero. Na TL tinham a rotina de se apresentarem primeiro, falarem sobre o fundamento da organização, fazerem um tour pelo lugar para depois começarem a responder questões, entretanto, aquele caso já havia começado de maneira estranha.

— Devemos admitir que sim em seu caso, Liam! Mas não no seu, Emily. Quando tomamos conhecimento do seu sobrenome, muitos grupos se manifestaram por saberem quem são os membros de sua família. Quem eram os seus pais. Apesar de conhecidos e de terem todas as características necessárias para serem Leprechauns, ainda sim os O'Connell passaram despercebidos bem embaixo de nossos narizes. Encontramos alguns rastros do passado, da gestão anterior à nossa, porém, há indícios de que foram alterados. Estamos investigando isso, mas é o que temos no momento — respondeu Margareth.

— Com uma pesquisa sobre o seu pai, Emily, notamos que ele parece ter sido um homem inteligente e bastante conectado. Temos suspeitas de que o senhor Padrigan O'Connell não só preferiu não se filiar à nossa organização, como também disfarçar os rastros do próprio poder. Pelo que você disse, ele também não foi aberto com você sobre os poderes da família — completou Amit.

Talvez por não confiarem em vocês, pensou Emily, se segurando para não causar um conflito.

— Então para onde tudo isso nos leva? — questionou a garota.

Os três membros se entreolharam antes de Margareth responder:

— Nos leva ao seguinte cenário: estamos felizes que tenham aceitado nos encontrar. Queremos muito ajudá-los a recuperar seus poderes e a prender o impostor que os roubou. Temos Leprechauns no departamento de justiça americano que nos auxiliam nesses casos. Na verdade, todos os nossos setores trabalham juntos em casos assim.

Adoraríamos contar com o apoio de vocês em nossa comunidade e estamos abertos a qualquer sugestão. Ficamos muito felizes em receber novos membros, mas não é obrigatório se filiar à nossa organização.

— Uma porcentagem de Leprechauns prefere não se envolver com os assuntos cruciais de nossa comunidade, e não os julgamos por isso. Sabemos que cada um tem sua história e vontades. Apenas monitoramos os dizeres públicos de todos os indivíduos localizados e checamos o bem-estar de todos para que nada fuja ao controle. A nossa intenção é fazer com que a linhagem Leprechaun sobreviva, apenas isso — acrescentou Amit, e Lachlan balançou a cabeça afirmativamente ao seu lado.

Emily ficou muda, observando o grupo. Foi Liam que teve coragem de se pronunciar.

— Perfeito! Acredito que vamos nos dar muito bem e que encontraremos o responsável pelas crueldades que sofremos. Adoraríamos receber cópias dos documentos em que acharam informações sobre os O'Connell e qualquer outro tipo de informação que possa nos ser útil. Enquanto estivermos hospedados aqui, adoraríamos aprender mais sobre a nossa raça e quem sabe contribuir com o que for possível.

Um sorriso brotou nos lábios de Margareth. Os outros dois membros também pareciam bastante animados com a possibilidade de uma união.

— Muito bom ouvir isso, Liam! Novamente, sejam bem-vindos. Providenciarei para receberem toda a papelada necessária. Agora, imagino que estejam cansados com todos esses voos e novidades. Estão convidados a explorar nossa sede, assim como jantar conosco mais tarde. Nós três moramos com nossas famílias aqui na sede, por sermos os pilares que sustentam a organização de nossa raça. A sede da TL funciona quase como uma Casa Branca, podemos dizer. Sintam-se parte dela!

Os três riram. Liam e Emily se esforçaram para sorrir também, sem querer parecer indelicados.

Antes de saírem do salão, Amit puxou Liam em um canto para falar algo que Emily não conseguiu ouvir, e Margareth, também com discrição, se aproximou dela e sussurrou em seu ouvido:

— Você e Liam parecem ter ficado bastante próximos durante essa jornada. Por não saber até que ponto são transparentes um com o outro, achei melhor te dar um toque. Enviarei um papel a mais para o seu quarto. Compartilhe a informação com ele se desejar, mas achamos o conteúdo bem curioso. Talvez seja a nossa maior pista.

Antes mesmo de Emily ter qualquer reação, a chefe da Comissão Central se afastou sorrindo para os homens à frente, deixando-a, confusa, para trás.

Não conseguia imaginar que papel a mais poderia ser aquele.

Mas estava doida para descobrir.

RELATÓRIO TL   N° 1.211.000.040.743.461

Para a excelentíssima Comissão Perseguidora

Assunto:
RELATÓRIO DE ROUBO
• *Indivíduo não cadastrado* •

Duas novas famílias cadastradas em nossos sistemas relatam a história descrita em anexo. Acrescentamos uma terceira família após checarmos os fatos relatados na descrição delas.

RELATÓRIO DIFERENCIADO

Localização do impostor:
Última localização foi nos arredores de Paris, França. Membros atingidos tiveram contato via celular com o impostor quando estavam na cidade do Rio de Janeiro, Brasil.

Habilidade familiar: o impostor afirmou ser herdeiro do Vale do Silício. Estamos investigando as descrições em anexo, mas até o momento acreditamos que a história não seja verdadeira.

Status: provavelmente à procura de um novo alvo. Estamos reforçando a segurança de Bárbara Bonaventura por ter sido exposta ao impostor pela conexão com as vítimas.

Ação: agentes estão à procura de um indivíduo que já se passou por Aaron Locky e Allan Dubois. Descrições físicas e psicológicas no documento anexado.

29

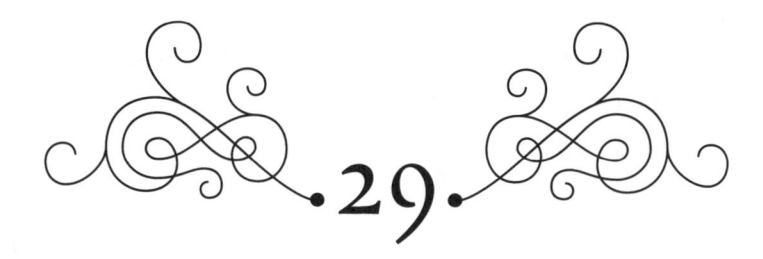

Richard os havia instalado em dois quartos, mas, ao saírem do primeiro encontro com a Trindade Leprechaun, Emily e Liam preferiram se dirigir ao quarto que seria dele para conversar. A reunião não havia sido esclarecedora e extensa como imaginaram, entretanto, fora satisfatória.

— O que achou deles? — questionou Liam com uma voz neutra.

Emily tirou os sapatos de salto alto que usava e o casaco com que viajara, deixando-os jogados pelo caminho. Enrolou os longos cabelos em um coque, como gostava de fazer antes de parar para pensar em algo sério, e sentou-se na cama dele com os pés esticados.

Notou que Liam a observava com carinho pela intimidade estabelecida com suas ações. Uma atitude tão pequena por parte dela já mostrava tudo o que ele desejava ver desde que Darren os havia deixado. Agora, talvez tivessem finalmente a possibilidade de agir como um casal normal.

— Eu não sei o que achar — iniciou a garota. — Acredito na vontade deles de querer preservar a nossa raça e que estão interessados em nos ajudar, mas não sei até que ponto eles também não querem se ajudar nesse processo. Tudo aqui parece muito perfeito e ensaiado, só que você viu que eles falharam em nosso caso, e isso quebra a perfeição. Como não sabiam sobre nós? Como o meu pai seria capaz de esconder a sua sorte deles, se nossa empresa possui três lojas só aqui na região? É tudo muito esquisito.

Ouvindo o desabafo dela, Liam também tirou o casaco e seguiu em direção à cama, indo para cima dela em busca de um beijo. Emily deixou-se levar pelo gesto, esquecendo-se por breves segundos do turbilhão de pensamentos.

— Você quer saber a minha opinião? — perguntou ele, sentando-se ao lado dela na cama.

Emily sorriu, apoiando-se em seu peitoral.

— Eu sempre vou querer saber a sua opinião...

Ele suspirou aliviado.

— Acho que este lugar será bom para nós. Um refúgio de tudo o que temos passado. Um espaço para nos reconstruirmos e orientarmos. Deixar Darren no Brasil também me afetou e me fez perceber que Aaron continua a nos destruir todos os dias. Talvez, se permitirmos que essas pessoas nos ajudem, e se aprendermos mais como nos defendermos, poderemos ter um pouco de paz. Gostaria de ficar mais tempo assim com você, Emmy!

Dessa vez, ela gostou de ouvir o apelido sair da boca dele.

Tudo o que Liam dizia agora lhe parecia perfeito e calmo. Ele tinha razão em achar que, se dessem controle à TL para guiarem as ações contra Aaron, teriam mais momentos de tranquilidade na relação deles. Assim poderiam finalmente se intitular namorados e seguir com a vida. Ela se sentia bem deitada naquela cama com um homem por quem começava a se permitir ter sentimentos.

Só que, para Emily, aquilo parecia apenas um conto de fadas.

— Eu também gostaria. Você sabe que eu gostaria.

Preferindo não falar mais sobre o assunto e ansiosa por saber que a qualquer segundo Margareth enviaria um papel misterioso para o seu quarto, Emily tentou afastar as dúvidas e aproveitar o momento a sós que tinha com ele. A respiração quente dele em contato com o seu corpo a deixava louca.

Virando-se para beijar o britânico, sentiu os pelos arrepiarem, mas como em um presságio não tão bom. Achou aquilo estranho, pois Liam costumava arrepiá-la de forma bem mais positiva, porém preferiu ignorar e o tomou para si.

Naquela tarde, esqueceram-se do mundo nos braços um do outro. Aqueles eram os momentos de sorte que lhes restavam.

Quando saiu do quarto de Liam, o rapaz dormia serenamente parecendo uma miragem de tão lindo. Emily sorriu ao vê-lo descansando com um sorriso. Admirou a capacidade dele de se desligar dos problemas ao redor. Parecia que, quando se beijavam, o mundo todo se apagava para ele, e Liam só conseguia enxergá-la. Ela, apesar de desejar ter a mesma postura, podia ver o caos até quando estava no mundinho particular deles.

Encontrou Richard sentado em uma cadeira no corredor entre os quartos. Teve a sensação estranha de que o rapaz estava ali para vigiá-los, até mesmo quando os dois estavam em intimidade dentro do quarto. Seu radar de repente ficou em alerta, e mais uma vez questionou as intenções da Trindade.

— O que faz por aqui, Richard?

O jovem pareceu ter sido pego de surpresa. Emily percebeu pela cara amassada dele que devia ter dormido enquanto esperava ela sair do quarto de Liam.

— A senhora Griffin pediu que eu avisasse que os documentos estão em seu quarto e me fez garantir que ninguém tivesse acesso a ele. Achei melhor não incomodá-la, por isso estou aqui. Estou com os documentos do senhor Barnett também.

Emily observou o bolo de papéis nas mãos do rapaz. Teve vontade de lê-los para comparar com os seus, mas sabia que odiaria se Liam fizesse aquilo com ela. Sentia-se um pouco culpada de já ter certeza que possuía mais informações do que ele.

— Obrigada por me avisar e guardar os documentos, Richard! Pode avisar a ela que os lerei agora mesmo. E, quanto aos documentos de Liam, deixarei agora dentro do quarto dele. Não quero acordá-lo, e acho que você deveria ir para casa descansar. Está tarde!

Richard soltou uma pequena risada, e Emily levantou uma das sobrancelhas, curiosa.

— Eu moro aqui na sede, senhorita O'Connell! Meu nome é Richard Johnson. Lachlan é meu pai.

A informação deixou-a surpresa. Aquele era um rapaz nascido em uma família Leprechaun, que claramente herdara poderes, tinha um pai importante na sociedade em que vivia e mesmo assim trabalhava como se não fosse o milionário que provavelmente era. Começava a acreditar que os três líderes deveriam até ser bilionários, se a organização permitisse. Investigaria mais sobre aquilo.

De alguma forma, aquele susto foi bem-vindo. Aquela atitude mostrava que havia algum tipo de integridade dentro da organização. As pessoas não conseguiam as coisas por simplesmente serem importantes ou ricas, elas conquistavam por interesse e dedicação. Entendia por que Liam se sentia seguro perto deles. Como ele conseguia enxergar um futuro.

Agradeceu mais uma vez ao rapaz pelo esforço e, na frente dele, abriu novamente a porta de Liam para deixar os documentos no aparador. Depois, seguiu para o seu quarto, ansiosa para ler a sua papelada.

Não perdeu tempo desfazendo sua mala ou trocando de roupa. Partiu direto para a pilha de papéis, e logo um deles lhe chamou a atenção. Na verdade, era o único envelope no montante.

Pegou-o com cuidado e abriu, ansiosa para saber do que se tratava. Viu o que pareciam ser alguns relatórios de monitoramento de um indivíduo, e pelo conteúdo notou que a comissão decidira que aquele havia sido um alarme falso e o investigado não se tratava de um Leprechaun. Pelos olhos dos três líderes que assinaram os documentos nas mãos dela, o aumento de sorte dele ainda era humano. Emily viu as assinaturas de três pessoas que não pareciam ser as que havia conhecido naquele dia. Então notou a qualidade do papel, o amarelado do tempo, e entendeu que os relatórios deviam ser antigos. Provavelmente dos antecessores deles.

Ao prestar mais atenção, percebeu algo importante naquele documento: o nome do investigado.

Steven MacAuley.

Conhecia um nome similar àquele.

Não pode ser! Como isso é possível? Não pode ser! Escreveram certo neste documento?

Revirou as folhas em busca de mais informações, desesperada. Aquele nome dava outra interpretação a cada palavra lida.

Os dados relacionados à Irlanda fizeram o estômago dela afundar em angústia. As informações relacionadas ao mundo dos negócios condiziam com os alertas emitidos pela sua mente. Emily não conseguia acreditar no que via. Só quando notou o histórico do suposto Leprechaun e observou sua área familiar que teve a confirmação de que precisava para acabar com as dúvidas.

O homem tinha um filho.

Por quê? Como isso aconteceu e ninguém percebeu? Como o meu pai pôde ser tão cego?

A descoberta daquela conexão fez Emily chorar como só havia chorado ao perder os pais e descobrir sobre Aaron. Nem mesmo a separação de Darren a fizera desmoronar com tanta intensidade. Engasgando com o choro, deixou-se cair esparramada no chão, machucando os joelhos. Não se preocupava se Liam poderia acordar com o barulho ou se chamaria a atenção dos membros da sede.

Um precipício parecia ter se aberto à sua frente, e estava prestes a se jogar dele.

Meu pai não percebeu que o inimigo estava tão próximo. Que estava comandando a O'C ao lado dele todo o tempo, esperando pelo momento certo para que pudesse eliminá-lo. Eu não acredito que cheguei a trabalhar com esse homem. Que o deixei ficar com o escritório dos meus pais.

Então percebeu que Padrigan havia cometido o mesmo erro que ela: deixara alguém se aproximar e confiara que essa pessoa queria o seu bem. Assim como em seu caso, fora enganado e tivera seu poder roubado. Só que a pessoa perto dele tomou a sua vida.

E não havia sido Aaron essa pessoa.

Fundo do poço. Era lá que sentia estar.

As provas pareciam contundentes, mas não se permitia acreditar que aquilo era possível. Tinha tanta certeza de tudo que havia acontecido na noite da morte dos seus pais que ver tudo em que acreditava indo para o ralo a magoava em diversos níveis. Ter todas as suas crenças postas de cabeça para baixo novamente rasgava um pedaço de seu ser, como se estivesse sendo torturada.

Aqueles papéis acabavam com qualquer possibilidade de viver naquele momento o conto de fadas que Liam acreditava ser possível. Não conseguiria ficar parada ou deixar o seu destino nas mãos de outras pessoas.

Nada era como acreditava.

A TL devia ter chegado à mesma conclusão que ela. Agora, só precisava saber o que faria com aquele entendimento.

Poderiam juntos ir atrás de mais informações para perseguir outra pessoa, ou poderia agir por conta própria.

Olhando para o sobrenome estampado naquele documento, de repente soube:

Era aquele caminho que devia trilhar.

30

Precisava agir rápido. Se aqueles documentos haviam chegado em suas mãos, era porque Margareth esperava que ela tomasse alguma atitude. Odiava se sentir controlada e não entendia qual era a intenção da mulher ao lhe enviar os papéis em segredo.

Se a TL quisesse ser transparente, os três chefes de departamento teriam falado naquela reunião sobre a suspeita que tinham do que poderia ter de fato acontecido com a sua família. Juntos, todos poderiam ter pensado em um plano para colocar em ação.

Da forma como haviam feito, no entanto, abria-se uma margem para que Emily tirasse as próprias conclusões e fugisse, e ela realmente cogitava aquilo.

Se chamasse Liam, ele tentaria convencê-la a ficar. Ele estava muito preso ao novo futuro que construíra para eles em sua mente para realmente entender a gravidade daquela informação. Aquele sobrenome no documento indicava que metade de sua raiva não tinha fundamento, e muita coisa mudaria por isso.

Precisava pensar em um plano, e ele tinha que ser executado imediatamente.

Richard devia ter confirmado a Margareth que entregara os documentos, e Emily provavelmente estava sendo vigiada outra vez. Não queria ter que encontrar com ninguém e precisava rezar para que Saint Patrick ainda lhe desse um pouco de sorte.

De impulso, se levantou do chão e enxugou as lágrimas. Prendeu novamente os cabelos e correu para o banheiro com o intuito de lavar o rosto. Encarou seus olhos verdes no espelho e tomou coragem.

Vestiu novamente o casaco e trocou o sapato por uma bota que estava na mala. Aproveitou para jogar em sua bolsa alguns itens de higiene e documentos importantes. Tirou do fundo falso da bagagem o envelope que recebera de Bárbara Bonaventura, colocando-o na bolsa, assim como os documentos da Trindade Leprechaun.

Pegou o celular e tentou pensar em um plano. Concluiu que a única forma de escapar daquele prédio sem ser vista era saindo pela janela do banheiro, mas por ali só conseguiria passar o seu corpo e jogar a bolsa. Agradecia mentalmente por ter dinheiro vivo suficiente para a fuga. Esperava não ser descoberta pulando a janela e rezava para não quebrar o pé na queda. Estava no segundo andar. Depois, ainda teria que descobrir uma forma de chamar a atenção de quem agora desejava.

Ainda olhando para o visor do celular, pensou em como poderia fazer aquilo. Desde que saíra da França, tinha a impressão de que estava sendo seguida. No Brasil, a sensação havia apenas sido confirmada. O que fazia, onde fazia e com quem, tudo era sem dúvida monitorado de alguma forma, então, provavelmente, se tentasse deixar algum tipo de sinal, conseguiria passar um recado.

Ligou o aparelho e digitou a senha, abrindo o sistema do celular. Entrou em um site de busca e ficou pensando na região em que estava.

Um lugar onde podemos nos encontrar. Um lugar onde eu possa me esconder.

Pensou. Pensou. Mas a pressa a deixava nervosa.

Precisava ser um local próximo, mas enigmático. A mensagem necessitava ser pública, mas escrita de forma que apenas uma pessoa entendesse.

Digitou *Hollywood Sign* e salvou uma das imagens em que o famoso ponto turístico estava no escuro, apenas iluminado pelos poucos holofotes.

Reativou uma de suas antigas redes sociais, pois aquela era a forma de comunicação mais óbvia. Além disso, sabendo que as contas dela estavam canceladas, Liam certamente demoraria para pensar em olhar na internet em busca de pistas.

Tentando se concentrar e pensar nas palavras certas, digitou:

> Do alto vejo estrelas brilharem como ouro. Elas parecem dominar o mundo. Algumas vezes as vemos se apagar e acreditamos que o universo foi o culpado por isso. Mas e quando descobrimos que ele não é? Que tudo foi apenas uma piada do destino? Devemos fugir? Nos esconder? Ou só observar de cima? Sentar e esperar pela resposta?

Junto com o texto, anexou a imagem e postou na rede. Tinha certeza de que a mensagem seria recebida. Não sabia quanto tempo teria de ficar esperando por uma luz, mas fazia o que sentia ser o certo.

Pegou um envelope vazio e decidiu rabiscar uma mensagem nele. Não poderia fugir sem ao menos tentar dar uma explicação para Liam. Emily o amava. Sabia disso, mesmo não expressando tanto o sentimento. Mas amava ainda mais o desejo de ir a fundo naquela história.

Quando terminou, apressou-se até o banheiro e olhou pela janela, buscando sinais de seguranças nos arredores. Aquele era um edifício governado por pessoas com sorte, não sabia como conseguiria de fato bolar um plano de escapatória. Havia três possibilidades para isso: podia estar tendo ajuda de Saint Patrick; a organização estava sendo desleixada por contar demais com a sorte; ou Margareth e a TL queriam que ela escapasse. Jogou a bolsa em cima de um arbusto para que não fizesse barulho e começou a tentar passar o corpo pelo vão, de forma que fosse capaz de se segurar.

Quando o corpo estava quase todo para fora, tomou coragem e pulou.

Por um golpe de sorte conseguiu cair de pé, apenas sentindo o impacto.

Olhou para os lados em desespero e buscou sua bolsa. Saiu do terreno e procurou por um táxi. Precisaria de um transporte até o *Hollywood Sign*.

Dentro do carro, pegou o celular, trêmula por causa da adrenalina. Sentia-se um monstro por estar deixando mais uma pessoa que amava para trás, contudo, sabia que era necessário.

Seu coração falava mais forte.

Abriu a foto postada e começou a ler as reações. Seus seguidores estavam chocados com o ressurgimento dela depois de tanto tempo sem nenhuma postagem na internet.

O celular vibrou e ela fechou automaticamente os olhos, com medo do que podia ter recebido. Podia ser a TL atrás dela, Liam desesperado à sua procura ou ainda algum repórter que tivesse descoberto aquele número.

Também poderia ser uma ligação da O'C, e não sabia se teria coragem de atender se fosse de lá. Precisava se preparar melhor antes de confrontar aquela parte de seu destino.

Mas também poderia ser a pessoa de quem tanto queria receber uma resposta.

E era.

Nos vemos lá, acima de todas as estrelas.

Ela a leu e releu. Uma parte dentro de si comemorava porque sua intuição funcionara. Não sabia se ficaria muito tempo esperando, mas estava disposta a passar fome e frio se fosse necessário. Naquela noite, tinha certeza de que a sorte estava ao seu lado e que logo tudo se encaixaria.

Chegando ao trecho acessível mais próximo do *Hollywood Sign*, desceu do carro e continuou o percurso a pé. Rezava para que a TL não entendesse o recado e a descobrisse ali antes. Nunca havia rezado tanto em sua vida.

Uma hora se passou. Duas. Três.

Sentada em uma pedra, observava atentamente a cidade iluminada. O lugar para onde as pessoas iam em busca de seus maiores sonhos.

Ouviu um barulho e armou a guarda. Não aprendera a se defender à toa.

Mas então o viu se aproximar, e seu corpo inteiro se encheu de uma espécie de emoção inesperada.

O cabelo dele estava curto, vestira-se de preto e tinha os olhos semicerrados.

Ainda era uma visão de tirar o fôlego.

— Olá, Aaron!

Então ele abriu o sorriso sarcástico que ainda mexia com ela, e Emily também sorriu.

O rapaz sinalizou com a cabeça para que ela o acompanhasse, e os dois seguiram juntos.

Juntos como tinha que ser.

O ciclo do Filho acabava, e naquele momento começava o do Espírito Santo. Emily pediu proteção ao trevo. À Trindade. Sentia o seu toque de ouro e não acreditava na sorte que tinha de poder estar próxima a ele.

Ninguém a impediria de seguir seu caminho. Nem mesmo aquele que amava e caminhava ao seu lado.

Liam,

    Meu amor, por favor, tente não me odiar. Acho que você está exatamente no lugar que precisa. Com a Trindade Leprechaun você vai conseguir se encontrar novamente. É isso que mais te desejo. Espero que mais tarde eu possa reencontrá-lo. Quem sabe eu não esteja mais preparada a me aventurar no amor? Mas preciso me achar, me entender, e só fazendo o que estou fazendo neste momento é que serei capaz de construir um futuro.

    Preciso completar o meu ciclo. Só assim voltarei a ter paz. Quem sabe um dia não poderemos viver o nosso conto de fadas. Gostaria muito disso. Tente ficar em paz.

Com amor,
Emmy!

P.S. Aaron não matou meus pais...

Este livro foi impresso na Intergraf Ind. Gráfica Eireli
São Bernardo do Campo – SP